绘画的乐趣

外国经典散文名家名译

谢大光◎主编

天津出版传媒集团
百花文艺出版社

图书在版编目（CIP）数据

绘画的乐趣 / 谢大光主编. -- 天津：百花文艺出版社, 2014.1
(外国经典散文名家名译)
ISBN 978-7-5306-6404-9

Ⅰ. ①绘… Ⅱ. ①谢… Ⅲ. ①散文集-世界 Ⅳ. ①I16

中国版本图书馆 CIP 数据核字(2013)第 302123 号

选题策划: 李家文　**装帧设计:** 刁子勇
责任编辑: 李家文　**责任校对:** 陈　凯

出版人: 李华敏
出版发行: 百花文艺出版社
地址: 天津市和平区西康路 35 号　**邮编:** 300051
电话传真: +86-22-23332651（发行部）
+86-22-23332656（总编室）
+86-22-23332478（邮购部）
主页: http://www.bhpubl.com.cn
印刷: 唐山天意印刷有限责任公司
开本: 787×1092毫米　1/32
字数: 149 千字　**插页:** 3
印张: 9.875
版次: 2014 年1 月第1 版
印次: 2014 年1 月第1 次印刷
定价: 23.00 元

目录

谈绘画的乐趣

〔英国〕哈兹里特

"绘画有一种乐趣,唯有画家才知道。"写作的时候,你必须跟世人进行竞争;绘画的时候,你只跟自然展开友谊竞赛。你一坐下来提笔作画,就会感到无比高兴。从拿起画笔,用眼睛注视着自然那个时刻开始,你就跟你的心和解了。在默默作画的过程中,没有愤怒的情绪来打扰你,叫你挥舞拳头,或叫你皱眉蹙额。你胸中没有烦躁脾气要发作,因为你没有任何谬论需要驳斥,没有任何论点需要歪曲,没有任何对手需要击败,没有任何傻瓜需要惹怒——你绘画不是出于恐惧或为了讨好于人。这里"无须耍花招",无须搞诡计,无须玩阴谋,无须篡改证据,无须竭力颠倒黑白,这里只需要你怀着儿童般的纯朴和热心人的专注,听从一个更伟大的力量——自然的力量的调遣，“愉快地研究她的风姿，着迷地品尝她的格调”。你的心是平静的，同样也是充实的。你的手和眼同时并用。描绘最普通的事物，如一株植物或一段树桩，你也能时时刻刻学到一点东西。你在未曾寻找异同的地方，却意想不到地察觉到各种差别，发现许多相似之处。你努力把看见的事物画下来——你发现自己的错误，你改正自己的错误。你用不着耍手段，或有意地犯错误，因为你纵使尽心竭力，也仍然远远达不到目标。一种永无止境的追求促使我们产生耐心，而这种耐心又使我们的追求变为一桩赏心的乐事。花朵上的条纹，叶片上的皱纹，行云的色彩，古墙上或灰暗废墟上的斑点，我们都急匆匆地抓住不放，好像它们是这场精神战争中的“战利品”似的，而且为了它们，我们又得花费半天的工夫。数不清的时光过去了，它既不令人懊恼，也不使人厌倦，这样的时光你是从来不想换个方式度过的。你把实践跟淳朴无猜的自然相结合，把临摹跟乐趣相结合，所以你感到心满意足，尽管不是在思考或在胡闹❶。

---

❶在《少年维特的烦恼》中有一段描述，包含着对这个道理的十分动人的例证，抄录如下：

“它离城约一小时路程，地名叫瓦尔海姆，坐落在一个山岗旁，地势颇为有趣。沿岗子上的小路往村里走，整个山谷便尽收眼底。房东是位上了年纪的妇人，殷勤豁达，她斟出葡萄酒、啤酒和咖啡来请我喝。但最令我满意的，是两株大菩提树，只见它们挺立在教堂前的小坝子上，枝叶扶疏，绿叶阴罩，四周围着农家的住屋、仓房和场院。如此幽静、如此宜人的所在，实不易得，我便常常把房里的小桌儿和椅子搬到坝子上，在那儿饮我的咖啡，读我的荷马。头一次，在一个风和日暖的午后，我信步来到菩提树下，发现这地方异常我在写这本书里的文章或事后阅读的时候，都不觉得有多大乐趣。不过我承认，偶尔也会碰到一句话是我所喜欢的，或者觉得某个思想实实在在是真的。但是，一开始写作，我便只急于把文章赶快结束；能否写完，我并无多大把握，因为事前很少能预见一页以后，甚至一句以后如何下笔，而当我奇迹般闯过去的时候，便不去费神操心了。文章有时得写两遍，接着还必须看校样，以免出现印刷错误，因此到了似乎已经明确无误，而你在仔细校阅之际又有意识地用眼光向侧面一扫，看看读者是否欢迎，这时候文章的光泽和美味已丧失殆尽，变得“比重复讲述的故事还更可厌”❶。一个人若要怀着极大的乐趣重读自己的作品，那他首先就应当忘记自己曾写过这些作品。熟悉了，当然会产生轻蔑❷。重读实际上简直就像天真地细读一张无字天书一样，因为那些文字经过重复便无

幽静。其时人们全下地了；只有一个约莫四岁的小男孩，盘腿席地坐在坝子上，怀中还搂着个半岁光景的幼儿；他用自己的双腿和胸部，给自己的弟弟做成了一把安乐椅。他静悄悄地坐着，一对黑眼睛却活泼泼地瞅来瞅去。我让眼前的情景迷住了，便坐在对面的一张犁头上，兴致勃勃地画起这小哥儿俩来。我把他们身后的篱笆、仓门以及几个破车轱辘也画上了，全都依照本来的顺序；一小时后，我便完成了一幅布局完美、构图有趣的素描画，其中没有掺进我本人一丁点儿的东西。这个发现增强了我今后皈依自然的决心。只有自然，才是无穷丰富；只有自然，才能造就大艺术家。所有的清规戒律，不管你怎么讲，统统都会破坏我们对自然的真实感受，真实表现。”——原注(引文见杨武能译本，人民文学出版社，1981年版，第10—11页。其中省略部分照原引文未加省略号。)

❶莎士比亚《约翰王》第3幕第4场。见《莎士比亚全集》(4)，人民文学出版社，1978年版，第260页。原诗为“人生就像一段重复讲述的故事一般可厌”。

❷英国谚语。

法向我们传递醒豁的意义——而只是些空洞的声音,除非我们出于虚荣硬要说那些文字又有趣又相宜。我默想自己的思想比向别人讲述我的思想要更满意得多。为要把某些事物给我们的印象向读者阐述明白,文字表达是必不可少的,但对我来说,文字与其说增强,不如说削弱了那个印象,并使其蒙上一层面纱。不论我怎样跟着诗人说"我的心对于我就是一个王国"[1],我也不存什么野心"要把国王宝座或元首席位安放在别人的思想里"。我们最为珍视的那些思想,最好让它们在一种朦胧的抽象中保存着,

在心灵深处保持纯洁完美,

而且即使公之于世,最好也不要让它们产生力量或引起兴趣。它们若是那些历来熟悉的思想,那么由于风格或外表的雕琢而产生的任何差异对它们都没有好处。当我写过某一问题之后,这个问题便从我头脑里跑掉,因为我业已把感想体会化成了文字,于是也就忘个一干二净。我仿佛已经把记忆里历来的旧账一一还清,而且把真实感情的伤痕也一笔勾销。对未来而言,这个问题的存在只是为了别人的缘故——然而,根据我的经验,不能说我们把思想移植到画布上也要

---

[1]引自英国诗人爱德华·戴尔(Edward Dyer,1540—1607)的一首同名标题的诗。

经历同样的过程。在这种机械的转移当中[1],我们在思想上的所得要大于所失。一个人对绘画是不会感到厌倦的,因为你必须表达的并非你已经知道的,而是你刚刚发现的。在已知的情况下,你要把感受翻译成文字,而在刚发现的情况下,则要把名称翻译成事物。这里有一个从无到有的连续不断的创造过程始终在进行。随着画笔的一挥,一个值得探索的新天地展现了,新的困难出来了,而战胜困难的可能性同时也在酝酿形成。把你的摹仿与原来的景物相比较,你就会发现你已经完成的是多少,还有多少尚待你继续去完成。这种考验对于感官比对于想象力更为严格,就连我们的自命不凡这个幻觉也并非它的对手。如果你的图画中有一部分超过了另一部分,那你就会下决心画出自己的水平,尽管还达不到大自然那种水平。每件物体通过艺术明镜反射在它身上的光莫不变得辉煌夺目,我们借助于画笔可以说是触摸到了所见的物体。那些在想象中所描绘的、呼之欲出的景物到了画布上就获得了形态;形态的美又转变成实质的美,而世界的梦想和光荣也变得“既可看见,又可感知”了。——你瞧,那画上先是一道彩虹,带着长长的湿润的灿烂光辉,仿佛是从天空云端里呼唤出来似的;那点缀其间的景物正在阵雨后的露珠下闪闪发亮;“穿羊皮的傻瓜”[2]在落日的余晖中竞相展示他们的

[1]指用笔作画。
[2]指云彩。

外衣;牧童在空气清新的傍晚吹奏出告别的曲子。这幅美妙的景象难道是从僵死乏味的空白中产生出来的吗?难道是反映庄严大千世界的一个肥皂泡吗?谁能想到这幅出自鲁本斯❶笔下的奇迹竟然有可能付诸实现?看了这幅画,谁不愿付出毕生精力来干一番同样的事业?在伦勃朗❷的风景画中,那些富饶的休耕地、收割后光秃秃的田野、歉收的季节等等是多么令人难忘啊!我曾多少次一面瞧这些画,一面看大自然,也试图绘出一幅同样的画,直到"天光日渐暗淡",空气中也嗅得出泥土的气味!在这方面,艺术的精雕细琢和自然的精细微妙都是没有止境的。我们不妨对着那薄雾笼罩、微光闪烁的天边瞭望到两眼昏花,想象力也丧失殆尽,目的莫不是想把一望无垠的天空一下子全搬上画布。威尔逊❸说他过去常试图把夕阳西下时满天飞舞的尘埃这一效果描绘出来。另有一次,一个朋友走进他的画室,看见他摆出一副郁郁寡欢的姿势坐在地板上,便说他那幅画看上去像是阵雨之后的风景。他听了,马上欢喜得跳起来,说道:"那正是我追求的效果;我原以为已经失败了呢。"当时威尔逊并未受到世人的重视,所以他逐渐荒废了自己的艺术,而去专心喝白兰地。他的手颤

❶鲁本斯(Peter Paul Rubens,1577—1640):17世纪佛兰德斯著名画家。作者这里描述的是鲁本斯的一幅名画《有虹的风景》。

❷伦勃朗(Rembrant,1606—1669):荷兰伟大画家,是运用光线、色彩和情调的大师。

❸威尔逊(Richard Wilson,1714—1782):英国最早的重要风景画家之一。

颤巍巍的,他因此不得不作出多次的努力才能找到准确的落笔处或达到预期的效果。稍为在画上画了一丁点儿,他就会跟偶然进来看望他的熟人说:“我已画了一天,画够啦。来吧,咱们上别处去。”要是克劳德[1]就不会这样离开他的绘画,或走出他在台伯河畔的画室,而去寻找另外的娱乐;他绝不会停止凝视那阳光闪烁的山谷和远山;他的眼睛在饱览大自然的这些透明闪光的色调和可爱的外形的同时,他的手就把这些清清楚楚地表现在画布上,永远保留在那里了!我一生中最愉快的时刻之一就是在有一年的晴朗的夏天,每到傍晚我便出去捕捉落日的余晖,看夕阳如宝石般点缀在青青的斜坡上或黄褐色的草场上,将教堂尖塔和树梢镀成一片金黄,同时蔚蓝的天空却渐渐变为紫色和金色,四周边缘嵌着一层暗灰,只见一条宽阔的大理石通道悬挂在万物之上,这景象正像我们在这位大师[2]所画的意大利风景中所看见的一模一样。不过让我就这个话题稍为详细地阐述一下吧:

我生平绘制的第一幅画是个老妪的头像,她脸的上半部被圆帽遮掩着。我描绘这头像时,的确有种坚忍不拔的毅力。为了完成这幅画,我请老妪坐了无数次。这幅画至今仍在我身边,有时我怀着惊奇的心情看着它,心里一面在想我花费了那么大的工夫几乎毫无结果——然而这并非完全白费,因

---

❶克劳德(Claude-Lorrain,1600—1682):17世纪法国风景画家。
❷指克劳德。

为它教会我去发现每样事物中的美，而且教我懂得：从科学或真正艺术的眼光看来，自然中并不存在庸俗卑下的事物。精细作品随处都可以把美创造出来：正是观察者本人粗俗，才发现事物只是粗俗而已。情况尽管如此，我仍要不遗余力，尽量发挥我的能力。我当时想，如果说艺术是长久的，那么生命同样也是长久的。头一天我就获得了整体效果；对自己的成功真是又高兴又惊异。余下的工作就是时间问题了——许多星期和许多个月（假如需要的话），还有耐心的绘制和最后的润色。我以前曾在伯利藏画馆见过伦勃朗的一幅老人像。假如我在一生中用一年时间竟能画成一幅像伦勃朗那样的头像，那对我来说就是足够多的荣耀、幸福、财富和声誉了！我在伯利藏画馆看见的那幅头像是对实体的准确而奇妙的摹写，所以我决心把我那幅头像（几乎尽我所能）也绘成对实体的准确的摹写。乔舒亚爵士[1]的看法：艺术的完美在于表达整体外形而不要个别细节，我当时并不相信，现在也不相信，反而认为艺术的完美正在于表达整体外形而又有个别细节。否则，我头一天便已经完成我的作品了。可是我在实体中看见了比整体效果更多的东西，因此认为值得将其表现在画面上。我获得了绚丽的光与影的效果，可是在明暗对比中却有柔和与浓度，因此必须追求其中所有模糊的和几乎察觉不出

[1]乔舒亚·雷诺兹爵士（Sir Joshua Raynolds，1723—1792）：18世纪英国肖像画家和艺术理论家。

的各种色调和阴影的变化。然而必须在强光与浓重的黑影之间形成一个过渡，把主体部分保留不动，而中间部分则逐渐加以淡化。实体的状况就是如此；困难在于临摹时也要做到这一点。我屡次尝试，屡次失败；我再更加努力，终于取得了如我所想的成功。伦勃朗画中的那些皱纹并非硬的而是断断续续和不规则的线条。我在实体中看见这相同的相貌，于是便竭尽全力来表现它。假如我能在半个上午把这轮廓鲜明的外貌刻画得维妙维肖，并把反光也嵌入老年面部的皱纹中去，那我想这一天就算没有白白浪费。在那张脸的憔悴、枯黄、羊皮纸似的皮肤底下，这里那里满布着血红的条痕。这一点我要着重地刻画出来。我把所见的跟所描绘的（用忌妒的、山猫般的眼光注视着）不停地相互对比，直到我用自己最大的本领和判断力终于取得了成功。我调整修正了多少次啊！为了抓住隔天曾见到过的那种表情，我做了多少次努力啊！我们想恢复原先的位置，等待同样的光线回来，尝试了多少次啊！那张缩拢的嘴唇，那双在圆帽遮掩下小心翼翼内省着的眼睛莫不流露出老年的孱弱和多疑，我们经过多次尝试和几次争论终于设法把这些刻画出来，达到相当的准确。这幅头像始终没有画完，我本来可以继续一直画到今天。那时，一天工作结束后，我常常把它放在地上，两眼含泪瞧着它，于是在我眼前又诞生了新的希望，展现出新的对象世界。画家就是如此学会用不同的眼光来观察自然的。他以前看自然“好似对着镜子，瞧不清楚，如今却是面对面了”。这并非借助于机械仪器，而是因为他善于运用自己的感官，并对自然怀着亲密无间的同情。最卑劣的事物对他不会不产生作用，因为他看事物是着眼于事物的本身，而不光是着眼于他自己的虚荣和兴趣，或者世人的舆论。即使在没有美和没有善的地方——假设如此——也仍然存在着真，存在着令人喜悦的源泉，可供人的好奇心和思维活动去任意驰骋。最谦逊的画家也是真正的学者，而学者中最优秀的则是自然的学者。对我来说，为了事物给我真正的安慰和满意，我倒宁愿自己是简·斯蒂恩[1]或杰勒德·道[2]，而不愿意是历来最伟大的诡辩家或语言学家。画家不是在云里或雾里，即神学家所作的普通注释里观察事物，他每天在绘画实践中受到真实标准和不偏不倚的探索精神的熏陶，便把这同样的准则也运用在其他对象上。他能窥透外表，他能区别性格。他能用直观的眼光阅读人世和书籍。他不仅是鉴赏家，而且还是批评家。他得出的结论是明晰的、有说服力的，因为那都是从事物本身得来的。他不是狂信者，不是易欺者，也不是奴仆，因为亲眼观察的习惯也促使他独自作出判断。我所认识的最敏感的人（作为一个阶级来看）就是画家，即是说他们对周围世界所发生的一切是最生动的观察者，同时对自己头脑里所发生的一切也是最缜

---

❶简·斯蒂恩(Jan Steen,1626—1679)：荷兰画家。
❷杰勒德·道(Gerard Dow,1613—1675)：荷兰风俗画和肖像画家。

密的省视者。由于职业的缘故,他们一般跟世人的交往比作家要多些。如果说他们没有同样的那必需的丰富知识的话,那他们就不得不更多地依靠个人的洞察力。我不妨举出奥佩[1]、富塞利[2]、诺思科特[3]等人的名字,他们都是由于对细微的性格特征有着惊人的熟悉和摹写能力而著称于世的[4]。画家在普通社会或在默默无闻的环境,由于世人不知道他们的价值而遭受忽视和怠慢,有时他们便表现出一种鲁莽和自信的态度。不过这与其说是他们的、倒不如说是别人的过错。在这方面,也许他们缺乏正规教育也可以算是一个过错。这个职业是应当受人尊敬的,理查逊[5]就非常坚持这一点,还讲了米开朗琪罗[6]的一个故事,说他和尤利乌斯二世教皇[7]之间曾发生争吵,"原因是这位艺术家以为教皇故意怠慢他。那位引见米开朗琪罗的主教想乘机献献殷勤,便振振有词地说教皇应

---

❶奥佩(John Opie,1761—1807):英国肖像画和历史画家。

❷富塞利(Henry Fuseli,1745—1825):瑞士出生的英国画家。

❸诺思科特(James Northcote,1746—1831):英国历史画家和肖像画家。

❹商界人士由于他们的意见对发财致富要承担责任,因而习惯于准确无误地查明他们行动的根据,然后才付诸实施,所以他们往往是行动极敏捷、判断极可靠的人。同样,艺术家也必须相当熟悉他们要做的是哪方面的工作,然后才能把他们观察的结果放在展览会上接受参观者的检验。——原注。

❺理查逊(Samuel Richardson,1689—1761):18世纪英国小说家,著有书信体小说《帕美拉》、《克拉丽莎》和《查尔斯·葛兰底森爵士》。

❻米开朗琪罗(Michael Angelo,1475—1564):文艺复兴时期意大利杰出的雕刻家、画家、建筑设计家和诗人。

❼尤利乌斯二世教皇(Pope JnliusⅡ,1443—1513):罗马教皇,他鼓励艺术创作,他的名字与伟大的艺术家拉斐尔、米开朗琪罗等人是分不开的。

该跟他握手言和，因为像他这种职业的人通常都是蒙昧无知的，要不然，也是无足轻重的。教皇听了主教的话，勃然大怒，举起手杖就打他，骂他真真是个糊涂虫，竟侮辱一位连教皇本人也绝不会冒犯的人物。主教被撵出了房间，米开朗琪罗得到教皇的祝福，而且接受礼品。主教陷入了平民所犯的错误，所以理应受到呵斥。”

绘画除了锻炼心灵外，还能锻炼身体。它不仅是一门艺术，而且也是一门技术。从事任何一桩事，在地上挖个洞，栽一棵白菜，射击一个目标，来回推动一支梭子，绘制一幅图案——一句话，凡是要产生一种效果，并取得成功的事，其中必然有某种东西能满足我们对才能的爱慕，而且能消除我们焦急不安的心情。懒散固然令人愉快，但也令人苦恼；要获得快乐就必须做一点事情。行动不亚于思想，也是人体的本能倾向所不可或缺的，而绘画则能将二者连续不断地结合起来[1]。手在实践中提供对眼睛的准确性的检验，眼睛接受教诲以后，又向手提出在技巧和努力方面的新的任务。每笔每画莫不是一种新的真实性的证明，而每当有了新的发现，马上就见诸笔端，并把意图充分发挥出来。每前进一步都更加接近我们的理想，不过总还有不断改进的余地。在鲁本斯和凡·戴克[2]的笔

[1]著名的席勒常说，他发现人生最大的快乐，说到底，就是履行一种机械性的职务。——原注。

[2] 凡·戴克（Sir Anthony Vandyke，1599—1641）：继鲁本斯之后佛兰德斯最杰出的画家。

下固然潇洒自如，气韵生动，色调变幻莫测，而我对此也极为钦佩，但是对他们这种能力的羡慕远不如我对科勒乔[1]、莱昂纳多·达·芬奇[2]和安德利亚·德·萨托[3]那种缓慢、耐心、费工夫的技法的羡慕，因为这种技法的每一笔触似乎都意识到自己的使命，都渴望着表现真实；而辛勤的艺术家也运用得非常突出，

你几乎可以说出他画中的思想。

在前一种情况下，色彩仿佛是魔术一般洒在画布上，结果是转瞬间一挥而就的奇迹；在后一种情况下，色彩似乎是镶嵌在作品主体之中，好像作品曾花费艺术家多年的坚持不懈的努力，并促使他多年来一直愉快地朝着尽善尽美不息地攀登[4]。谁会希望看到这样的作品接近于完成呢？——不再琢磨它们、回到它们身边、将一生贡献给它们。风格华丽而轻

---

❶科勒乔(Antonio Correggio，约1489—1534)：文艺复兴时期意大利重要画家。

❷莱昂纳多·达·芬奇(Leonado da Vinci，1452—1519)：文艺复兴时期意大利杰出的画家、雕塑家、建筑家。

❸安德利亚·德·萨托(Andrea del Sarto，1486—1531)：意大利佛罗伦萨的代表画家。

❹提香和乔尔乔涅采用浓浓的厚涂颜料的方法把这两种风格的某些优点，即一派的潇洒自如和另一派的严谨精细，结合在一起，所以此种方法也许比任何一派都较为可取。——原注。

提香(Titian，1488—1576)：意大利画家，在意大利和世界艺术中占有崇高地位。乔尔乔涅(Giorgione，1477—1510)：意大利威尼斯画派的主要画家。

快的鲁本斯曾埋怨说他刚刚学会了自己的艺术,竟然不得不早死。列奥纳多在其缓慢的进步中倒享有足够长久的生命!

绘画不像写作,把它也理解为一种坐着的享乐,是不恰当的。它固然不要求力气大,但却需要持续而稳定地运用肌肉的力量。在使用体力时需要准确和精细,以弥补激烈程度的不足——需要时时刻刻使自己保持平衡,处于一种跟走钢丝的演员必须全神贯注的同样紧张状态。整个上午从事绘画会使一个人吃午饭时有极好的胃口,犹如亚伯拉罕·塔克[1]老人必须在班斯蒂德丘陵骑马跑一趟后才有吃饭的胃口一样。在谈到乔舒亚·雷诺兹爵士时,有人曾说:"他除了在画室里经常做的那种体操外,不做其他的体操。"——这位作者的意思是指他来回踱步,边走边看他的画而言的;可是绘画本身的动作,运用各种色彩,将适当的量渲染于适当的部位却是一种比在画前走来走去更艰巨得多的体操。后者与其说是在用气力,还不如说是在松弛和调剂身心。像乔舒亚爵士这样的艺术家,对艺术中的感官活动和实践活动感到如此的快乐,后来由于视力衰退,在生命的最后一两年却无法继续从事自己的职业——"这个职业",照他的说法,"乃是他30年来从未间断过的快乐和成功的源泉"。——这时候他发觉自己遭到了极大的损失,这是不足为奇的。那种无法工作的苦闷无聊心情,只有从不动脑筋的人才不会感觉到,要不然,就只

[1]亚伯拉罕·塔克(Abraham Tucker,1705—1774):英国哲学家。

有长期习惯于不断探索抽象观念的人才不会有此感觉。

再举一个例子，然后就结束这篇漫谈。我最初创作的绘画之一是我父亲的肖像，当时他刚进入老年，身体还康健，他的五官十分显著，脸上麻瘢尚可看见。在勾勒画稿的时候，我让一大片光线斜射在他脸上，他戴着眼镜，眼睛往下望着，正在读书。那本书是沙夫茨伯里[1]的《论特征》，是一本装帧精美，附有格赖布林蚀刻画的古书。我父亲倒情愿用其他任何一本书，不过对他来说读书即是一桩满意的事儿，而且是“无限的财富”。画稿预示着成功的希望，因此我着手画完它，决心付出再多的时间和精力也在所不惜。我要求父亲坐多久，他就坐多久，因为人的心有一种天然的渴望，要求坐着让人画他的像，要求成为不断注意的对象，要求把自己的形象增加一倍。我父亲除了对画像感到满意外，还对我这个艺术家感到几分自豪，尽管他宁肯我写一篇布道词[2]，也不愿意我像伦勃朗或拉斐尔[3]那样作画。那些冬天的日子，闪烁的阳光从教堂窗户里照进来，花园里(它“在冬天笼罩下始终歌唱个不停”)知更鸟的歌声给人以欢乐——这时候我每日下午的绘画行将结束——那些日子真是我一生中最幸福的时刻之一。我取出为绘画准备

---

[1]沙夫茨伯里(Antony Ashley Cooper,Brd Earl of Shaftesbury,1671—1713)：英国政治家和哲学家，自然神论者，主要著作为《人的特征、风习、见解和时代》，简称《论特征》。

[2]作者的父亲是一位教会牧师。

[3]拉斐尔(Raphael,1483—1520)：文艺复兴时期意大利画家、建筑家。

的颜料，把画上每一部分细细渲染，都获得了预期的效果；幸运的笔触一下就把皮肤的粗糙刻画出来，把血管宛如珍珠般明晰的色调摹写出来，把健康红润的脸色及其阴影一侧流动的血脉描绘出来，这时候我想，我为自己创造了财富；或者毋宁说不止于此，因为我总以为有朝一日自己也有可能跟着科勒乔说："我也是画家！"这只不过是一种空想，一种稚气的骄傲，然而它当时给我的快乐却不少。我常常定期地把我的作品拿来放在椅上观看赏玩，许多漫长的傍晚就是这样度过的。还有很多次，在晚上临睡之前总要回去向它道别，然后方能上床入睡。我记得把这幅作品送去展览时，心里突突直跳；还记得看见它挂在尊敬的斯凯芬顿先生（当今的乔治爵士）画像的旁边。这两幅画没有共同之处，只有一点相同，就是所画的两个人都是心地非常善良的老人。我想，同时也深信，我完成这幅肖像（或者后来的另一幅）的当天恰好是奥斯特利茨战役[1]的消息传来的日子。那天下午我出外散步，回家时看见金星落在一户穷人家茅屋的后面，心里顿时产生另外一种思想和感情，那是永不会再出现的了。啊，但愿漫长的柏拉图年[2]周而复始，那些日子便有可能重新回来！其间相隔的365000年我能十分满意地一睡而过！——这幅画留下来了；我当时学习分析李维[3]著作时的那些桌

---

❶1805年第3次反法联盟的首次交战，拿破仑最辉煌的胜利之一。

❷柏拉图年（Platonic year）：天文上的一个周期约26000年，经过此时期各星辰又复归原位。

❸李维（Livy，公元前59—公元17）：罗马三大历史家之一。

椅、窗户，以及我父亲布道的小教堂也依然存在，可是他本人却在耄耋之年，满怀着信心、希望和悲悯离开了人间！

沙铭瑶　译

绘画

〔英国〕伍尔芙

也许已有某个教授就此论题写过一本书了，不过它还未曾进入过我们的视野。“艺术的爱情”——这大约就是那本书的书名。它关注的是音乐、文学、雕塑和建筑之间的谈情说爱，以及许多世纪以来这各种艺术相互之间发生的影响。可是在这位教授的探讨之前，从表面来看，似乎文学总是各类艺术中最好交际的，也是最易受影响的，像雕塑就影响了希腊文学，音乐影响了伊丽莎白时代的文学，建筑则影响了十八世纪的英语文学。而现在毫无疑问的则是我们处在了绘画的主宰之下。如果所有的现代绘画都毁于一旦，那么一个二十五世纪的批评家也能够从普鲁斯特一个人的作品中就推断出马蒂斯、塞尚、德朗[1]和毕加索的存在。从摊在眼前的那些作品，他还能说明这些具有最大独创性和创造力的画家，必定是在普鲁斯特隔壁的房间里，一管接一管地挤着颜料，一张接一张地涂抹着画布。

然而，要在这个如此完美无缺的作家的作品中，指出画家影响存在的确切位置，也是极其困难的。在那些二三流作家的作品中进行探寻则要容易得多了。这个世界此时此刻到处都是残疾者——绘画艺术的牺牲品，他们画苹果、玫瑰、瓷器、石榴、罗望子果以及玻璃罐，画得与文学所能描绘的一样，而这当然是差强人意了。我们也可以肯定地说，一个作家，其写作大部分得求助于眼睛，就是个很差劲的作家；如果在描绘，比如说，公园中的聚会时，他刻画了玫瑰、百合花、石竹以及绿草上的树影，栩栩如生，犹如显现于我们的眼前，但是却不允许读者从中推测出观念、动机、冲动以及情感，那是因为他没能使用他的工具来达到它为之创造出来的目的，而作为一个作家，就像一个失去了双腿的人一样。

但是，要想以此来指责普鲁斯持、哈代、福楼拜或者康拉德，则是不可能的。他们运用他们的眼睛，丝毫也不妨碍他们的笔。而且他们对眼睛的运用与以往的小说家截然不同。沼泽地和树林、热带海洋、船只、港口、街道、起居室、花朵、衣

[1]安德列·德朗(1880—1954)，法国画家，野兽派的重要成员之一。但不是受马蒂斯的影响，而是独立地达到了马蒂斯所赞同的风格。

服、态度、光影的效果——所有这些他们给予我们的东西，其精确和微妙使我们不由得感叹：现在作家终于开始使用他们的眼睛了。这些作家中的任何一个确实都不曾停下一刹那以描绘一个水晶瓶子，仿佛它本身就是终极意义；在他们的壁炉台上的水晶瓶往往是通过房间里的妇女的眼睛看到的。整个情节，不管构架得如何稳实和形象化，总是由一种与眼睛完全无关的情感主宰着。不过，使他们的思想得以丰富的则是眼睛。正是眼睛，特别是在普鲁斯特那儿，帮助了其他的感觉，与它们结合，产生了一种极美的效果，一种迄今无人知道的微妙之处。例如，在一个戏院里有这样一个镜头，我们必须理解一个年轻的男子对下面包厢里的一位夫人的情感。四周大量的形象与比较，使我们被迫去鉴赏那种形式和色彩、长毛绒椅子和那位夫人服装的结构与质地、光的暗淡或灼亮、火花与色彩；在我们的感官吸收进所有这些的同一时间，我们的心灵也正沿着逻辑与智慧之路，朝着年轻男子那朦胧模糊的情感之隧道行进。这些情感，在心灵之隧分岔、调整，延伸得越来越远，最终因穿透过深时逐渐消散成稀疏的意义碎片，以致我们，如果不是在突然之间，眼睛一闪接一闪，像一个隐喻接一个隐喻地照亮了黑暗的洞穴，使我们见到了那犹如蝙蝠一样悬挂在光线从未曾拜访过的原始黑暗中的没有躯体的思想那坚硬而确实的物质外壳，几乎已不可能再追随而进了。

所以，作家需要一只第三眼，其功能是在其他感官招呼时伸出援助之手。不过极其令人怀疑的是，他究竟是否从绘画直接学到了什么。看起来确实没错的是，在所有绘画的批评者中作家是最糟糕的一伙，他们的判断充斥着极端的偏见和曲解。如果我们在画廊中与他们攀谈，且排除了他们的疑心，让他们诚实地告诉我们，是绘画中的什么东西让他们愉悦，他们就会承认压根儿就不是绘画艺术本身。他们来这儿并非想理解画家的艺术难题，而是来追寻某种对他们自己有帮助的东西。就是因为这，他们才能把那些长廊从无聊和沮丧的刑室转换成笑意盎然的林荫道、小鸟啾啾的欢你之地以及以寂静为至高无上的圣殿。由于能够自由地走自己的路，能够随心所欲地挑拣和选择，他们发现现代绘画，他们说，非常的有益，非常的刺激。比如说，塞尚——没有画家比他对那些文学的感官更具刺激性了，因为他的画作是如此鲁莽放肆和令人激怒地愿意变成一幅画，以致那单纯的颜料，他们说，就好像在向我们挑战，压迫着某根神经，刺激和激动着我们。譬如，那幅画，他们解释说（站在一幅岩石累累的风景画前面；画上都是乳白色的脊隆，仿佛被一个巨人的锤子劈裂而成，显得沉寂、坚实而平静），搅起了我们内心未曾想到过其存在的词汇，启示着一些我们从未曾见到过的形式。当我们凝视着画时，词语在非人类语言那苍白暗淡的边界地带抬起了它们纤弱的肢体，又在失望中陷落了下去。我们像网一样把它们抛掷到了一处岩石嶙峋的、荒凉寂寞的海岸上，它们渐渐隐退下去，而后消失了。这是徒劳无益的，也是枉费心机，但是我们却永远也不可能抵御这种诱惑。那些沉静的画家，塞尚和西克特，如他们的选择一样频繁地愚弄着我们。

然而，一旦画家企图说话，他们就失去了自己的力量。他们必须通过把绿色渐渐变成蓝色和摆弄色块来说他们不得不说的东西。他们必须像水族馆玻璃后的鲭鱼一样沉默地、神秘地编织自己的符咒，一旦让他们抬起玻璃开始说话，符咒就被破除了。一幅讲述故事的画就如一只狗所玩的把戏那样可怜可悲、荒唐可笑，我们为之喝彩鼓掌仅是因为我们知道：对于一个画家来说，用他的画刷讲叙一个故事，就像让一只牧羊狗在其鼻子上平衡一块饼干一样困难。约翰逊博士的轶事由波斯威尔[1]来讲述就更为出色；而济慈的夜，在绘画中只能哑然无语。用半张信纸，我们就能够写出世界上所有绘画作品所讲的故事。

然而，他们承认道，在画廊里转悠，那些绘画作品，即使在它们并没诱惑我们去进行那种产生众多夭折的怪物的崇高努力时，也是非常令人愉快的。从它们那儿可以学到不少东西。那幅刮风天里的沼泽地的画，比我们自己能看到的更清楚地显示了那一片绿色和银白色、那潺潺的溪流、那在风中摇曳的垂柳，让我们都想为之找到一些措词，甚至想提议在草丛中安卧一个人物形象，或者让他穿着高筒靴和雨衣从庭院大门中走出来。那幅静物画——他们继续前进着，指着

[1]波斯威尔为塞缪尔·约翰逊的传记作者。

一罐赤红色的拨火棒——对于我们就像一块牛排对于一个病残者的意义一样：一次血和营养的纵情之宴——在对细体黑铅字的节食中，我们已饿得快发狂了。我们偎依在它的色彩中，贪婪地进食着那黄色、红色和金黄色，一直到我们营养充足和满意地睡着为止。我们对于色彩的感受似乎不可思议地敏锐起来。我们随身带着那些玫瑰和赤热的拨火棒已四处转悠了好些天了，再次用词语把它们重新绘描了一遍。从一幅肖像画中，我们也几乎总是能得到某些值得拥有的东西：某人的房间、鼻子或者手臂、人物或环境的某种微小的影响力、某种能放进我们口袋和取出的小摆设。但是相同的是，肖像画的画家必须不去企求说话，他不应该说："这是母性"，"那是智慧"。他应该竭尽全力去做的是轻轻地叩拍房间的墙壁，或者鱼缸的玻璃壁；他应该走得非常之近，但又总该有某种东西把我们与他隔离开来。

确实有些艺术家生来就是叩拍者。我们一看到德加[1]那幅舞蹈者在系她的舞鞋的画作，就会惊喊道："真是才华横溢啊！"一如我们阅读了康格列夫[2]的一段对白后的反应。德加分离出一个场景并加以评说，正如一个伟大的喜剧作家的所为一样，不过前者是寂静无声的，片刻也未曾侵犯绘画的缄

[1]E.德加(1834—1917)，法国画家，后期倾向于印象派，作品题材多取自于芭蕾舞剧院、咖啡馆和赛马场等。

[2]W.康格列夫(1670—1729)，英国剧作家。

默权。我们发笑，但是没用在阅读时发笑的那块肌肉。米勒·莱丝奥尔[1]也具有同样罕见而奇异的能力。她马戏团的马、或者在她的望远镜凝视下站立着的团员、或者位于乐池中她的小提琴手，都是多么的机智诙谐啊！通过叩拍这墙的另一面，她活跃了我们对于生活的意义和欢乐的感受。马蒂斯叩拍着，德朗叩拍着，格兰特[2]先生叩拍着；另一方面，毕加索、西克特、贝尔夫人[3]却全都像鲭鱼一样地默默无语。

可是作家已经说得够多了。他们都心神不定。没有人比他们更清楚，他们喃喃而语着，这不是观看绘画的方式。他们是些不负责任的蜻蜓，仅仅是些昆虫，像孩子似的通过把花瓣儿拉扯掉来任意毁坏艺术品。总而言之，他们最好还是离开，因为此时此地，如穿水荡桨而前，神思外属、心不在焉、冥思苦想着地走来了一位画家。作家把他们小偷小摸得来之物塞进口袋，赶紧把自己关在了门外，以避免在他们淘气的时候被逮住，被迫去忍受最为极端的刑罚，也是最为别致的折磨——被迫和一位画家一起观看画作。

董乐山　译

[1] M.莱丝奥尔，二十年代伦敦的一个马戏团主。

[2] U.格兰特(1822—1885)，美国第十八届总统。

[3] 贝尔夫人，英国女作家夏洛蒂·勃朗特、艾米莉·勃朗特及安妮·勃朗特三姐妹的联合化名。

我与绘画的缘分

〔英国〕温·丘吉尔

年至四十而从未握过画笔，老把绘画视为神秘莫测之事，然后突然发现自己投身到了一个颜料、调色板和画布的新奇兴趣中去了，并且成绩还不怎么叫人丧气——这可真是个奇异而又大开眼界的体验。我很希望别人也能分享到它。

为了得到真正的快乐，避免烦恼和脑力的过度紧张，我们都应该有一些嗜好。它们必须都很实在，其中最好最简易的莫过于写生画画了。这样的嗜好在一个最苦闷的时期搭救了我。1915年5月末，我离开了海军部，可我仍是内阁和军事委员会的一个成员。在这个职位上，我什么都知道，却什么都不能干。我有一些炽烈的信念，却无力去把它们付诸实现。那时候，我全身的每根神经都热切地想行动，而我却只能被迫赋闲。

尔后，一个礼拜天，在乡村里，孩子们的颜料盒来帮我忙了。我用他们那些玩具水彩颜料稍一尝试，便促使我第二天上午去买了一整套油画器具。下一步我真的动手了。调色板上闪烁着一摊摊颜料；一张崭新的白白的画布摆在我的面前；那支没蘸色的画笔重如千斤，性命攸关，悬在空中无从落下。我小心翼翼地用一支很小的画笔蘸真正一点点的蓝颜料，然后战战兢兢地在咄咄逼人的雪白画布上画了大约像一颗小豆子那么大的一笔。恰恰那时候只听见车道上驶来了一辆汽车，而且车里走出的不是别人，正是著名肖像画家约翰·赖弗瑞爵士的才气横溢的太太。"画画！不过你还在犹豫什么哟！给我一支笔，要大的。"画笔扑通一声浸进松节油，继而扔进蓝色和白色颜料中，在我那块调色板上疯狂地搅拌了起来，然后在吓得簌簌直抖的画布上恣肆汪洋地涂了好几笔蓝颜色。紧箍咒被打破了。我那病态的拘束烟消云散了。我抓起一支最大的画笔，雄赳赳气昂昂地朝我的牺牲品扑了过去。打那以后，我再也不怕画布了。

这个大胆妄为的开端是绘画艺术极重要的一个部分。我们不要野心太大。我们并不希冀传世之作，能够在一盒颜料中其乐陶陶，我们就心满意足了；而要这样，大胆则是唯一的门券。

我不想说水彩颜料的坏话。可是实在没有比油画颜料更好的材料了。首先，你能比较容易地修改错误。调色刀只消一下子就能把一上午的心血从画布上“铲”除干净；对表现过去的印象来说，画布反而来得更好。其次，你可以从各种途径达到自己的目的。假如开始时你采用适中的色调来进行一次适度的集中布局，尔后心血来潮时，你也可以大刀阔斧，尽情发挥。最后，颜色调弄起来真是太妙了。假如你高兴，可以把颜料一层一层地加上去，你可以改变计划去适应时间和天气的要求。把你所见的景象跟画面相比较简直令人着迷。假如你还没有那么干过的话，在你归天以前——不妨试一试。

当一个人开始慢慢地不感到选择适当的颜色、用适当的手法把它们画到适当的位置上去是一种困难时，我们便面临更广泛的思考了。人们会惊讶地发现在自然景色中还有那么许多以前从未注意到的东西。每当走路乘车时，附加了一个新目的，那可真是新鲜有趣之极。山丘的侧面有那么丰富的色彩，在阴影处和阳光下迥然不同；水塘里闪烁着如此耀眼夺目的反光，光波在一层一层地淡下去；表面和边缘那种镀金镶银般的光亮真是美不胜收。我一边散步，一边留心着叶子的色泽和特征，山峦那迷梦一样的紫色，冬天的枝干的绝妙的边线，以及遥远的地平线的暗白色的剪影，那时候，我便本能地意识到了自己。我活了四十多岁，除了用普通的眼光，从未留心过这一切。好比一个人看着一群人，只会说“人可真多啊！”一样。

我以为，这种对自然景色观察能力的提高，便是我从学画中得来的最大乐趣之一。假如你观察得极其精细入微，并把你所见的情景相当如实地描绘下来，结果画布上的景象就会惊人的逼真。

嗣后，美术馆便出现了一种新鲜的——至少对我如此——极其实际的兴趣。你看见了昨天阻碍过你的难点，而且你看见这个难点被一个绘画大师那么轻而易举地就解决了。你会用一种剖析的理解的眼光来欣赏一幅艺术杰作。

一天，偶然的机缘把我引到马赛附近的一个偏僻角落里，我在那儿遇见了两位塞尚[1]的门徒。在他们眼中，自然景色是一团闪烁不定的光，在这里形体与表面并不重要，几乎不为人所见，人们看到的只是色彩的美丽与谐和对比。这些彩色的每一个小点都放射出一种眼睛感受得到却不明其原因的强光。你瞧，那大海的蓝色，你怎么能描摹它呢？当然不能用现成的任何单色。临摹那种深蓝色的唯一办法，是把跟整个构图真正有关的各种不同颜色一点一点地堆砌上去。难吗？可是迷人之处也正在这里！

我看过一幅塞尚的画，画的是一座房里的一堵空墙。那是他天才地用最微妙的光线和色彩画成的。现在我常能这样自得其乐：每当我盯着一堵墙壁或各种平整的表面时，便力图辨别从中能看出的各种各样不同的色调，并且思索着这些

[1] 塞尚(1839—1906)法国后期印象派画家。

色调是反光引起的呢，还是出于天然本色。你第一次这么试验时，准会大吃一惊，甚至在最平凡的景物上你都能看见那么许多如此美妙的色彩。

所以，很显然地，一个人被一盒颜料装备起来，他便不会心烦意乱，或者无所事事了。有多少东西要欣赏啊，可观看的时间又那么的少！人们会第一次开始去嫉妒梅休赛兰[1]。

注意到记忆在绘画中所起的作用是很有趣的。当惠斯特勒[2]在巴黎主持一所学校时，他要他的学生们在一楼观察他们的模特儿，然后跑上楼，到二楼去画他们的画。当他们比较熟练时，他就把他们的画架放高一层楼，直到最后那些高材生们必须拼命奔上六层楼梯到顶楼里去作画。

所有最伟大的风景画常常是在最初的那些印象归纳起来好久以后在室内画出来的。荷兰或者意大利的大师在阴暗的地窖里重现了尼德兰狂欢节上闪光的冰块，或者威尼斯的明媚阳光，所以，这就要求对视觉形象具有一种惊人的记忆力。就发展一种受过训练的精确持久的记忆力来说，绘画是一种十分有效的锻炼。

另外，作为旅游的一种刺激剂，实在没有比绘画更好的了。每天排满了有关绘画的远征和实践——既省钱易行，又能陶情养心。哲学家的宁静享受替代了旅行者的无谓的辛

---

[1]梅休赛兰，远古传说中的人物，活了969岁，已成为长寿之象征。
[2]惠斯特勒(1834—1903)住在英国的美国画家。

劳。你走访的每一个国家都有它自己的主调，你即使见到了也无法描摹它，但你能观察它，理解它，感受它，也会永远地赞美它。不过，只要阳光灿烂，人们是大可不必出国远行的。业余画家踌躇满志地从一个地方到另一个地方东游西荡，老在寻觅那些可以入画可以安安稳稳带回家去的迷人胜景。

作为一种消遣，绘画简直十全十美了。我不知道还有什么在不精疲力竭消耗体力的情况下比绘画更使人全神贯注的了。不管面临何等样的目前的烦恼和未来的威胁，一旦画面开始展开，大脑屏幕上便没有它们的立足之地了。它们退隐到阴影黑暗中去了。人的全部注意力都集中到了工作上面。当我列队行进时，或者甚至，说来遗憾，在教堂里一次站上半个钟点，我总觉得这种站立的姿势对男人来说很不自在，老那么硬挺着只能使人疲惫不堪而已。可是却没有一个喜欢绘画的人接连站三四个钟点画画会感到些微的不适。

买一盒颜料，尝试一下吧。假如你知道充满思想和技巧的神奇新世界，一个阳光普照色彩斑斓的花园正近在咫尺等待着你，与此同时你却用高尔夫和桥牌消磨时间，那真是太可怜了。惠而不费，独立自主，能得到新的精神食粮和锻炼，在每个平凡的景色中都能享有一种额外的兴味，使每个空闲的钟点都很充实，都是一次充满了销魂荡魄般发现的无休止的航行——这些都是崇高的褒赏。我希望它们也能为你所享有。

王汉梁　译

绘画与色彩

〔法国〕波德莱尔

绘 画

一幅画只是画本身所想要表现的东西;除了从它受光的那个角度去看之外,没有别的法子欣赏。

我向那些有时被我好心的愤怒所得罪的人建议,请他们读读狄德罗的《沙龙》一书。我们在这本书里,除了其他一些很得当的善意的教训外,还可以看到这一点:有人向他推荐一位画家,因为这位画家有一大家子人需要养活,于是伟大的哲学家说:他应该放弃绘画,要不就放弃那个家庭。

诗意不是绘画家所追求的直接目的;当诗意进入绘画之中,作品自然就更具风韵,不过诗意并不能掩盖绘画的缺点。在构思一幅画的时候刻意追求诗意,肯定找不到。诗意当于艺术家不知不觉间到来,这是绘画本身的结果;因为诗意隐藏在观众心中,而天才就在于能使它从人们心中苏醒过来。绘画之妙系于色彩和形态;它跟诗的相像之处只是诗在读者心中会同样引起绘画的各种印象。

有一个简单方法可以衡量一位艺术家的才能,这就是看看那些欣赏他的观众是什么人。画家和诗人欣赏欧·德拉克洛瓦[1];德康先生,画家欣赏;奥拉斯·韦尔内先生[2]为军伍所喜爱;富于审美观念的妇女们则喜欢阿里·斯黑费尔先生[3],她们总是通过奏点宗教音乐来消愁解闷,排遣经期中白带给她们带来的烦恼。

色彩

在色彩中有和谐、旋律和对位法。

❶德拉克洛瓦(Eugène Delacroix,1798—1862),法国浪漫派画家,作品色彩浓郁,强劲有力。

❷韦尔内(Horace Vernet,1789—1863),法国战争题材画家。

❸斯黑费尔(Ary Scheffer,1795—1858),荷裔法国肖像画家。

大自然在色调安排上从来不会弄错，这是因为自然界存在着化学亲合作用：对大自然来说，形态和色彩是一致的。

真正的善用色彩的画家也不会搞错；他在绘画中一切运用自如，因为他天生懂得色调的系列，色调的力量，各种色彩调和的效果，以及对位法的全部诀窍，这样他就能调和出二十种不同的红颜色来。情况确实如此。如果有哪个不懂色彩的农庄主人竟然把他的田野胡乱着色，涂抹得全不协调，大自然的浓郁而透明的气氛就会进行调整，委罗内塞[1]敏锐的目光也能把一切重新恢复过来，让画幅上出现一个惬意的、毫无疑问地既合乎传统又符合逻辑的整体。

这说明了一个善用色彩的画家在如何运用色彩的方式上常常是矛盾的，也可以说明他如何师法大自然，然而却时常会导致完全相异的效果。

空气在色彩理论中起着很大的作用，以致如果一位风景画家按照他所看到的那样去画林子里的树叶，他所取得的色调就会完全不对；这是因为观众和画幅之间的空间比起观众和大自然之间的空间要小得多。

虚构仍然是必需的，甚至为了达到绘画上的逼真，也必需虚构。

和谐是色彩理论的基础。

---

[1]委罗内塞(Paolo Veronese，1528—1588)，意大利画家，属威尼斯画派，作品色彩绚丽。

旋律是色彩或全部色彩中的统一。

旋律要求有一个结论：这就是一种协调，其中所有的效果都是为了达到一个总的效果。

这样旋律就在精神上留下一个深刻的印象。

…………

我们大部分的画家缺乏旋律。

…………

一切纯粹的素描画家都是哲学家和善于提炼物体精华的炼金术士。

一切善用色彩的画家都是史诗诗人。

大 卫[1]

在大卫这十幅作品中，主要的佳作是《马拉》、《苏格拉底之死》、《拿破仑越过圣贝尔纳山》、《特里马科斯和尤卡里斯花》。

崇高的马拉，一只手耷拉在浴缸外面，但还软弱无力地握着他最后的那支翎毛笔，胸脯已被刺穿，露出那含有亵渎意味的伤口，他刚刚咽气。他的另一只手放在他面前的绿色搁板上，仍然拿着那张卑鄙的字条："公民，为了能够获得您

[1] 大卫(Jacques Louis David，1748—1825)，法国著名肖像画家。

的照顾，即使我很不幸也心甘。”浴缸里的水都被血染红了，纸上也鲜血淋漓；地上有一把沾满血迹的大厨刀；在一只可怜的木箱（这就是这位不知疲倦的新闻记者的全部工作用具）上，写着：“献给马拉，大卫。”这一切细节都是历史性的，真实的，像巴尔扎克的小说一样；这真是一幕悲剧场面，凄惨的恐怖感表现得极其生动，画面上呈现出一股奇异的力量，这幅画确实是大卫的杰作，一件现代艺术的瑰宝，脱尽平庸恶趣。令人最为惊叹的就是这幅不寻常的画是作者以极快的速度完成的。当人们想起画面的美时，似乎有些东西使人感到大吃一惊。只有精神上坚强的人才能欣赏它，这是唯灵论的胜利；这幅画像现实那样残酷无情，然而却洋溢着理想的芬芳。死神用它的翅膀一下子抹掉的这个丑恶是什么呢？马拉从此可以向阿波罗[1]挑战了，死神用它那爱抚的双唇刚刚吻过他，现在他在生死变化的寂静气氛中安息了。在这幅作品中充满了温馨动人而又无限悲怆的东西；在这个房间冷冰冰的空气中间，在这些冷冰冰的墙壁上，环绕着这个冷冰冰、阴森森的浴缸，一个灵魂在飞翔。一切政党的政治家们，还有，你们自己，1845年的凶狠的自由党人，你们允许不允许我们为大卫的这幅艺术杰作所感动呢？这幅画本是敬献给忧伤的祖国的一份厚礼，今天我们看了感动得流泪也没有什么吧。

[1] 希腊神话中的太阳神。

戈 雅[1]

戈雅的伟大成就就在于他创造了真实得怕人的东西。他笔下的那些怪物活灵活现，非常协调。他在画幅上真是集荒诞之大成，没有人像他这样大胆。所有这些扭曲的面目、野兽般的外貌、魔鬼似的怪脸都充满了人性。即使从博物学的特定观点来看，对这些怪相也很难指责。它们心灵的每一部分都那么相像，那么一致；总之，画家把真实与非真实弥合到天衣无缝，无懈可击。最精细的分析家恐怕都分不出何处是真，何处是假，辨不清连接的痕迹。他的艺术既卓越又自然。

安格尔[2]

安格尔先生的画究竟怎样呢？十全十美？还是才华横溢？就我所知，凡是把艺术大师们的绘画风格一一作过比较的人，都会说安格尔作画有他自己的一套画法。他认为实物入画必须经过修改，美化；为了达到赏心悦目这一目的，巧妙而惬意地将实物改头换面，这不仅是一种权利，而且是一种责

---

[1]戈雅(Francisco de Goya y Lucientes，1746—1828)，西班牙画家，画风遒劲。

[2]安格尔(Jean Auguste Dominique Ingres，1780—1867)，法国画家，其作品以典雅著称。

任。迄今为止，人们一直主张应当如实地合乎逻辑地表现所描绘的事物，可是在这位大师的所有作品中却时常出现欺骗、狡猾、过火，有时还弄虚作假，使人大上其当。瞧，这幅画上画着合拢的、十分匀称的许多手指，那些窄窄的指尖使指甲都感到难受，当拉法特❶审视画面上的这个有着宽阔的胸脯、肌肉饱满的前臂和有点儿男子气概的身体的时候，他一定会觉得这些手指应当是方方的，富有男性特征，这才对称，才符合整个艺术布局。瞧，这儿是娟秀的容颜，自然而优雅的双肩，而手臂却太粗壮，十足地具有拉斐尔的绘画风格（拉斐尔为了取悦老师，喜欢画肥胖的手臂）。我们将会发现，这儿肚脐太偏向肋骨，那儿，乳房又过于侧向腋下了；这里，这可不能原谅（一般地说，这些各种各样违反真实的画法多多少少还情有可原，人们总是很容易猜出来，这是由于过分追求某种风格的审美趣味所致），这么一条难以形容的、瘦骨嶙峋的大腿，既没有肌肉，也不成形，膝弯处也缺少皱褶，真叫人感到十分困惑。（《朱庇特和安提俄珀》）

我们还要指出，如果一个画家老是那样几乎是病态地为风格所左右，他就常会漠视形象的立体感，或者甚至会完全看不到，而只想强调轮廓，结果他所画的人体就像服装裁剪纸样，尽管尺寸非常准确，但却恹恹无生气，与人的机体没有

❶拉法特(Johann Kaspoar Lavater，1741—1801)，瑞士德语作家，思想家，神学家。

共同之处。有时画面上确实也有某些迷人的局部，你的目光偶一驻留，便感到生意盎然；可是这时你脑子里又会闪过一个惹人讨厌的念头：并不是安格尔先生吃透了他所描绘的对象，而是描绘对象本身降伏了画家，是面前这位颀长健壮的夫人以其不可抗拒的魅力征服了画家。

…………

依我看，这里面有一样东西特别显示出安格尔先生的才华，这就是爱女人。他的放荡是认真的，而且充满信心。安格尔先生只有在以他的才华与年轻美女的魅力打交道的时候，才那么愉悦，那么能干。在他的画幅上，肌肉、肌肉的皱褶、身体上各处浅窝窝儿的阴影、肌肤的起伏波动，应有尽有。如果《西泰尔岛》[1]这幅画是由安格尔先生制作，肯定不会像华托[2]画得那样轻松欢快，而是像古代的爱神那样壮实、丰腴。

德拉克洛瓦

强调一种特征势必至于要削弱其他方面。一种容易走极端的艺术风格就必然需要有所牺牲，而杰作永远只是所描绘对象的不同摹本罢了。因此应当接受一种巨大热情——不管这是一种什么样的热情——的结果，接受一种才华的必然的

---

❶这是华托的一幅名画，画题叫《登舟赴西泰尔岛》。
❷华托（Antoine Watteau，1684—1721），法国画家，画风华丽，色彩绚烂。

发挥，不要跟天才讨价还价。那些百般嘲笑德拉克洛瓦的人从来就想不到这一点；特别是有些雕塑家，他们过分地抱着偏见，评头论足，实际上他们的判断最多也只有建筑家评论的一半价值。雕塑，既不可能涂上彩色，又没有动作，跟绘画这种讲究动作、色彩和气氛的艺术迥然不同。动作、色彩、气氛这三个要素，要求轮廓不太明确，线条柔和而飘动，但笔触要大胆。——德拉克洛瓦是当代唯一的独创性没有为线条束缚住的画家；他画的人物总是热情奔放，衣服褶裥飘逸生动。按照德拉克洛瓦的看法，线条并不存在；因为无论线条如何纤细，一个爱嘲弄的几何学家总可以把它想象为粗到足以容纳得下一千条线；可是对善用色彩的画家来说，他们想摹拟的是绘画对象的那种永远在动的情态，根本不存在线条，就像天空中的彩虹一样，它只是两种色彩的密切融合而已。

不过，就像有许多色彩一样，也有许多画法：正确的或错误的，照具体实物画的或想象的，等等。

第一种是消极的，不正确的，因为它太像，它很自然，但荒唐可笑；第二种是理想化了的自然主义，画得很有才气，懂得如何选择、布局、修改、猜想、控制所描绘的对象；还有第三种，这真是最高级、同时也是最奇特的一种了，这种画法对所画的对象可以并不着意，但抒发出作者的心灵和气质。

那些像安格尔先生那样的画家一般都非常喜欢按照实物描绘；而富有创造性的绘画只有天才才画得出来。

高超的艺术家们绘画的最大优点乃是表现出运动的真实状态，德拉克洛瓦从来不违背这一自然法则。

杜米埃[1]

作为艺术家，杜米埃的特色就是确实性。他像大师们那样作画。他的画丰富、流畅，很多连贯的即兴之作，但决非信笔点染。他具有很好的、几乎是非凡的记忆力，于是在作画时脑海中形形色色的模特儿接踵而至。他所画人物都很好地保持着平衡，十分生动；他观察力强，而且极其准确，在他所描绘的人物中你怎么也找不到任何身首不相称的地方。有这样的鼻子，就必须有这样的额头，这样的眼睛，这样的脚，这样的手。他把学者的逻辑性搬进了一种讲究优美、讲究转瞬即逝的印象的艺术，但却表现出生命的变幻不定。

理查·瓦格纳[2]

我记得，从开始演奏的几个小节起，我就有这些愉快的感受，这几乎是任何富有想象力的人在梦幻中都感受过的快

---

[1] 杜米埃(Honoré Daumier,1808—1879)，法国画家，尤以政治、社会漫画著称。

[2] 瓦格纳(Richard Wagner,1813—1883)，德国作曲家。

乐。我觉得自己仿佛从沉重的锁链下解脱出来,在回忆中又重新获得了在极乐世界中萦回的奇异的欢乐(顺便说说我那时并不知道刚才提起的这部乐曲的标题)。接着我不由自主地感到好像一个人置身于巨大的梦幻所笼罩的妙境之中,那广阔无垠的天边,朦朦胧胧,闪现出一道宽阔的光芒,无边无际,什么装点都没有。一会儿,我感到这光芒变得更亮,愈来愈亮,变得那么快,哪怕我检遍词典的形容词也说不尽这不断增强的光芒多么辉煌。这时我完全想象得出,这光芒中有一个灵魂在跃动,由于欣悦和彻悟而迷醉,高高地在遥远的太空中翱翔。

…………

在艺术史上这大概是一桩新事:一个批评家成了诗人,这是心理规律的一个颠倒,一大奇事;相反,一切伟大的诗人却本来注定了就是批评家。我为那些只让唯一的爱好所支配的诗人惋惜;我想他们是不完全的。在前者的精神生活中,必然起了变化,他们企图对自己的艺术进行论证,探讨幽晦难明的规律(他们过去就是据此创作的),从这类研究中得出一系列教导,他们的神圣的目标就是要在诗的创作中做到正确无误。一个批评家成为诗人,是不可思议的;而诗人身上,不可能不蕴含着一个批评家。因此,读者不必诧异,我认为诗人就是最好的批评家。

…………

今天，有谁比我们伟大的德拉克洛瓦更懂得绘画呢？过去，狄德罗、歌德、莎士比亚，这些大作家，都是高明的批评家。首先是诗，这是第一性的，然后才由此产生诗律研究。人类劳动的无可争辩的历史就是这样。我这样想（由于缺少证明，我只能说是设想）：既然一个人是千万人的缩影，个人头脑的历史也就是普天下人头脑的历史的雏形，那么瓦格纳的思想格局可能跟人类的劳动正相类似。我这样的设想大概是正确而合乎情理的。

徐知免 译

风景画家的生活

〔法国〕莫泊桑

亲爱的朋友，感谢你那封告诉我有关巴黎消息的信件。这封信使我非常高兴和惊讶，它好像是来自另一个离开了很久的国度。怎么，你曾和我谈到的那些人还在人世并且仍然还在干那些无聊的事?!林荫路为了无聊的事在躁动，沙龙由于某先生似乎和某夫人睡过觉的绯闻而变得浑浊。被同样的傻瓜们推行的愚蠢政治周而复始，一本正经的先生们每天都在占用报刊的无数栏目论说老生常谈的话题，而天真的人们却并未发现他们满怀信心讨论的这些话题，就是他们原已读了上万次的相同的货色!

你和我说的独立的艺术家协会在杜伊勒利花园举办的展览会使我感兴趣。应当放眼看看所有不顾陈规尝试新事物的人，看看所有力图发现大自然中人所未见的事物的人,所有诚心诚意工作的人。但是为什么这次展览要在盛夏举办呢?无疑,国家只在这个季节出借这块场地。国家一直是个有权势和专横的傻瓜。按照在大热天驱使它开办展览会这个原则，过几天我们将会看到它强迫冬泳教练只能在十二月、元月和二月在塞纳河中教习潜水和游泳。因此,你向我叙述了在这个画廊里将有些稀奇的东西值得看,有些出人意料的东西;这太好了,我回巴黎后将要去看一看。

到那时候,我自己在绘画作品中自由自在地看。这比起在我们看来什么是色彩,比起绘画赋予那些长眼睛就是为了看的人们的深深的欢悦,有可能会使大部分人更感到惊讶!

确实,我只用双眼去看;从早到晚,掠过平原和丛林,穿过峭壁和荆棘,我去寻找真实的色调,寻找未被注意到的色调间的细微差异,寻找被学校、教师、盲目及传统教育阻止去了解和深入理解的所有的东西。

我的眼睛像饥饿的嘴一样张开着，贪婪地看大地和天空。是的,我有一种要用我的注视吞掉世界、像消化肉和消化水果一样去消化色彩的明确而深刻的感觉。

这对我来说是全新的。直至目前我仍在平静地工作着，而现在我开始寻觅!……啊!我的老朋友,你不知道也将永远不会了解大地上那块土堆是什么,不了解它在自己旁边投射到大地上的那条短短阴影当中的东西。一片叶子、一粒小石子，一束光线，一丛草都使我驻足良久；我贪婪地凝视它们比一个淘金者发现一根金条时的情绪更激动，同时细细地品味着在剖析这些画作难以觉察的色调和不易捕捉的折光时所产生的那种神秘又美妙的幸福感。

我发觉了，我过去一向实际上什么都没有看到。好，去看看吧，这挺好。这比在喝空了的一摞空啤酒杯前喋喋不休的美学讨论更好、更有益。

有时，我停在画作前，愣然注视我过去从未料到、使我惊愕的光彩夺目的东西！你去凝视在灿烂阳光下的树木和草地，并且试着把它们画下来，你试试看。所有的人都画阳光下的风景，因为所有的人都是盲人。我亲爱的朋友，树叶、草地、所有在充足的阳光照射下的东西都不再有光彩，但是有反光，没有任何光源能使它有这样的光泽。可是我们不善于画本身发光的物体；甚至不懂赋予这些物体以幻象。去年，在同一个地点，我常常跟随克劳德·莫奈[1]探索印象效果。他当时不再是一位画家，而简直是一位猎手。他尾随孩子们，把他们画在自己的五六张画布上。主题是一个，但画的时间不同，效果各异。

根据天空光线的变化，他时而携起时而放下这些画布。这位画家面朝着他的画作等待，耐心静候阳光和阴影，在对错误和习惯的表现方法产生蔑视感的同时，快速地用寥寥几

[1]克劳德·莫奈（1840—1926），法国画家，印象派大师之一。

笔将射下的阳光和飘浮着的云朵采撷在画布上。

我曾看到过他用这种手法捕捉住投射到灰白色海边峭壁上闪烁的阳光，并把这种光用金黄色调的流光溢彩确定下来。这种色调使作品格外出人意料并且把这难以把握、眩人眼目的强光产生的瞬间效果记录在画布上。

另一次，他用双手捧住一掬正倾盆泼泻在大海上的暴雨的雨水，然后把这捧雨水投洒在画布上。正是他用这种方式画出的真正的雨，只有雨才使岩石、天空朦胧模糊，在这滂沱大雨中隐约可见。

我还回忆起另外一位我曾在埃特莱达山谷看到他在工作的艺术家。

当时我还很年轻，有一天我沿着鲍海贝尔村的溪涧漫步，看到一座农场，很小的农场，里边有一位身着蓝色工作服的老人在一棵苹果树下梳理头发。他坐在马扎上，身材显得很瘦小；这身农民打扮使我鼓起了勇气走向前去看这位老者。场院有些倾斜，四周环生参天大树，夕阳的余晖斜射下来，一束黄色的光线透过树叶的缝隙，洒落在沾满细碎闪光的雨水珠的草地上。

老人没有看到我，他在一小块方形的布上慢慢地、静静地梳头，身子几乎一动不动。他有一头长长的白发，面带微笑，脸色温和。

第二天，我在埃特莱达山谷又看到了他，这位老画家就是科罗[1]。

大约在两三年后，有一次我到海滩上去看暴风雨。那里狂风劲吹、海水翻腾，巨浪顶托着泡沫缓慢地一个接一个打过来，然后猛拍在坚硬的鹅卵石斜坡上，耸起拱穹形随后崩坍下来发出震耳欲聋的巨响。海浪激起的泡沫飞溅到峭壁的巅峰，旋成一团飞雾卷扬起来，被狂风推载着掠过当地房屋屋顶，向山谷方向抛洒过去。

在我身边的一个人突然说："走吧，我们到库尔贝那里去看看，那边肯定有很好看的东西。"他并不是专门对我打招呼，可是我随着他去了，因为我和这位艺术家曾有过一面之交。他住在一间背靠崖壁面向大海的小屋里，这所房子属于风景画家欧仁·勒普瓦特樊[2]。

在一间宽大无饰的房子里，一个粗壮的人满身油渍，用一柄厨刀把调色板上的白色抹涂在一大幅还没有画上画的素布上。他不时走过去用脸贴住窗玻璃看暴风雨。大海的潮水如此近迫，卷着泡沫，带着巨响，好像就要闯撞到这间屋子里。海水像冰雹一样敲砸到方砖上，顺着墙壁淌流下来。

在壁炉上，一只苹果酒瓶放在还余半杯苹果酒的酒杯旁边。库贝不时走过来饮啜几口，然后回到他的作品面前。这部

---

❶科罗（1796—1875），法国风景画画家。其画作以表现宁静的光线为其特色。

❷欧仁·勒普瓦特樊，生卒年代不详，法国风景画家。

作品就是后来的《浪潮》，并引起了世人的某些反响。三个人在工作间的角落中聊天，如果我没弄错，其中有一位是查理·朗戴尔，库尔贝也在那里，用低沉、愉快、滑稽和粗鲁的语调谈话。他头脑迟钝，但思维准确，充满了隐藏在粗俗玩笑后面的农民的通情达理。他面对他的同行拿给他看的一幅画作《神圣家族》说："这幅画很美。因为您认识他们——这些画上的人，您画出了他们的肖像！"

我还看到过许多到这个小山谷里来的其他画家。无疑是那里的阳光吸引了他们，那里的阳光真是不同寻常！因为日光在那里仅隔咫尺之遥就会有像波尔多葡萄酒色泽那样不同的变化。在这里，阳光灿烂但不强烈；景物明亮但不刺眼，各种景色都以奇妙的方式争奇斗妍互不雷同。

但是应当去观察，或确切地说，应该去发现。眼睛，这副人身上最奇妙的器官是无限完善的，在人提高自己教养水平的同时，就会产生惊人的敏锐视觉。我们知道，古人只能认清四至五种颜色，今天，我们可以标出无计其数的色调；真正的艺术家，伟大的艺术家们，当他们在一个色调当中发现色彩的细微变化和协调时所带来的激动，远比他们的作品在外行人中间引起轰动效应给他们带来的激动心情更强烈。

左拉在他的令人赞赏的全部著作中所叙述的全部猛烈的格斗，那种无休止的人与思想的斗争，艺术家和他自己的观念所做的以一种若隐若现难以捉摸的表象进行的壮丽、可怖的战斗，我全看到了。我，一个微不足道能力有限但是像克劳德[1]一样经受着精神折磨的人，以我管窥蠡测之见，证实和记录下来的这些场景，用细腻的笔调，很难形容的协调把它们描述出来；我忧伤地对一块路程碑投映在一条白色路面上的阴影凝视了好几天的时间，我承认，我没有能力把这条阴影描画出来。

来函照登

莫泊桑

原载1886年9月28日《吉尔布拉斯日报》

王观群　译

[1]克劳德(CLAUDE FROLLO)，雨果小说《巴黎圣母院》中的人物。教士，在精神上受肉欲的强烈折磨。

论风景

[奥地利]里尔克

人们很少了解古代的绘画；但是，要说古人看人就像后来的画家看风景一样，那也不为过分。在瓶画这种出自一门伟大绘画艺术的难忘的纪念品中，环境(房屋或街道)只是提到一下，仿佛缩写似的，只是标出开头字母而已，赤裸的人则是一切，如同挂着果实和果环的树，还有开花的灌木，群岛啼啭的春景。那时对待人体像对待一片土地，关心它像关心庄稼一样，占有它像占有一块优良的地产，人体就是可供观赏的美，就是按照和谐系列贯穿一切意义(神和兽以及人生全部意蕴)的图像。人虽然存在几千年，对于自己还是太新，还是太陶醉于自己，以致未能超越或忽略自身。他所走的路，他沿着奔跑的跑道，过希腊节日的一切游戏场和跳舞场；军队集结的山谷，出发进行冒险、到老满载闻所未闻的记忆而归的港口；各种节日及相继而来的张灯结彩、叮叮当当的银夜，朝拜神祇的行进和环绕祭坛的巡游——这一切就是人们生活于其中的风景。但是，人形神祇所不住的山脉是陌生的，连一尊从很远看得见的立像都没有的丘陵，找不到牧人的山坡——就更不值一提了。处处都不过是空荡荡的舞台，只要人没有出场，以他的身体的欢乐或悲惨的行动充满场景。一切都在等待他，如果他来了，一切又都会后退，给他让路。

基督教艺术丧失了与人体的这种关联，因此实际上没有接近风景；人与物在其中如同字母，以开头字母为序构成长长的画出来的句子。人是服装，肉体不过是在地狱中；风景很少可能是人间。如果风景明媚，它几乎永远意味着天堂，如果引起恐怖，显得荒芜而贫瘠，那么便可看作是被放逐者和永远堕落者的流放地。大家都见过的；因为人都变得细长而透明，但他们却惯于把风景同样感觉为一段小小的瞬息，一片长满青草的墓茔，其下悬着地狱，其上则是伟大的天堂，显现为真正的、深刻的、为芸芸众生所希求的现实。于是一下子有了三个去处，三个众说纷纭的住所：天上、人间和地狱——地点的确定便变得十分必要了，必须把它细看，把它描绘一番；在早期意大利大师那里，这种描绘超出了其原来的目的，发展到伟大的完美境界，只须记住比萨的坎波·桑托[1]里的绘

[1] Campo santo zu Pisa，意大利比萨的圣贤祠，即名人墓地。

画，便可感觉到那时的风景观已经变得相当独立自主了。不过是想勾画一个地点，没有别的什么，但却是以如此的热情和投入来勾画的，以如此迷人的口才来诉说的，并且是如此专注地作为事物的钟爱者，那些悬在人间，悬在为人们所否认、所怀疑的人间的事物——以致至今看来，好像是一首为圣者们所赞同的对于那些事物的颂歌。而且，人们看见的所有事物都是新的，因此与观看相连的是一阵持续的惊愕，是一种对于无数发掘物的喜悦。因此，自然而然，当人们渴望认清天堂，便以人间来赞美它，一并也了解了人间。因为深沉的虔敬像雨一样：它一再落回到所从出发的土地上，是对于田亩的祝福。

虽然并非有意，人们却这样感觉到温暖、幸福以及可能从一片草地、一泓溪流、一道花坡，从并排竖立的果实累累的树木焕发出来的壮丽景色，以致如果要画圣母像，就以这种财富一件大氅似的包围她们，以此一顶花冠似的为她们加冠，把风景像旗帜一样舒展开来表扬她们；因为人们懂得不能为她们筹办什么盛大的庆典，人们知道什么虔敬精神都不如：把所有刚发掘出来的美呈献给她们，并和她们融合在一起。不再以风景指任何地方，甚至也不指天堂，人们开始歌唱风景，像唱一首从明亮色彩开始的圣母颂一样。

但是，就此出现一个伟大的发展：画风景并非以此指风景，而是意味着自身；它变成了表现人的某种感情的借口，人的某种喜悦、纯朴和虔诚的比喻。它变成了艺术。莱昂纳多[1]就是这样运用风景的。风景在他的画中是他最深刻的经历和知识的表现，是秘密规律沉思地照看的蓝色镜子，是像未来一样伟大，一样不易识破的远方。莱昂纳多首先画人就画经历，就画他孤单承受的命运，他意识到风景还可作为表现几乎不可言说的体验、深沉和悲伤的工具。许多未来者的这位超越者善于非常了不起地运用一切艺术；正如用许多语言一样，他用这些艺术谈论他的生活和他的生活的进展与辽阔。

还没有人画过一幅风景，那么完整的是风景，然而又那么强烈的是表白和自己的声音，如同丽莎圣母[2]身后的那一片深沉。仿佛所有人性都包含在她的十分宁静的肖像中，而其余的一切，摆在人面前并超越他的一切，则存在于山、树、桥、天和水这些神秘的关系中。这片风景不是一个印象的图画，不是一个人对于静物的看法；它是发生的自然，生成的世界，对于人是如此陌生，宛若一个未被发现的岛屿的人迹罕至的树林。如果风景历来应当是一门独立艺术的手段和诱因，那么就必须这样来看待它，把它看作一种遥远与陌生，看作一种偏僻与冷漠，完全是从自身内部发生的；因为它必须是遥远的，非常不同于我们，才能成为我们命运的一个解救性的比喻。它必须是几乎带有敌意，抱着一种高高在上的漠

[1]即意大利画家达·芬奇(1452—1519)。

[2]即达·芬奇的名画《蒙娜丽莎》。

不关心的态度，才能以它的景物赋予我们的生存一种新的意义。

莱昂纳多·达·芬奇凭预感掌握到的那门风景艺术，其造型过程就是在这个意义上进行的。几百年来，它在寂寞者的手中慢慢发展起来。必须走过的道路是非常遥远的，因为很难对世界断念到不再以本地人的先入为主的眼光来看它，这种眼光看一切，都使之适用于自己，适用于自己的需要。大家知道，生活周围的事物是很不容易看清楚的，往往需要有人从远方来，告诉我们周围是些什么。因此，还必须把这些事物从自身推开，以便后来能够以更公正、更宁静的方式，少一些亲密程度，在肃然起敬的距离中去接近它们。因为人们是在不再理解自然的时候，才开始理解它；直到觉得它是异物，是根本无意接纳我们的无动于衷者，人们才从它走出来，孤零零的，从一个孤零零的世界走出来。

为了成为以自然为对象的艺术家，必须要这样；再不可按照它为我们所具有的意义，把它作为素材来感觉，而应把它对象化，作为一个伟大的既存现实来感觉。

把人画得大大的之时，就感觉到了人；但是人已变得摇摆不定、影影绰绰了，他的图像日益变化，几乎再也无从把握。自然却更其持久，更其宏伟，其中一切运动更其广阔，一切静止则更其简朴而寂寞。人有这样一种渴望，就是以其崇高的工具来叙说自己，恰如叙说某种同样真实的事物，个中什么也没有发生的风景画就是这样产生的。人们画过空荡荡的大海，雨天的白屋子，没人走的路，和说不出怎么寂寞的水。激情消失得越多，对这种语言理解得越透，就越会以朴素的方法运用它。人们专注于景物的伟大的静止，感觉到它们的存在转化为规律，没有期待也没有急躁。动物在它们中间悄悄游逛着，像它们一样忍受着白昼和黑夜，浑身充满着规律。后来人跨入这个环境，作为牧人，作为农夫，或者简直作为自图画深处出现的一个形象：这时所有自负心理从他消失殆尽，瞧他的样子，他想成为物。

风景艺术慢慢转为世界风景化，在这个成长过程中有着人类一段广阔的发展。这些图画的内容，如此无意地从观看和劳动中产生，对我们这样说道，一个未来已经在我们的时代中间开始了：人不再是在同类中间平起平坐的合群者，为此不论早晚远近，甚至不再是那个人了。他作为一个物被安放在众物中间，非常之孤单；物与人的所有共同性已经退缩为所有成长者的根部从中吸收水分的公共源泉。

绿原　译

雕塑、绘画与音乐

〔俄罗斯〕果戈理

造物主对人类的仁慈和恩惠，真应该千恩万谢啊！他派遣神奇的三姐妹下凡为尘世增添光彩，让人间充满欢乐；如果没有她们，这个世界就会成为荒漠，也没有歌声伴随着它在旅途上跋涉了。我们要更加友好、更加齐心地表达我们的愿望：首先为雕塑的健康干杯！她是性感的、美丽的。她最先来到人间。她是瞬间的现象。她是那个民族遗留下来的痕迹，这个民族连同自己的精神和生命完全退隐在她的世界之中了。她是那光辉的希腊世界的一个鲜明的幻影；这个世界已经离开我们，进入十分遥远的古代，被迷雾所笼罩，唯有诗人的灵感才能够去触动它了。这是个挂着葡萄串，缠着橄榄枝，充满和谐的幻想和复杂的多神崇拜的世界；这是个在铃鼓声中做着狂热而剧烈的动作、踏着整齐的舞步急驰而去的世界，这世界到处都使人感觉到美：无论是穷人的茅舍，绿荫纷披的梧桐树，大理石的圆柱，活泼而任性的民众万头攒动的广场，还是宴席的酒杯表面上的浮雕，它像连环画似的描写着优雅的神话；神话中有司美之神羞答答地从浪花上露出身来，特里同击着掌在巡行，波塞冬从他那美丽的大海深处升起——一身白色，银光闪闪❶。这是个所有宗教信仰化成了美、化成了人类的美，化成了女人的神圣一般的美的世界，——这个世界整个儿保存在她即精致的雕塑之中了。除了她之外，别的任何东西都不能够如此生动地表现这个世界的光辉的存在。她一身是白色，乳白色，晶莹的大理石上透出了美、欢悦和极度的快感。她只有一个观点、一个思想：美，人的高尚的美。无论人的欲念多么强烈，无论人的激情多么亢奋，她那里的人永远是美丽的，自豪的，并且不由自主地始终处于自由的竞技的状态中。在她那里一切都融合成为美，成为官能的感觉。因为你不会把她那些痛苦的群体当作心中痛苦的呼号，但可以说你却从欣赏它们的痛苦中得到一种满足，——于是塑造出来的静止的美的感觉，在她那里就战胜了精神上的追求了！她从不表现长时间的深沉的感情，她只塑造急速的动作，例如勃然的大怒，急促的哀号，恐怖，突如其来

❶希腊神话中的司美之神指阿佛罗狄忒；波塞冬是海神，他的儿子名叫特里同。

的惊骇，落泪，傲视和蔑视，以及深藏的美。她调动观众的感情只为了享受，平静地去享受快感，并由此获得多神崇拜世界的欢悦和自我满足。她没有深不可测的隐秘的感情可以引发你的无穷的遐想。你在她那里看不到长期动荡并充满巨变的生活。她像一个逗留片刻的美女，从镜子里瞥见自己的身影，嫣然一笑，立即扬长而去，身后尾随着一群高傲的小伙子。她如同生活、如同世界、如同她为之献身的可以感觉的美那样令人销魂。她与等级分明的多神崇拜世界同时诞生，她表现它，也与它同时消亡。想要她去表现基督教的崇高的现象是徒劳的，因为她与基督教相去千里，正好像多神教信仰与基督教信仰之间的距离一样。激烈的崇高的思想是绝不会栖息在她那大理石的性感的皮肤上的。它会被她的性感所吞噬。

她的两个妹妹，绘画和音乐，却并非如此。她们因基督教之赐而提升，从微如草芥一跃而成为庞然大物。她们凭借基督教的勃兴而发展，并从性感的世界中解脱出来。我为我的如同白云一般的大理石雕塑感到惋惜！不过……我的酒杯，你放出更加灿烂的光辉吧，在我的陋室里，祝愿绘画永葆青春！像秋日那样天高气爽，美丽动人，在陈设华丽的房间里，从爬满葡萄藤的百叶窗窗板背后隐隐现出身影，像宇宙那样朴素而广阔，属于眼睛的鲜艳的音乐啊，你多么美丽！雕塑是从来不允许表达你那天庭的启示的。从来看不到她全身会布满那种尘世上难以理解的纤细的线条，当你注视着它们时，你会感觉到上天正在注入灵魂，体验到一种难以言说的境界。于是现出了几列长长的画廊，好像罩着一片云烟，你从古老的镀金的画框里露出你那生动的面貌，由于岁月无情已变得暗淡了。你面前站着一名参观者，他抱着手，一言不发，脸上没有享受快感的表情，倒是他的目光中却流露出并非此时此地所有的满足。你并不反映某一个民族的生活，——不，你站得更高些，你反映的是神秘而崇高的基督教世界所拥有的一切。请你看一看，看一看自己那颗用一只手支着在沉思的美丽的头颅：它那明亮的目光是多么动人，停留得是多么长久啊！绘画没有捕捉那迅速消逝的一瞬间，那是大理石所要表现的；她把这一瞬间延长了，她延长了生命，超出了可以感觉的范围，她从另一个辽阔无边的世界里窃取了无法用语言加以形容的现象。为雕塑家沉重的锤子剖开的大理石所无法表现的一切不确定的东西，却被她的动人的画笔明确地表现出来了。她也表现每个人都能理解的激情，但是性感在其中并不发挥那么主要的作用，因为一切必定渗透着宗教的意义。痛苦的场景被表现得更加生动，并能引起怜悯。她整个儿要求的是同情，而不是极度的快感。她所捕捉的不只是人，她的范围更广泛：她所包容的是整个世界。人的周围所有美好的现象，都在她的掌握之中；人与自然界所有秘密的默契和联系，也只有她才能理解。她把情欲的东西与宗教的东西联结在一起。

但是，我的第三杯酒，你嘶喊得更响亮些吧！你发出的光更明亮些，喷出的泡沫更高些，满上金色的杯口；嘶嘶作响的泡沫啊，你发出光来，向音乐致敬！她比两个姐姐更加热情，更加激烈。她整个儿是一种爆发。她突然把人从他立足的土地上一下子提了起来，用轰隆隆的强音震得他两耳欲聋，立即把他关入她的世界之中。她像敲击琴键那样威严地敲击着他的神经，敲击着他的生命，让他不停地颤抖。他已经不是在享受快感，他也不是在体验痛苦，——他本身就变成了痛苦；他的心不认识她那不可理解的现象，但她存在着，有她自己的生命。她的生命是容易冲动的，震撼人心的，极不安定的。她无影无形，声音甜美，世界上无处不在，演化成千百种姿态。她能折磨人，极不安定，但在大教堂阴暗的无穷尽的穹顶之下，却显得更为强劲，更为热烈；她要使成千个跪倒在地的祈祷者做出整齐一致的动作，袒露内心深处的思想，把他们旋转起来，卷向空中，身后只留下长久的沉默和长久远去的声音，在尖顶的塔楼深处颤动。

世界上三位美丽的女神，你们之间怎样进行比较呢？性感而迷人的雕塑使人享受到快感，绘画给人以平静的喜悦和幻想，音乐则引发人的激情和心灵的骚动。在观看雕塑家的大理石作品时，精神会情不自禁地沉浸在欢悦之中；在欣赏绘画作品时，精神会变成一种直观；在聆听音乐时，精神变成了痛苦的哀号，仿佛全身只有一种让灵魂挣脱躯体而远去的愿望。音乐是属于我们的！是属于新世界的！当雕塑、绘画和建筑都离我们而去时，音乐仍留在我们身边。现在正有许多古怪的享乐的念头不时在困扰着我们，我们的19世纪为各种新奇的发明而苦恼，我们从来没有像现在这样渴望着发生几场动荡，振奋我们的精神。一切都在合谋反对我们；所有这些日益奢侈的精巧而诱人的发明，更加严重地企图使我们变得浑浑噩噩，麻木不仁。我们热切地希望拯救自己的灵魂，摆脱这些可怕的诱惑，而奔向——音乐！啊，音乐，你来充当我们的保护神和救命恩人吧！别离开我们！常常来惊醒我们那市侩气的灵魂吧！用你的音响更加猛烈地惊醒我们那麻木的感情吧！刺激它们，破坏它们，驱赶它们，哪怕只是一刹那也好，这种冷酷得叫人害怕的利己主义正极力想控制我们的世界呢！让掠夺者那惊恐不安的灵魂听到你的琴弓强劲有力的演奏时感到良心的谴责，让投机者放弃他们的算计，收起他们那不知羞耻的贪得无厌之心，在天才的作品之前情不自禁地落下眼泪来吧。啊，我们的保护神。别离开我们！伟大的创世主以他深邃的智慧曾使我们处于有口难言的无声的境地，他给还没有开化的野蛮人灌输了建筑的思想。他们不需要使用机械，赤手空拳移动一大堆花岗石，造成高与天齐的峭壁，然后跪倒在地向这座嶙峋的庞然大物叩拜。他为明亮的性感的古老世界派去了美丽的雕塑，带给他们纯净的略现羞怯的美,——于是整个古老的世界都变成美的崇拜者了。对美的审美感觉把古老的世界融合为一个和谐的整体,禁止了放纵的享乐。在那些动乱和黑暗的年代,暴力和谬误常常出来肆虐,迷信和偏执的鬼怪把生活中喜庆的色彩扫除一空,他送来了鼓舞人心的绘画,世人从画面上看到了非尘世所有的现象,以及神的侍者在天堂中的欢乐。然而在我们这个年轻而老朽的世纪,他赐予我们威力强大的音乐——把我们迅速地吸引到他的身边去。可是如果连音乐也抛弃了我们,那时候我们的世界还会有什么呢?

1831年

刘季星 译

印象派

〔俄罗斯〕爱伦堡

一

美术很难谈，美术需要看。语言有时会干扰你看美术：那些带成见的评论、专断的定语、现成的标签。有人从来没有看见过马奈或雷诺阿[1]的画，但是他们清楚地知道在法国曾经有过一批印象派画家，说他们“歪曲地表现世界，描绘他们仓促间的挑剔印象，使艺术遭受损害”。

我之所以要谈上个世纪法国的一批画家，仅仅是由于想

[1]马奈（1832—1883），名艾杜阿，法国画家。雷诺阿（1841—1919），名欧古斯特，法国画家、雕塑家。

说一说印象主义是在什么条件下出现的，以及它实际上又是什么。美术是无法用语言讲述的，语言是可以被语言推翻的。

论述各种艺术现象是进步还是退步，往往干扰人们正确欣赏美好的作品。长期以来，拉斐尔❶被认为是意大利文艺复兴时期的顶峰。这样说，乔托❷便是一个没本事的学徒，而15世纪的大师们都只是打小工的了。可是，乌切洛和马萨丘❸，却跟拉斐尔的画法不同，他们不仅是没有他那样的经验，而且还想要表现15世纪生活中所特有的东西和处世的态度。五十年以前，很多人把涅克拉索夫的诗当做普希金时代衰退的诗歌来看待，显然，这是不对的。时代不同、主题不同、感情不同，决定着要选择不同的形式。不能把作家和美术家的创作同他们以前或以后时代的大师相比，而应该是把它们看做他们所生活过的那个时代的表现。

但是，我们也很清楚，一些大的艺术现象常常会大大改变作家和美术家的眼界和技巧。这类事件，如威尼斯美术、浪漫主义诗歌、19世纪下半期的俄国小说，它们决定了不同国家的美术和文学的未来发展。

正因为如此，反思过去往往是很及时的。不过切忌把过

---

❶拉斐尔(1483—1520)，意大利画家、建筑师，文艺复兴鼎盛时期的代表。

❷乔托(1266/1267—1337)，意大利画家，前文艺复兴时期代表人物。

❸乌切洛(1397—1475)，意大利画家。马萨丘(1401—1428)，意大利画家，佛罗伦萨画派代表人物，文艺复兴时期现实主义艺术创始人之一。

去当作当代来谈论。

1940年夏天，当德国坦克开进空荡荡的人人远避的巴黎时，我时常想起籍里柯[1]的《美杜萨之筏》。在巴黎的城徽上有只船，上面的字是“风吹浪打永不沉”。问题当然不在隐喻。我之所以想起籍里柯的画，是因为它正符合我的精神状态。或许法国的浪漫主义画家们，有时过于娓娓动听，他们并没有创作出比籍里柯的画更令人震惊的任何东西——没有风暴、没有沉船、没有个人和人类的悲剧。

籍里柯的画在美术沙龙里于1819年展出来。它引起一些人的愤懑，另一些人的惊呼。德拉克洛瓦[2]（当时十三岁）对《美杜萨之筏》无限钦佩。社会秩序的维护者们对籍里柯的画则是另一种反应。著名的美术家安格尔[3]愤怒地高声说：“我不需要这样的《美杜萨之筏》！我不需要解剖学剧院里的五光十色的天才！他们不是让我们看人，而是看尸体。他们只喜欢反常现象，只喜欢恐怖。不，我不要这个！艺术应该是美好的。”

籍里柯三十三岁便死去了。安格尔活到八十七岁。他总是受到皇帝和国王们的恩宠。他画过不少巨幅画，很有技巧，也很冷漠，如：《皇帝宝座上的拿破仑》、《莫里哀参加路德维希十四世晚宴》。

---

❶籍里柯（1791—1824），法国画家，法国浪漫主义画派奠基人。

❷德拉克洛瓦（1798—1863），法国画家，法国浪漫主义画派主要代表人物。

❸安格尔（1780—1867），法国画家，学院派主要代表人物。

籍里柯的画的风波过去整整三十七年之后，于1849年在美术沙龙展出了三十岁的库贝[1]的画。其中有一幅《奥连之夜》，成了参观者的特殊笑柄。安格尔惊呼："不可救药了！不成构图，不成画，唯有夸张，近乎笑料。这个年轻人只有眼睛……他创造了一个伪真实，似乎比实际更真实。从艺术观点来看，这是绝对不值一提的东西。这是个革命党人，学他很危险……"

四年之后，在轮值的美术沙龙里展出了库贝的《游泳妇女》。拿破仑三世大发雷霆，用皮鞭愤怒地抽那幅画。

在1863年的巴黎美术展览会上展出了艾杜阿·马奈的《草地上的早餐》。这幅画又招来狂风暴雨般的义愤。评论家说它"无耻"、"犬儒主义"，叫马奈是"做广告的"和"庸才"。一群上流社会的狡诈之徒把画家包围起来用下流话骂他。

在籍里柯的画中究竟有什么使安格尔和他的同伙大动肝火的地方？

我们想想那幅画。1816年法国轮船"美杜萨"号在靠近非洲的地方沉没了。船上百名旅客爬到木筏上在水中漂流很多天。许多人死去了，当木筏被发现时，上面仅存十五个活人。自然，这不是件愉快的事。难道1819年去美术沙龙参观的人没有见过阴郁题材的画？安格尔的老师大卫[2]就曾画过《马拉

---

[1]库贝（1819—1877），名古斯塔夫，法国画家。1871年巴黎公社的积极参加者。

[2]大卫（1748—1825），法国画家，古典主义代表人物。

之死》,看那幅画的人可绝没有欣赏田园诗情趣的味道。

是不是库贝的画,那幅被安格尔称作者是"革命党人"的画内容太可怕了? 画中是库贝的父亲、画家本人和一个抽烟斗的客人围桌而坐,另一客人在拉小提琴。桌子底下有一只猎犬。难道在库贝之前,内景画里有或是没有小提琴、带狗或是带猫的还少吗?

那么,引起皇帝发怒的《游泳妇女》真是那样具有挑战性吗?一个女人穿着衣服躺在草地上,另一个脱光了的女人挽着衬衣向水边走去。她是个背影。拿破仑三世和他的皇后老婆向作家梅里美抱怨起来,梅里美也对《游泳妇女》表示愤懑,他说:"怎么能够想到要去画一个裸体丑女人带着一个女用人在水泡子里游泳呢?……"显然,这一次也不是内容招来愤慨。拿破仑三世也并不是一个特别注重贞操的人,一个裸体女人的背也不见得就冒犯了《嘉尔曼》[1]作者的道德准则,他可是为他的同时代人画过的上百成千裸体维纳斯喝过彩的。

那么《草地上的早餐》呢? 是不是这一次可以说是由于题材挑起的事端?两个男人,他们都穿着衣服,一个女人在远处洗澡,另一个女人赤身裸体坐在草地上。内容非常像著名的威尼斯人乔尔乔涅[2]所画的《乡间音乐会》,那幅画挂在卢浮宫里,而那些

---

❶《嘉尔曼》一译《卡门》。

❷乔尔乔涅(1476/1477—1510),意大利画家,威尼斯画派代表人物,文艺复兴盛期美术的奠基人之一。

对马奈怒不可遏的人可是非常欣赏它呢。左拉曾经指出，在卢浮宫里有不下五十幅着衣与裸体共在一幅中的绘画作品。那么说，这一次也不是内容使参观者发火。左拉曾写道："你们知道马奈的画在展览会上给人什么印象吗?它简直要把墙给炸毁。在它四周展出的是各种点心制品，是根据时代口味准备的，树木是冰点心，房屋是蜜糖饼干、男人是奶油鸡蛋揉进面粉里做的，女人则是鲜奶油……在大量甜食中间，真正美术家的作品便突出了，他们自然会不痛快。这就是出现丑态的原因……"

题材一眼惊人的画极少有，当画中有什么吸引人处时，人们才会去想它。美术的影响就其本性来说，与文学的影响是不同的。安格尔谴责籍里柯和库贝，不是否定他们所绘的题材，而是他们如何来处理这些题材。构图、轮廓、色彩、光感——这些就是那些艺术家用以表现自己的思想、自己的感情的复杂的同时又是直接的语言。

文艺复兴时期的文学，告别了苦难者的生活、神学的论文、神秘的宗教仪式，开发出新的选题。薄迦丘和拉伯雷描述了他们同时代人的生活。西班牙的写骗子的小说使读者看到庸俗骗子的经历也可以成为小说的基础。阿莱廷诺❶的辛辣文章令人脸红，他写的可不是精神高尚的威尼斯女人。七星诗社❷给读者们揭示的不仅仅是古希腊人的宇宙观，它也第

❶阿莱廷诺(1492—1556)，意大利文艺复兴时期作家。
❷七星诗社——法国的诗歌流派，形成于1549年。

一次说出16世纪人们隐藏着的思想和感情。

大家都知道，优美艺术在那个时代的人文主义运动中起过什么作用。但是使薄迦丘和拉伯雷的同时代人惊讶的艺术，不单在于它表现新鲜事物，而更在于它用新的艺术语言表现了大家所熟悉的内容。波提切利[1]的圣母像使15世纪佛罗伦萨人大为惊奇，虽然人人都知道，美术家要画的是圣母。《神秘的夜晚》或《可怕的审判》可不是莱昂纳多[2]或米开朗琪罗发现的题材。有时候，题材明显地拘束着美术家。拉斐尔对神学不太感兴趣，但是在他众多的画中，有幅应邀画的表现秘密进圣餐的讨论会。当然，他的灵感不是来自题材。神往的欣赏人群至今犹在他的这幅壁画前久久伫立。他们不记得久远世纪前的这场神学上的争论，他们被人物的和谐、空间感和美术家的智慧深深打动。

乌切洛、米开朗琪罗、丁托列托[3]的绘画，在不少他们同时代人的眼中是粗野的，甚至是异教徒的，虽然壁画和画布上的题材是大家所熟悉的。我之所以提这些，是因为这对理解在历史上不止一次出现过的一些美术家的画提出异议的原因，是因为他们以新的方式看待和表现世界，这一点很重要。

---

❶波提切利（1445—1510），意大利画家，早期文艺复兴代表人物，接近佛罗伦萨美第奇宫与人文主义集团。

❷莱昂纳多，即莱昂纳多·达·芬奇。

❸丁托列托（1518—1594），意大利画家，文艺复兴后期威尼斯画派代表人物。

如今，籍里柯或库贝的画，在博物馆里和文艺复兴时期美术大师们的画有同等的展挂权利，也无人再争论《美杜萨之筏》和《奥连之夜》了。安格尔和梅里美的反应，我们也觉得这是历史上的荒唐事，是聪明人和天才落后于时代的瞎盲。

如今，在法国再也没有人争论把库贝的探索继续下去的那些人了。在他们的身后，留下了一个“印象主义派”的名称。这个名称是假定性的，根本不能说明那些复杂的、彼此不同的大美术家们的工作总和。印象派也早已被后几代人归入过去的法国艺术中。

1947年在巴黎开了一个现代美术博物馆。那里有不少优秀的绘画作品，但展品给我的印象是：有些已被时间所否定，有些还尚待检验。前来参观的人时常发生争论。

在巴黎还有另一家博物馆——秋里叶里博物馆，那里收藏着从马奈和德加到塞尚❶的印象派作品。在这里，你听不到争论。

当然，人们欣赏过去时代的杰作不是也不可能是完全一致的。譬如罗曼·罗兰，他就曾在自己的日记中承认他崇敬伦勃朗，而对委拉斯开兹❷的肖像画则比较无动于衷。但是，他在这样说的时候，并无一点怀疑委拉斯开兹的才华之意。同古斯塔夫·库贝比起来，有人更看中德拉克洛瓦，而印象派则

❶德加(1834—1917)，法国画家、雕塑家。塞尚(1839—1906)，名波里，法国画家。

❷委拉斯开兹(1599—1660)，西班牙画家，宫廷画师。

更喜爱库贝，就像同斯丹达尔比起来，有人更看中巴尔扎克，或是同波德莱尔比起来，更喜欢缪塞。但这是指到博物馆来参观的人或读者，而不是指我所说的美术家或作家的可争论性。

二

上个世纪中期，法国是紧张而又热火朝天。火车的隆隆声闯进了拉马丁[1]曾歌颂过的田园诗般僻静的地方。现代的冶金业诞生了。贪得无厌的幻想家和受到鼓舞的掠夺者们在巴黎的中世纪狭街小巷里游荡着。新型男爵——银行家们的王朝出现了。矛盾在增长，失望在增长。社会主义还是模糊的幻想，是乔治·桑的小说，拉门奈[2]的布道，乌托邦的法朗吉大厦。但是，1848年的6月已经说明一支新的力量诞生了，那就是无产阶级。资产阶级看到，它正走向辉煌——而这是他们的死亡道路。伪古典主义——拿破仑时代的遗宝还没有被埋葬。安格尔还在力图防护体面的艺术。把金融男爵们表现成古罗马的英雄的美术家们还在兴旺发展，还在向国家提供成百上千幅战争的绘画作品。

浪漫主义在中世纪的城堡和街垒之间、异国情调和自杀

---

❶拉马丁(1790—1869)，法国浪漫主义作家，政治活动家，1848年，临时政府成员。

❷拉门奈(1782—1854)，法国政治家、宗教哲学家、天主教神甫，基督教社会主义创始人之一。

之间、广阔空荡的天际和过分秀美的穷乡僻壤之间徘徊着。

不论是拉马丁还是维尼[1]的诗歌，也不论是学院派美术家们的巨幅绘画都没有表现时代的深刻动乱。艺术还是同生活分离的。资产阶级对此很满意，它倾心于安适、平静的浪漫主义，它要能美化自己住宅的美丽绘画，悦耳的和适度伤感的诗歌、表现爱情故事的戏剧和简易可为的善行以及非必须的英雄主义。是的，这种艺术是合乎资产阶级口味的，但是却不可能使伟大正直的艺术家满足。

古斯塔夫·库贝的创作道路是悲剧性的。他沿着崭新的道路走去，因此人家不愿意原谅他。就其本性来说，库贝不是哲学家，不是传道士，也不是苦行僧。他热烈地爱着生活，他画女人的躯体、狩猎的场面、森林树丛，画的是那样心驰神往、那样倾注感情，甚至让人觉得世界在他的画布上是可以触摸的、是火热的。他自己也像似一株大树。如果说他的生活是艰难的，有时是戏剧性的，那得归咎于他的艺术良心和他生活于其中的社会是和他对艺术的看法和社会口味截然不同。

我说过，库贝的《奥连之夜》使安格尔大发雷霆。德拉克洛瓦正相反，他向库贝欢呼，说："这才是真正的革新者，革命家！……"德拉克洛瓦没有嫉妒心，他往往能理解与他相距甚远的作品。但是，当库贝展出他的《游泳妇女》时，他还是提出了抗议。他说："这是什么画？这算什么题材！形式庸俗还可以

[1]维尼(1797—1863)，法国浪漫主义作家。

原谅，但是构想庸俗渺小，便真的是太可怕了！哦，罗西尼[1]！哦，莫扎特！你们是一切艺术的灵感天才，你们只选最最需要的东西表现给人类的意识，你们对这种画能说什么呢？！……”他在日记中称库贝是“该诅咒的现实主义者”，并说：“我想离开物的残酷现实，登临创作的更高境界。”

于是，当年为库贝的才华欢呼过的德拉克洛瓦（1855年，他写文章赞扬过他的两幅画——《奥连的葬礼》和《美术家的画室》），力图用浪漫主义的世界概念来反对现实主义。

为什么拿破仑三世和梅里美以及忠于他们的文学家和评论家们如此仇视库贝呢？当然，并不是因为他伤了他们的羞耻心。他们是对新美术不满，在他们看来，库贝的率真美术语言对资产阶级社会是格格不入的和危险的。瓦莱斯[2]于1866年写道：“库贝被认为是一个残酷的沽名钓誉的人、一个可笑的招摇撞骗者……人们干脆叫他怪物、庸俗丑角达十五年之久。当库贝出现的时候，大家还都憋在传统的狭窄框框里喘不过气来，他把框框砸碎了，碎片伤着了一些人，尤其使一些美术家和评论家吃到了苦头……库贝的声誉与年俱增，倘若他想顺从资产阶级美学或是向艺术的官方保护人让步，他的财富如今不会少于他的名气。谢天谢地，他没有让步，他坚定不移，顽强劳动，聚精会神地注视着大自然，鼓足力量把

---

[1] 罗西尼（1792—1868），意大利作曲家。
[2] 瓦莱斯（1832—1885），法国作家，1871年巴黎公社的参加者。

所见到的画在布上。”因此，资产阶级的美学家们还在19世纪50年代便仇视库贝了。不能把这仇视仅用蒲鲁东于其中看到社会倾向的那幅画——《碎石人》的题材来做解释。库贝的一个朋友讲述说，有一次在一幅猎鹿的画前，他对美术家说：“在这幅画里可找不出人文倾向了……” 库贝冷笑笑回答：“他们可能在里面找到野鹿的地下组织，正准备在森林中宣布成立共和国哩。”是的，连狩猎场面也使评论家们不安，他们看见的不是鹿，他们看见的新美术是他们害怕的现实主义。

古斯塔夫·库贝从小就不喜欢假仁假义的人，他憎恶第二帝国及其舞会和制服，憎恶它的那些厚颜无耻投机商人和残暴的将军们。库贝是巴黎公社社员不是偶然的。但是，虽然是巴黎公社社员，也还是不能清楚地理解无产阶级取得第一次胜利的全部历史意义。

在1871年之前很久很久，资产阶级便已经仇视库贝了，他们怕同程式化决裂的力图表现现实世界的艺术。

1861年时，库贝写道：“每个时代都只能是由生活于其中的它自己的美术家把它表现出来。美术家描绘不出过去或未来的画卷，也写不出过去与未来。每个时代都应该有自己的美术家，由他们去表现时代，并留传给后代……美术——是相当具体的艺术，它只能是确实存在过的物的表现。这是大自然的语言，可见世界的语言。我们所看不见的并不存在的和抽象的东西，不属于美术领域。”关于美术方面的崭新的现实主义见解，不单在于我所引的这些话中，它们使得学院派的官僚和失去光泽的浪漫派画家暴跳如雷。

凡尔赛分子们[1]控告库贝，说什么是他破坏了旺多姆圆柱[2]。拆除圆柱的决定，是巴黎公社于1871年4月12日作出的，而库贝则是在4月16日被选为公社委员的。尽管如此，还是把他投进监狱，在法庭上演了一场悲喜剧。有一种说法一直到前不久还在流传，说库贝在法庭上表现不好。1951年，在巴黎发表了库贝的自我辩护词。在辩护词中，他非常自豪地说到自己参加巴黎公社的问题，并把巴黎的镇压头子同尼禄[3]相比，说："在他们烧毁巴黎之后，他们想实现自己的梦想——杀害人民，杀害工人。"

那时，那些沙龙美术家、资产阶级评论家、时髦的文学家们蓄积已久的仇恨一下子都发泄出来了。小仲马和巴比埃·德·奥列维耶、沙尔塞和阿布都是在粗俗骂人方面一个胜过一个，而且骂库贝的"恶劣画品"所说的话远比讲旺多姆圆柱的要多得多。

法庭先是宣判库贝坐牢，后来又改判罚巨款，要由库贝

---

❶凡尔赛分子——1871年巴黎公社参加者对驻扎在凡尔赛的反革命政府及其所属军队的称谓。凡尔赛分子在普鲁士干涉军的帮助下残酷地镇压了巴黎公社。

❷旺多姆圆柱——为纪念拿破仑的胜利于1806—1810年在巴黎旺多姆广场上建立的铜柱。巴黎公社将其拆除，1875年又被恢复。

❸尼禄(37—68)，罗马朱里亚·克劳狄王朝皇帝，残暴、好色、妄自尊大。因实行高压政策和没收公众财产等，遭到罗马社会各阶层的反对。

支付重建圆柱的款项。他的绘画全部被查抄，以极低的价格卖出。库贝不得不去国外，并于1877年死于瑞士。

库贝作品中有什么值得那个时代的大美术家、大作家们如此害怕呢？是粗野的自然主义、盲目模仿现实？1839年时，波德莱尔曾说，照相术（那是照相获得成果的初期）威胁着美术的生存。无话可说，现实的机械驻影是创作的对立物，但在波德莱尔阴森预言的一百年后，今天，在任何一个国家里，每年都要绘制出不少像彩色照片的画。然而，库贝在这方面是无辜的：他的美术作品是现实主义的佐证，他仿佛是看到了许多新东西，并把它们表现出来。路易·阿拉贡在那本关于库贝的热情洋溢的书中写道："库贝是通过自己的画第一个宣布存在的优先权、物对美术家的独立性和绝对必须写生。只能是写生，画你眼睛所见，只能是你眼睛所见。他承担了法国后来的美术方面的全部责任，即那个被带有某些随意性的称之为印象主义的绘画。如果没有库贝，也就不会有马奈、毕沙罗、西斯莱[1]、莫奈，以及他们的继承人。"阿拉贡称库贝是"印象主义的真正父亲和坚定的现实主义者及抽象派的反对者"。

至于像彩色照片的美术，那它们的祖先完全是另外一些人——根在库贝的诽谤者们那里。当然，1950年的将军们的画像是和1850年的将军们的画像不同，同时当代题材的情节也和上个世纪中期巴黎美术沙龙中的不一样。但它们也有某

[1]毕沙罗（1831—1903），法国画家。西斯莱（1839—1899），法国画家。

些共同之处，它们都无一例外地不尊重现实，它们不曾是，并且至今仍不是照原人做画，总是带有学院派的程式化，完全践踏了美术语言——色彩。

如此这般，从安格尔的追随者传下来的美术家们还在上个世纪七八十年代便已证实了波德莱尔用照相取代美术的阴森预言，而从库贝传下来的则是现实主义美术的拥护者——马奈、莫奈、德加、塞尚。关于这个宗谱是值得一提的，因为有部分美术史学家极力把印象派与库贝对立，根据他们的说法，库贝是法国的“最后一个现实主义者”。

三

我不止一次地听到过，法国的印象派被称为“现代派”。我查了一下词语解释词典，那里说，“现代主义”系借用法文，意为19世纪末、20世纪初文学艺术中的堕落潮流，它与现实主义是对立的，带有颓废和部分迷信特征。

“现代主义”一词，的确来自法文，在法文中意为“迷恋现代”。

法国印象主义派的同时代人都有哪些呢？艾杜阿·马奈生于1832年，早于列宾❶十四年，早于莫泊桑十八年。德加生于1834年，他比比才❷大两岁。莫奈生于1840年，和左拉、柴可

❶列宾（1844—1930），俄国画家。
❷比才（1838—1875），法国作曲家，歌剧《卡门》的作曲者。

夫斯基同年。塞尚和左拉是小学同学。马奈的画《草地上的早餐》引起风暴是在1863年，那时屠格涅夫写完了《父与子》，而福楼拜刚刚开始写《情感教育》。

美术家小组的第一次画展，被一位评论家脱口而出称之为“印象主义”，是在1874年。那一年，托尔斯泰写完了《安娜·卡列尼娜》，穆索尔斯基的歌剧《包利斯·戈都诺夫》刚刚上演，而左拉出版了《巴黎内部》。也是在那一年，列宾在美术学院完成学业，从巴黎写信说：“……我尊重印象派的所有人，他们在这里越来越争取到权利。而马奈早已是名人。”

我之所以列出这个时间表，就是为了提醒大家注意，印象派距离我们有多远。小一百年了……在历史上，这个美术的重大现象，其名称是相当偶然的。12世纪在法国心脏诞生的艺术，我们叫它哥特式，虽然来历与哥特无直接联系。法国“七星诗社”共有七名诗人，我们也只记得其中三四个人的名字；揭示阿特拉斯七个女儿的命运化做星座的这个名称也并不能向我们提示龙萨或杜倍雷❶诗作的意义。马卡洛尼体❷诗歌用诙谐笔墨嘲笑渊博的学问，但它的烹饪学名称也说明不了福林格❸或阿里奥奈诗歌的复杂现象。“印象主义派”的标

❶龙萨（1524—1585），法国诗人，“七星诗社”发起人。杜倍雷（1522—1560），法国诗人，“七星诗社”宣言的起草人。

❷马卡洛尼体——马卡洛尼是通心粉，马卡洛尼体是诗歌的一种形式，在一首诗中交替使用各种语体的词汇，以达到令人发笑的目的。

❸福林格（1496—1544），意大利作家。著讽刺诙谐集《马卡洛尼》，由这本书名产生了马卡洛尼体。

签也是带有相当大的随意性。

克劳德·莫奈给自己的一幅习作起名为《日出·印象》。评论家列鲁阿因美术小组的作品不对他的口味，他嘲笑他们，以鄙蔑语气称它们为“印象主义派”(法文impression，是印象)。这位评论家的名字早被人们忘掉了，而“印象主义”这个叫法却保留下来了，虽然，不言而喻，它并不能概括如此复杂而又彼此不同的大师们，如马奈、塞尚、雷诺阿、德加等人的艺术观。

印象派因某些共同愿望，而主要是反对学院派艺术而团结在一起的时间总起来为二十年——从1863年到1883年。1863年，马奈在《落选沙龙》展出《草地上的早餐》。在那个沙龙里也可以看到毕沙罗和塞尚等青年艺术家的作品。他们那时已经和莫奈、雷诺阿、西斯莱有了联系，稍后，德加也加入了他们一群。

70年代初是印象派昌盛时期。属于这一时期的有莫奈、毕沙罗、西斯莱的优秀风景画和在简洁、轻盈、光感方面接近印象主义的马奈、雷诺阿、德加和塞尚的作品。

1880年，小组开始解体。塞尚和雷诺阿脱离了印象主义。1883年，马奈去世。毕沙罗和莫奈处在创作危机之中。到美术爱好者们开始喜爱印象主义时，印象派却已不存在了。

60年代和70年代是法国的暴风骤雨年代，充满着冲突和矛盾。战争输掉了，第二帝国垮台了。巴黎公社证明无产阶级已经成长起来，坚强了，但是资本主义还有力量，工业化的进程相当迅速。1865年，工程师马丁发明了新法炼钢，出现了第一批马丁炉。开始谈论钢筋水泥了。工程师贝尔热斯提出利用水能的建议。著名生理学家贝尔纳❶尚在工作，巴斯德在进行宣布发明的最后一次实验。1866年雨果的《海上劳工》问世，1872年《凶年集》诗集出版。福楼拜发表了《情感教育》。左拉的早期小说，莫泊桑的短篇，魏尔兰和兰波❷的诗歌出现了。年轻的阿纳托里·法朗士❸在写自己的长篇小说了。盖得和拉法格树立起马克思主义世界观；1880年，法国工人党踏上新的征途。我所说的这二十年，很难说是社会或文化的没落时期。

是不是印象派的画是没落的？或许，它和科学与文化不同，倒退了？君不见在我们这里异口同声地把印象派称之为“颓废派”。我们重又撞上了影响我们欣赏美术作品的那些话。

我们通常对颓废派的理解，是病态的雅致，故意的复杂，表现病态的狡辩，杂乱的隐喻，精神上的委靡，神秘或准确说

---

❶贝尔纳(1813—1878)，法国生理学家和病理学家、实验医学和内分泌学奠基人之一。对胰腺的功能及其在消化中的作用做了经典式研究。发现肝脏中糖原的生成。

❷魏尔兰(1844—1896)，法国印象派诗人。兰波(1854—1891)，法国诗人，歌颂过巴黎公社，后接近象征主义。

❸ 阿纳托里·法朗士(1844—1924)，法国作家。在晚年接受了社会主义思想，1821年获诺贝尔奖。

是故弄玄虚和美术家的孤僻崇拜。王尔德的《道林·格雷的肖像》、斯特林堡的《地狱》、索洛古勃的《魔鬼的酒杯》、于斯曼❶的某些小说、莱米·德·古尔蒙的诗歌、勃克林或施图克❷的美术作品、慕尼黑“分离派”❸的家具和装饰风格：热衷于变形、离不开鸢尾花和兰花。

我有意把不同类不同质的东西并列在一起，以便尽量扩大颓废派的界线。但是这条线无论怎样扩大，还是不能把印象派的美术作品扩进去，因为它们是朝气勃勃的、明快的、充满乐观主义的。

为了证明印象派的颓废实质，经常被引用的是如下理由：这些美术家脱离社会生活，宣传不过问政治。印象派的确什么也没有宣传，甚至也没有宣传印象主义。他们并不是一个发表宣言、捍卫什么哲学和美学学说的美术流派。

毫无疑问，他们并不理解那时法国社会里发生的深刻变化，和福楼拜、莫泊桑、年轻的左拉的不理解是同样的。用今天的标准来衡量一百年前的美术家是没有道理的。被选入巴黎公社艺术委员会的，除了库贝之外，还有当时著名的美术

---

❶于斯曼(1848—1907)，法国作家，作品中先是有自然主义倾向，后又成为颓废派。

❷古尔蒙(1858—1915)，法国作家。勃克林(1827—1901)，瑞士画家，象征派与现代派代表人物。施图克(1863—1928)德国画家与雕塑家，现代派代表人物。

❸慕尼黑“分离派”，1892年成立的美术团体，及后来的维也纳(1897)、柏林(1898)的艺术团体的名称，他们反对学院派，提倡现代派。

家科罗、杜米埃[1]和年轻的鲜为人知的马奈和莫奈。当时，还不能把他们算做巴黎公社社员，就如同魏尔兰一样。后者是国家公务人员，可还在公社的行政机构里干事。马奈做过几块悲壮的蚀刻画——街垒和枪杀。这在他的创作中，仅是一个小插曲。就连库贝，参加了公社政府的工作，也只给我们留下来几幅被囚禁的社员的画，那是他在监狱里画的。印象派没有理解公社的全部意义，但是他们和当时大多数美术家和作家所不同的是，他们并不为凡尔赛分子的胜利高兴。

印象派中有几个人可称之为左派，或者用今天的说法是政治上进步的。譬如，毕沙罗和一个半社会主义半君主主义分子格拉夫非常要好，因此他被称作“可怕的革命分子”。莫奈也是朦胧地向往社会主义。在德莱孚斯案件当时，毕沙罗和莫奈赞赏左拉的发言(德加和雷诺阿不同意他们的看法)。现代读者可能会觉得奇怪，但我们不能忘记时代。从工作性质来说，作家比美术家要同社会生活的联系紧密一些。但是，不论是左拉，也不论是莫泊桑都对后来几代人认为是显而易见的社会进步不够理解。印象派做了他们所能做的事情——他们沿着库贝的路走了下去，他们在美术中肯定了现实世界。

雷诺阿是个人口众多的穷裁缝的儿子，这位美术家从小在一间器皿作坊里绘盆画碟。莫奈的父亲是个开铺子的，经

[1]科罗(1796—1875)，法国画家。杜米埃(1808—1879)，法国画家、雕塑家，批判现实主义代表人物。

营从殖民地进口的土特产。毕沙罗的父亲则是做小五金生意的。马奈和德加的家庭出身是资产阶级。

印象派本来可以走轻松的路，画一些国家很愿意收藏的装潢画或接受资产阶级的订货，画优美雅致的全家老小肖像画以美饰他们的家庭。印象派知道，和学院派决裂会有什么前途——等待他们的不是名和利，而是嘲笑和贫困。

从很早很早的年代起，美术家便是社会不可分离的一部分——修道院、市政当局、教堂养活着他们。从文艺复兴时期起，国王、公爵、伯爵们代替了本笃会的修士或天主教多明我修会的修士们。到19世纪中期，知识渊博的贵族阶层消失了。资产阶级的口味和要求很低。真正的美术家被弃之于社会之外。印象派从来也没有期望会得到国家的支持。在那个时期，学院派之流力图距馅饼近一些，他们不愿意离开巴黎，因为在巴黎可以分派到订货，可以得到奖金和奖章。印象派则大部分时间是在穷乡僻壤里度过的，他们在那里写生。而那些喜欢画题材画的印象派，喜欢近郊工人居住区甚于首都的上流社会，他们不是画上流社会的阔太太，而是画洗衣女工、流浪音乐师、民间舞蹈艺人、女时装设计师和马夫。他们从来不对奖章和封号动心，他们从来不作任何让步。他们差不多都是终年贫困。曾是巴黎公社社员的唐加有一间油彩小店，他向印象派提供油彩和画布，还时常供他们饭吃。点心师傅缪勒尔时不时地请美术家们吃顿饱饭。雷诺阿、毕沙罗和莫奈在城里四处寻觅知音，给二三十个法郎便卖出自己的作品。他们的少得可怜的家产和他们的画被查抄后，在店铺里只卖很少一点钱。毕沙罗有七个孩子，他不知道该怎样养活他们。贫困使莫奈想自杀，是马奈救了他。塞尚不得不求他的小学同学左拉给家里寄去一百法郎。西斯莱也穷了一辈子。

油画商出来代替文艺的庇护人了。几十年之后，美术作品成了投机物，油画成了独特的珍贵商品。毕沙罗死于穷困之中，但是死后，他的风景画倒手转卖价值连城。

在反对社会口味，反对它的残酷准则中，支持着印象派的是什么呢?是对艺术的热爱，是用新的眼光看大自然，用新的方式表现它的热情。他们完全不是冷冰冰的形式主义者或有怪癖的人，完全不是靠寻衅事端出名的人，也完全不是想要挑起美学战争的人，他们甚至也不是寻求苦行光环的人。这是一些少有的谦逊勤劳者、绘画对他们来说，不仅是职业，也是发现他们生活于其中的内在真实。新的现实主义的表现可见世界是他们的需要、激情和义务。

马奈、毕沙罗或是雷诺阿从来也不是“颓废派”和“没落派”。这是一些大艺术家，他们和颓废派不同，他们肯定生活、光明，爱人和爱大自然。该是摘下学院派的眼镜看看他们的油画的时候了。直接地、不带偏见地看看这些印象派的画吧，就像当年他们看大自然那样。

那个迫害库贝，后来又迫害追求现实的阶级已经衰老了。如今，那个阶级只承认艺术的代用品——不干扰他们晚年瞌睡的学院派油画、或是忘却形式的无物的美术作品。印象派把艺术语言改变了许多。当然，拉斐尔使我们赞赏，但是，如果以为现在可以用16世纪的语言说话，可以像拉斐尔当年画贵夫人那样画现代的巴黎姑娘便太天真了。为了要批驳复制彩色照片的美术作品，为了要同抽象艺术、同凭空虚构和无人性的东西做斗争，必须深刻地想一想过去。

四

普列汉诺夫写过："形象的或声音的艺术作品，不是对我们的逻辑思维而是对我们的视觉能力产生作用，因此，当看艺术作品使我们产生只是有益于社会的思想，那还不是美的享受；在这种情况下，它们只是美的享受的代用品，是这种思想提供的满足。"

语言在艺术文学中起着引唤出形象、联想、思维的作用。在《我记得那美妙的一瞬》的诗里，每个字都不可代替，只要用一个形容词改换另一个，那魔力便消失了。有些诗人为了追求音韵而忽视语言文字的意义，结果遭受失败。当然，每个诗人都知道，语言文字是同它的意义不可分割的。语言的那种音乐作用是达不到音乐本身的作用的。作家永远也不可能给人视觉画图。无论屠格涅夫小说中的自然景观描写多么好，但是法国人在读过《贵族之家》后只能去想象奥尔洛夫田野，并不能看到；而俄国人，被巴尔扎克的小说牢牢抓住，也只能是大体知道老巴黎是什么样子和它的街道叫什么名字，他看不到房屋的色彩、塞纳河的情调和林荫道的浓雾。

想要表现自己的思想感情的美术家有他自己的不同于语言和声音的美术语言。一个美术家倘若想用情节的引人入胜或重要意义来代替美术的影响力，那无异于一个掌握语言不好的人讲述一个极有趣的故事。如果我们的注意力是被油画上的历史或当代情节所吸引，如果我们看肖像画时首先去想画中人的功绩，那么我们便是在看这类艺术作品，用普列汉诺夫的话来说，是"美的享受的代用品"。当我们看委拉斯开兹的画时，使我们激动的不是勃列达投降[1]的原因，现在也不会有人再去关心伦勃朗笔下的商会里兑换金钱的商人。这一切本来是老生常谈，但我还是不得不重复，因为至今犹能听到或看到，说什么莫奈、德加和塞尚是"形式主义派"。

从"波伦亚画派"[2]达到高峰时起，各种美术院校都灌输起程式化美术，形成一些死教条。透视，对光与影、色与调的理解——成了永远一成不变的。当然，在看当代美术家所画的当代题材的画时，很难说它们是神圣地遵循着17世纪便已

[1]指油画《勃列达投降》。

[2]波伦亚画派——巴罗克时期以波伦亚城为中心的意大利画派，该派画家创作祭坛画、宗教与神话题材的壁画。形象具有理想化特点。他们用调和折衷方法模仿16世纪绘画大师的形式上的成就。

定下来的美学见解，但是，事实确是如此——老的波伦亚批发商人的口味比起那些靠题材情节花俏、尖锐而被认为是富有思想性而实际上是对真正的形式主义唱的赞歌超前了三百年。

法国在19世纪中期，好多准则发生了动摇。1848年，穿工装的人和后来的公社社员都曾要求开创新世纪。美术家在追求现实和严守学院教条之间产生了分裂。库贝为使美术接近新时代的宇宙观做了很多，但在他的构图中，美术新发现的现实性还是有时伴随着程式化的叙述。在年轻美术家们的面前提出了一个如何使油画接近当代人感受的问题。

1862年，可敬的美术家格雷尔先生教青年美术家们学绘画。模特儿站在台上，格雷尔给学生们指点改正。这是一位好心肠的老师，可是却是一个百分之百的形式主义者。

克劳德·莫奈那时二十二岁。西斯莱大他一岁，雷诺阿小他一岁。格雷尔先生申斥莫奈说："胸太沉重了，肩也太宽了。脚是怎么回事？哪里来的这双大脚？"莫奈看了看画，再看看模特儿，不好意思地回答说："我只能看到什么画什么……"教授生气了，说道："伯拉克西特列斯[1]从几百个模特儿身上取下最好的东西才创作出杰作。你在作画时，要时时不忘古希腊的美。"

---

[1]伯拉克西特列斯（约公元前390—约前330），古希腊雕塑家，古典晚期代表人物。

到晚间,莫奈对自己的朋友们说:"离开这儿吧,这学校会毁掉我们,这里缺少最重要的——真诚!……"

青年莫奈的话,是印象派所实现了的美术革命的钥匙。他们追求真诚、直接、现实,他们摧毁了建立在古希腊美的程式化和教条化基础上的老朽学院派艺术。(可以补充说明,学院派艺术对待古希腊雕塑很有其特点,在19世纪初,把希腊化时代❶的类似《拉奥孔》的没落艺术作品当做古希腊美的理想作品;后来又推崇公元前4世纪。最终又是5世纪。但是那极美的古希腊风格对墨守成规的家伙们却是笨拙和粗糙的典范。他们从美的概念里把印度、中国、日本,把埃及人、伊特鲁里亚❷、克米尔和庞贝的美术都赶出去了。)

在杜米埃的一幅石印画上有两个美术家在作画,文字说明是:"一个人抄袭大自然,另一个人在抄袭第一个人。"从表面上看印象派的画,可以说他们是有双重罪过。可以指责莫奈和毕沙罗是直接仿绘大自然,而马奈则是抄袭老艺术家。但是,事实并非如此。印象派在研究伟大前人的作品并认真观察大自然,之后,他们创作出完全独创性的作品,他们的美术是用新的方式表现世界。

---

❶希腊化时代——指公元前323年至前30年罗马吞并埃及之间的一个历史时代。那个时代的文化是希腊与当地东方文化的综合。

❷伊特鲁里亚——古代部落集团,公元前1000世纪居住在亚平宁半岛西北部(在意大利托斯卡纳地区),早在罗马文明之前便创造了发达的古老文明,并对罗马文明产生了巨大影响。民族来源不详。公元前7世纪末联合为十二城邦同盟,公元前5至公元前3世纪被罗马征服。

显然，他们不是出生在没有人烟之处，他们也从未曾想要否定过去的伟大。他们谁也没有起草过未来宣言，并没有要求关闭博物馆。马奈勤奋地复制着乔尔乔涅和委拉斯开兹的作品。雷诺阿则悉心研究弗拉戈纳尔和华托[1]的美术。德加迷上了意大利15世纪[2]。塞尚在米开朗琪罗的画前也度过不少时日。

除德拉克洛瓦、科罗、库贝之外，印象派也还另有一些追求用美术表达现实世界的前辈，首先当推伟大的戈雅[3]。他怎么会在18世纪精神极度衰弱的西班牙出现呢？据说是人民反抗拿破仑军队的英勇斗争使戈雅走上了现实主义的道路。那么，为什么戈雅的同时代人、法国的美术家大卫就没有被长裤党[4]人的光辉历史所鼓舞呢？大卫的作品尽管有不少长处，但还是程式化的，这位美术家在同时代人身上看到的是古代英雄。或许，戈雅的天才在于他找到了表达西班牙人所固有的残酷现实主义的自己的方式。戈雅在创作自己的《可怕景象》画时表现出现实主义艺术的全部力量。战争对于他来说，不是辉煌的阅兵式而是混乱暴行。

戈雅对印象派，特别是他们中年纪最大的艾杜阿·马奈

---

❶弗拉戈纳尔(1732—1806)，法国画家。华托(1684—1712)，法国画家。

❷意大利15世纪，指文艺复兴时期。

❸戈雅(1746—1828)，西班牙画家、版画家。

❹长裤党——18世纪法国资产阶级革命时期对广大革命群众流行的称呼。因他们都穿粗布长裤以别于穿短裤的贵族和资产者。

的影响最大。马奈的一幅画——《枪杀马克西米里安》无疑是从戈雅的表现法国士兵枪杀西班牙起义者的《五月二日》脱胎而来的。1862年，当年轻的莫奈、雷诺阿、毕沙罗刚刚想逃离开学院派的老教授时，马奈已经在画他的名作《奥林匹亚》了。开始时，他的构图很像前辈大师们的画，但在解决某些美术难题时，他改变了许多，弃绝了光和影的古典概念。他在和印象主义接近，进一步仔细观察大自然后，保留下年轻时所喜爱的黑调。画肖像画时，马奈追求的是表现模特儿的精神深度，并完全用纯美术手法。

日本的老美术家安藤广重和葛饰北斋[1]的作品对马奈，后来对其他印象派画家有过很大影响。日本美术家自古就喜欢大自然，观察大自然，他们非常熟悉色彩和光的相互关系。他们在19世纪帮助法国美术家摆脱掉不少程式化的东西。

印象派不是模仿先辈，他们向先辈学习，用新的角度来看他们。雷诺阿赞美拉斐尔的维纳斯说："请看她的手！多么美呀！可以感觉得出锅盘在她的手中颠翻自如……"在研究从前的美术中，印象派明白了，他们可以使旧题材翻新，首先必须脱离旧式作坊，开创新的现实世界。他们成年累月地写生——画自然风光、肖像和有情节的场面。他们追求表达出光和空气，表现它们对色彩的影响。他们用新的目光看到了

---

[1]安藤广重(1797—1858)，日本版画家、套色木刻大师。葛饰北斋(1760—1849)，日本画家、彩色木刻画大师。浮世绘学派代表人物。

很多。不同寻常的光闯进了美术作品中，有了空气的感觉，真正的大自然色彩，不论是马恩河阳光明媚的早晨、巴黎的林荫道，也不论是乡间洗衣妇的画都是如此。他们在乡间、在首都的大街小巷、在钓鱼爱好者和廉价的跳舞女郎云集的近郊小酒店里不停地工作。他们不是抄袭自然，而是创造性地再现它们。

由于“印象主义”这个词和印象关联，有些教条主义者力图把莫奈和雷诺阿归进哲学的主观主义中去。他们说，为什么在克劳德·莫奈的画中，塞纳河一幅画一个样子，显然是美术家用主观感觉抽换了现实世界。莫奈有时在不同的时间画同一个风景，他是想表现由于光线的关系色与形的不同，其中毫无主观主义成分。晨雾笼罩下的河和阳光吃掉颜色的晴朗正午的河是不一样的，这不但是在印象派美术家的笔下，就是在每个已故美术家的笔下，都是如此。从视觉上来说，这可是两条不同的河流。美术本来不是说明河流宽度、深度、通航能力和渔业资源情况的手册。

意大利15世纪的画家绝不忽略风景，不忽略他们所画的圣经故事的背景，他们画的不是巴勒斯坦，而是托斯卡纳的绿色山丘。山丘上有树，树上的每个叶片都画得极为细致，如果你走近油画或壁画跟前，你都可以根据所画叶片确定画家所画的是哪个树种。与其说他们是绘画，不如说他们是讲画，因为从远处看那树，我们看到的只是它的形和色，而不是叶片。如果走近印象派所画远处有树木的油画跟前,我们看不到精细绘制的叶片,而只是油彩的涂抹,有时仅是一块绿色的宽痂。但是,你看整个风景,便看出——这是赤杨、那是悬铃木和木橄榄;每种树都有自己的形状和颜色。看过莫奈、毕沙罗、西斯莱的风景画,便会觉得老画家们的画不像是给人看的,而是对人说的。

有些当代人曾试图把马奈和他的朋友们归到当时流行的自然主义行列中去,但是,再也没有比马奈或雷诺阿的画距离照录无误的、缺乏想象力的自然主义更遥远的美术作品了。自然主义画家可以准确无误地画出树上的每片叶子,制服上的每颗扣子,他们不是画世界,而是造清单。自然主义者不是相信心灵,不是相信对世界的美术感受,而是相信照相的镜头。看过印象派的作品后,那些学院派的追随者们所画的巨幅战争场面和其他题材的画便显然是不现实的了。

塞尚说过:"我是画家,不是作家,我只能画我所看到的。"美术中的现实主义不在画面的选题中,而在画的自身性质——画的表现形式中,看它是程式化的呢,还是它表现了现实世界。法国美术历来有现实主义的意向,这既涉及到路易·勒·南的题材画,同样也涉及到夏尔丹[1]的静物写生画。我们说印象派的先辈库贝是现实主义者,并不在于他的画的题材跟19世纪其他画家所喜爱的题材截然不同,而是因为他推

[1]夏尔丹(1699—1779),法国画家。

翻了当时是学院派美术教条的程式化线条的表现形式。大卫教导说："好吧，画上线条，在线条之间就是放上臭狗屎也没有关系。"安格尔说：世界就是由线条组成的，线条像芦苇一样交织到一起，于是"大自然便用线条编成筐"。库贝与程式化表现世界相对立，他表现色彩的真实，他说，他画"太阳做的事"——"从阴影走向光明"。

印象派从来也没有否定过题材的重要性，并不是他们的对头及对头的天真崇拜者们所说的那样。艾杜阿·马奈说："色彩是口味和感受的问题。首先得有你要画的那个东西。不是这样，便再见吧！如果你不是爱美术超过一切，那么你成不了美术家。另外，少想自己的艺能，对题材要有冲动……有一次，我从凡尔赛返回来，爬上了一辆火车头，站到司机和司炉工的身边。这两个人的观感——他们的沉着、他们的耐心令人惊叹。那是个危险的行当。他们才是当代英雄！我的病好后，一定画一幅这个题材的画。"

1874年，毕沙罗从其固有的同样的谦逊在致友人的信中写道："我的脑袋里有不少题材画的构思。不过，我画这类画要特别小心，在这方面有不少一流的美术家，要画这类画得有很大的勇气，我怕失败。"一年以后，他又写信对那个人说："在主要内容上没有什么问题。最难的是要找到合适的模特儿，他得同意摆姿势。这得花很多钱，可我并没有。"最后，在1882年，他又写道："我很幸福，靠着大树的那个农妇使你喜欢。我觉得，她和那阴沉低垂的天空下的风景是我最好的一幅画。”

其他的印象派美术家和毕沙罗一道，也在寻找新的美术语言。他们观察大自然，发现了许多：阴影不是色彩的消失，而是产生新的色彩；色彩在印象派的画布上——不是油彩的混合，而是并列相排的全部色调。这种处理方法，使他们可以现实地表现人体和河流，少年的脸和古老的大树。

他们不画历史趣闻故事，不画隐喻和神话故事，不画说教内容。但是，在他们的作品中总是有情节的，而且很难用语言把它们复述出来，因而也不是浅显的。相反，一切能够轻易用语言表达出来的，又怎能给美术家以灵感呢！印象派乐于画大自然。在小说中描写自然景色起着辅助作用，它是事件发生的布景，在小说中风景帮助揭示人物的内心状态。在诗歌中，风景有时即是主题，诗人可以通过它表达自己的思想和感情。普希金、莱蒙托夫、布洛克的许多诗，丘特切夫几乎是全部诗作都是献给风景的。但是，只有美术才能把风景的全部深度、多样性和实质表达出来。在欣赏印象派的油画时，不由得会想起丘特切夫的诗句：

大自然，并不是你所认为的那样，
它不是雕塑品的模制件，不是没有生气的面孔。
它有灵魂，蕴藏着自由，

它有深刻的爱，有自己的语言。……

多亏印象派的画，我们看到了法国，看到了它的伸向远方的道路，两旁栽种着白杨或是悬铃木；看到了它的河流，岸边偶有几棵树木，像似有人站岗，在太阳照射下河水泛起粼光；看到了它的屋舍，覆盖着红瓦片或是蔚蓝色的石棉水泥板；看到了它的雨天、漫漫浓雾和纷纷白雪。印象派也画巴黎的街道、浓烟弥漫的繁忙火车站，朦胧睡意的堤岸。他们画人——钓鱼的、跳舞的、扛活儿的和赶车的；喜爱坐在郊区凉亭里的乘凉人和香烟缭绕的小酒馆里玩牌的人。他们也画雾伦敦和威尼斯。他们画当代知名人士——左拉、瓦格纳、马拉梅、罗什弗尔❶和一些本不知名但因这些画而扬了名的人物肖像。他们画布列坦的渔村、老水手和小渔工，他们画植被茂密的南方、盛开着的杏花和桃花，他们画充满活力的古老巴黎近郊的工人和在田间劳作的农夫，在周围世界里他们个个都像坚硬的木樨榄一样强壮。

印象派的画只有一个主题，我们在他们的画布上看到的都是法国——它的大自然和人，我们呼吸着它的空气，时而轻松，时而紧涩。他们把自己对生活的赞美传达给了我们。

有人说，似乎是他们贬低了美术，只表现些“表面的、一时

---

❶瓦格纳(1813—1883)，德国作曲家、指挥家、歌剧革新家。马拉梅(1842—1898)，法国象征主义诗人。罗什弗尔，不详。

的现象”。然而那些该当表现“永恒”的学院派美术家的巨幅作品却早被人们所遗忘，而印象派的风景画则依旧使我们赞不绝口。他们用真正的艺术力量所表现的一时现象变成了永恒的、牢固的、充实的，就像伊尔·德·法兰西花园的7月正午一样。

五

和所有的新鲜事物一样，印象派不被理解，遭到嘲笑和敌视。本来，可以不必再回忆过去了，因为印象派现在已被全体法国人所公认。但是，有的时候回头看看往日的迷惘，也可不再重犯那些错误，因为有些美术家在追求闯进未来时，必然会遇到阻抗。

1863年。巴黎美术展览馆在(每年一次)评选展品时，评委会拒绝接受三百多名美术家的作品。拿破仑三世装模作样表现自己的自由思想，批准让世人看看那些被否定的画。它们被安排在另一地点展出。从表面上看，展出获得很大成功，第二帝国的假绅士和装腔作势的美学家们匆匆赶往“被否定作品沙龙”。大厅里笑声不绝于耳，在艾杜阿·马奈的画前，那些假行家捧腹大笑。毕沙罗的画也在展出之列，自然也遭到观者的嘲弄。

1864年。官方评选委员会宣布了它的自由大度，使众人吃惊，它关闭“被否定作品沙龙”，而为“(政治上)不可靠分子的美术家们"专辟一处附属建筑物，以供世人共赏马奈、毕沙罗、雷诺阿的奇画。评论家们写道："这些厚颜无耻的年轻人用的不是画笔而是皮鞋匠的刷子作画"，"很难说这类画的作者是不是精神病人，也或许他们想靠耍无赖而出名。"

1865年。马奈、毕沙罗、德加、莫奈、西斯莱的作品被陈列出来。塞尚的画遭到淘汰。马奈的《奥林匹亚》成了挖苦对象。评论家阚塔鲁布写道："风姿美逸的太太们请不要留步——画中不是女人，而是些大母猩猩。"院士克拉列蒂把青年美术家的画称作是"可怜的乱涂"。

1866年。评选委员会淘汰掉马奈的几幅画和雷诺阿、塞尚送去的全部画。埃米尔·左拉在《艾维曼》报上发表了一系列维护称之为现实主义的美术作品。关于马奈，他写道："大部分人的意见是这样的：艾杜阿·马奈是个小孩子、倒霉蛋。他和朋友喝醉酒后，决定画些漫画，送去展览。他知道人们会嘲笑，但他却可以出名。于是，他便画了起来。他看自己的画，也是捧腹大笑，但是他想要弄一下世人。……可爱的头脑简单的人！……他可是勇敢地看着自己的模特儿，他用粗线条表现她，用强烈对比表现她，他怎样看到便怎样把她画下来……爱嘲笑人的人将受到惩罚，他们在辱骂将来会获得荣誉的人。马奈的位置——在卢浮宫……"关于克劳德·莫奈，左拉说："这个人在阉人中间。请看旁边那些画，在这个大自然窗口前，它们是多么地可怜！……在你们面前的是比现实主义者更伟大的人，在你们面前的是一个有力量而又细致地描述大自然的美术家。"关于毕沙罗，他说："毕沙罗先生是个无人知晓也无人谈论的人。我认为自己有责任向他握手致贺，'您的风景画抓住了我的注意力，它安慰了我这颗在沙龙无边际的沙漠里惶惶漫步的心。'"在众人抗议下，报纸编辑部不要左拉再写评论美术的文章。

1867年。巴黎举办世界展览会。评委会淘汰了莫奈、毕沙罗、雷诺阿、西斯莱、塞尚的作品。在一间小展棚里展出了马奈的《草地上的早餐》，观众有了机会在这里嘲笑它，并从中获得满足。

嘲笑没有休止。印象派试探着把作品送到沙龙去。评委会依旧否定他们。1874年，印象派自己搞起展览。著名的艺术评论家列鲁阿写道："这个展览，是对善良的艺术道德、对美术大师们所尊重的天经地义的形式的谋杀行为。"另一个评论家说塞尚是"震颤性谵妄发作时的疯子"。

两年以后，印象派的展览激起更大的不满浪潮。《费加罗报》的艺术评论员沃尔夫写道："歌剧院失火以后，这条街上又来了新的灾难：说是美术展……人们在画前大笑，而我很压抑……这儿颇像在精神病院里病人捡石头当钻石。人类虚荣心到了这种地步，太可怕了！请告诉毕沙罗先生：树木不是浅紫色的……想办法告诉德加先生：世间有绘画、色彩和技巧。当然，他听了会笑着叫你一声反动分子。请提醒雷诺阿先生：女人的身材不是一堆烂肉……” 沃尔夫不是光杆一人。《佩伊报》上说：“见到这些画，拉公共马车的马都要避开它们。”美术家别尔塔在《苏阿尔报》上说：“这简直就是精神病分院。”另一份报纸《莫尼特》，要人们相信“美术领域里的不学无术的造反者和政治方面的造反者勾结起来了”。

这都是在印象派达到艺术成熟和画出许多优秀画幅的年代里。我讲述了他们的生活、他们的艰难、困苦，有时就是赤贫。那些自以为是者和好挖苦人的“行家”们在他们周围恶毒地起哄，可他们埋头继续工作。

一年一年过去了。印象派不仅在法国，也在它的遥远境外，引起了人们的注意。克荣德·莫奈建议美术爱好者买下马奈的《奥林匹亚》献给国家，以便让马奈的一幅精品能在卢浮宫里展出。部长们对这礼品颇为发窘。经过长时间的谈判和考虑，《奥林匹亚》被送进二流的卢森堡博物馆。到了1907年，也就是在左拉的预言四十年之后，《奥林匹亚》才在卢浮宫占有一席地位。1894年时，法国的部长们还遇到一个新的麻烦：美术家卡耶博特去世了，给国家留下一大批油画。又开始了谈判和交涉。有一部分画，政府拒不接收，其中有不少马奈、克劳德·莫奈、雷诺阿、毕沙罗和西斯莱的作品。

不久，世界各国的博物馆开始收集印象派的画。有两位俄国收藏家——史初金和莫洛卓夫在20世纪之初对美术产生极大兴趣，他们收藏了许多印象派的优秀作品，至今在艾米塔日博物馆和莫斯科造型艺术博物馆里收藏着。

承认的年代来临了。光荣、专题学术著作、纪念碑、纪念会、宽敞明亮的展览大厅都有了。油画商发了财，隆重的讲话稿连篇。成百万张的复制品一售而空。如今，在贺卡上也可以看到莫奈的画，在糖果盒上可以看到雷诺阿的小姑娘。

和早已故去的愚人是不争论的，但对过去的蠢事不该忘记，值得提醒，这对接班来挖苦人的愚人可以多少起点约束作用。当然，蠢事是要死亡的，可以勇敢地说它们是“表面的和一时的现象”，可是，蠢事过后时常会又有新的蠢事……

六

印象派小组到80年代中期便散掉了。在艺术领域，理论从来不是先于成就诞生，而是在其后。美学的论文不是序而是跋。印象派的画引发瑟拉和辛卡❶去创造新的物理画，于是便产生了短命的“点画派”和“新印象派”。莫奈和毕沙罗对它产生过几年兴趣。雷诺阿在渡过艺术危机之后，忽然转向了安格尔。年轻的图卢兹-洛特雷克❷一直受着德加的鼓舞。新的艺术家出现了，他们是凡·高和高更。他们从印象派那里学到很多，但走上了不同的路——一个被心理表现力所诱惑，

---

❶瑟拉(1859—1891)，法国画家，新印象派创始人。辛卡，不详。
❷图卢兹-洛特雷克(1864—1901)，法国画家。

另一个则迷恋上异国风情和象征的诗意。20世纪的血腥昏暗和战争矗立在远处，新的世界在艰难的诞生。少年马蒂斯[1]还在上学，而在遥远的马拉加，黝黑的小帕布洛[2]还在望着他的父亲是如何细心地描画丰满的鹁鸽。

印象派的事业命中注定由波里·塞尚——那个在70年代明亮星空中显得苍白的美术家去继续完成。他在70年代画的风景画很像其他印象派美术家所绘。他曾和毕沙罗一起工作过一段时间，也曾送作品去参展。后来他好像是失踪了。有十多年的时间，他远离巴黎，很少和人见面，也不展示自己的作品。

有一阵子人们在文章中说塞尚和印象派决裂了。我想他倒是继承并向深层次发展了印象派——他的一切探索都是莫奈、毕沙罗、西斯莱曾幻想过的，即表现出大自然的现实。他说过："要使印象主义变成某种稳定的牢固的艺术……"

晚年时，他给年轻美术家写信说："卢浮宫——是字母表，我们学习按它读写，但是我们不能满足于功成名就的先辈们的美好说法。要走出这些公式的界线，解放自己，去研究美好的大自然。"这是印象派的遗训。不寻常的美术天赋，稀有的严格要求——我说这是美术家的良心——使得塞尚远远超出

---

❶马蒂斯(1869—1954)，法国画家、版画家、装饰艺术大师。野兽派主要代表人物之一。

❷帕布洛，即毕加索(1881—1973)，法国画家，原籍西班牙。1907年开创了立体主义，1915年后创作了具有新古典主义画风的作品，其中许多画接近超现实主义。

印象派其他人；但是他从来都是五体投地谈论毕沙罗、莫奈、雷诺阿。他的性格很不合群：南方人的急躁、好冲动同忧郁相结合，他容易发怒，粗鲁，又非常孤僻。对成就和荣誉，他是鄙视的，他说："院士称号、退休金、成绩证和荣誉都是只给白痴、装模作样和头脑简单人的。"他又非常谦逊。1903年，当他的名字在欧洲美术界已是众所周知时，他在填写表格中，在学历和称号栏里写道："波里·塞尚，毕沙罗的学生。"

塞尚的经历中，很少有什么重大事情。他清心寡欲，他的事情都是和美术新发现、和他画了不满意毁掉再画的画布有关，他永远在探索。

每天，天一亮他便起床，然后就工作。在工作中常常暴跳如雷，从来对自己所绘不满意。同一个风景，他可以画上二十次三十次。在画伏里亚尔肖像时，事先打了一百十五次草稿。他时常把自己的画涂掉或毁掉。他画得非常慢，有一次坦白说，画静物画时，他最爱画苹果，因为苹果保存的时间长久。

1906年塞尚六十七岁。晚年，他总生病，他说，当开始懂得什么是大自然时，力气却背叛了他——他的视力弱了，行路困难了，很快便感到疲劳。艾克斯的秋天，很热很闷，时常有雷雨。10月15日那天，塞尚出发去画风景。又来了雷雨。他感觉不舒服，返身回家。在路上，他失去知觉昏倒了，一辆运货的马车车夫把他送回家。

请来医生。塞尚苏醒过来了，他想，得把伏里亚尔的肖像画完成。他走进画室，又干了起来。不行了，他画不动了……可是他坚持着非画不可。他请画店老板给他送十软管油彩，越快越好。10月20日，他去世了。

塞尚说过："要通过大自然回归到古典主义。"他知道，印象派已经做了很多，不过他想把固性赋予物，借用色彩找到他们的形。他说："色塑物。"有些人硬说，研究世界使他受到局限。这说法不对，他说过："没有感情就没有美术。"在风景画中，在肖像画中，在构图中，他都注入思想、深层的激情。他想把主次分开，忽略细节，寻找整体。然而世界对他来说，不是一大堆杂乱的几何形体，而是活生生的血肉之躯。他是最准确意义上的现实主义者，在对待大自然上，他和印象派有共同观点，他创建了新的美术风格——不是从印象出发，而是研究物、研究面孔、研究风景。因为他时常表现物的整体形状，立体派便自认他们是他的门徒。但是塞尚是同那些在他去世5年之后某些青年美术工作者所迷恋的图式相距甚远。有一次，他望着大都市主义的城郊风景画，诅咒道："这是直线条的狂热病患者干的。"大自然对于他是复杂的、沉甸甸的、火辣辣的。

任何一种思想都可以被导致荒谬程度，塞尚被说成在追求综合形体中为抽象美术奠定了基础。但是，任何一个人只要看一看塞尚的风景画，便会发现这种论断太带随意性了。塞尚把揭示大自然、通过色彩来表现物的真形摆在最高位置上，他永远也不会承认无物美术的赞成派是他的继承人。他寻找的是现实世界的美术表现，而不是用画笔代替钢笔画出的图案装饰画和离奇怪画。他曾生气地说："文学家通过抽象来表达，而美术工作者则要借助画和色彩来表达自己的理解和感觉。"

如果可以把库贝称作是印象派的先驱，那么塞尚则是完成了自上世纪60年代开始的美术革命。时间使我们有可能在今天全面评价印象派的意义；他们改变了人们的看法，不仅美术家们开始认为学院派的画是风格上的模仿制品，就是到那些仍然存在的沙龙里去的普通参观者也有同样的看法。

我怀着深深感激之情怀念着印象派的美术家，在我年轻的时候，他们的画帮助我了解大自然的全部美，帮助我去思考艺术的力量。半个世纪以前，当我第一次看到莫奈和毕沙罗的画时，巴黎还在争论他们的作品。从那时起到现在，已经改变了很多。我不认为喜爱马雅可夫斯基与否定普希金有关，赞赏委拉斯开兹或丁托列托便意味着批判马奈或塞尚。我写这篇文章为的是介绍一下过去的伟大艺术现象。我曾翻译过维永❶，也写过有关斯丹达尔的文章。我在这里试图讲一讲马奈、雷诺阿、塞尚的重要作用。

孟广钧 译

---

❶维永(1432—1463?)，法国诗人。

洞察世界的艺术

〔俄罗斯〕巴乌斯托夫斯基

绘画教人怎么去看和怎么才能看见（看与看见是不同的两件事，只有很少的人才能把两者统一起来）。因此绘画保存了儿童所特有的那种生趣盎然的、天真未凿的感情。[1]

亚历山大·勃洛克

令人驻足赞叹的往往是对人的生活并无任何用处的东西，如触摸不着的倒影，无法播种的巉岩，天空奇妙的色彩。

约翰·罗斯金[2]

---

[1]引自勃洛克的文章《色彩与语言》。

[2]约翰·罗斯金(1819—1900)：美国作家，历史学家，政论家，艺术批评家。

有一些无可争议的真理常常由于我们的懒惰与无知而备受冷遇，未能对人类的活动产生影响。

这类无可争议的真理中，有一条同作家的技巧，尤其是同散文作家的技巧有关。这条真理是：所有与散文相邻的艺术领域——诗歌、绘画、建筑、雕塑和音乐——的知识，能够大大丰富散文作家的内心世界，并赋予他的散文以特殊的感染力，使之充满绘画的光与色、诗歌语言所特有的新鲜性和容量、建筑的谐和对称、雕塑线条的清晰分明，音乐的旋律和节奏。

所有这一切都是散文的附加财产，仿佛是它的补色。

我对那些不喜欢诗画的作家是不信任的。这种人很可能是草包，至少治学态度不严谨，有几分懒惰和傲慢。

一个作家如果是行家而不是匠人，如果是一个财富的创造者，而不是庸人，只知道像嚼美国口香糖那样一味地从生活中吸吮安乐，那么他就不应当忽视任何可以开阔他视野的东西。

我们往往在看完一个短篇小说或者中篇小说，甚至长篇小说后，什么印象都没有留下来，除了一堆混杂在一起的单调乏味的人物之外。你竭力想看清这都是些什么人，可是却看不清楚，因为作者没有赋予他们丝毫生动的特征。

这类短篇小说、中篇小说和长篇小说的情节是在某种没有光和色的凝冻的日子中发生的，是在作者只知其名而从未见到过的事物中发生的，因此他无从告诉读者这些事物究竟什么模样。

这类小说尽管写的是当代题材，然而却是平庸之作，作者写小说时的那种劲头，往往只不过是虚火而已。除了虚火上升，他在写作时并没有感受到欢乐，特别是劳动的欢乐。

所以会出现这种可悲的局面，不只是因为这类小说的作者缺乏激情，缺乏文化修养，而且还因为他们的眼睛如同鱼目一般迟钝。

读到这样的中长篇小说，真想一拳把它们砸碎，就像走进满是灰尘的闷热的房间后想一拳砸碎密封的玻璃窗一样。只消碎玻璃哐啷啷地四溅开去，那么外面的风雨声、孩子的嬉闹声、机车的汽笛声、湿漉漉的马路的闪光便会立即涌进屋来，——整个生活，连同生活中乍一看来杂乱无章，然而却异常美好、异常丰富的光、色、声，便会纷至沓来。

我们有不少书仿佛是由瞎子写的。可这些书却偏偏是写给明眼人看的。这就是出版这些书荒唐之所在。

为了能洞烛一切，不仅需要睁开眼去看周围的事物，而且还必须学会怎样才能看见。只有热爱人们，热爱大地的人，才能清楚地看见人们和大地。一篇散文作品如果写得苍白无色，像件破褂子，那是作家冷血所造成的恶果，是他麻木不仁的可怕征状。但有的时候，也可能是因为作者水平差，缺乏文化修养。如果是后者，那就像常言说的，尚可救药。

怎样才能看见,才能认识光和色呢?这事画家能够教会我们。他们比我们看得清楚。而且他们善于记住他们所看见的东西。

我还是个青年作家时,一位我认识的画家对我说:

"您,我的亲爱的,看东西不怎么清晰。有点儿模模糊糊,而且浮光掠影。根据您那些短篇小说可以判断,您只看见了原色和浮面上的强烈色彩。至于色彩的明暗层次,以及间色、再间色等等,在你眼里看出去,都混合成某种千篇一律的东西了。"

"这我有什么办法!"我辩解说。"天生这么一双眼睛。"

"胡扯!好的眼睛是靠后天培养出来的。好好地锻炼视力,别偷懒。要像常言说的,一丝不苟。看每一样东西时,都必须抱定这样的宗旨,我非得用颜料把它画出来不可,您不妨试这么一两个月。坐电车也罢,坐公共汽车也罢,不管在哪里,都用这样的眼光看人。这样,只消两三天后,您就会相信,在此之前,您在人们脸上看到的,连现在的十分之一还不到。两个月后,您就可学会怎么看了,而且习惯成自然,无须再勉强自己了。"

我照这个画家的话做了,果然,人也好,东西也好,都比我以前浮光掠影地去看他们时要有趣得多。

于是我为自己糊里糊涂地浪费掉了那么多一去不复返的光阴而感到痛惜。若非如此,在过去的岁月里,我可以看到多少美好的东西呀！多少有趣的东西就这么逝去，再也不可能追回了！

这就是画家给我上的第一课。第二课是比较直观的教学。

有一年秋天，我由莫斯科去列宁格勒，但不走经过卡里宁和博洛戈耶的那条路线，而由萨维洛沃车站上车，经过卡利亚津和赫沃伊纳亚。

许多莫斯科人和列宁格勒人甚至压根儿不知道有这么一条铁路线。这条路线虽说要绕点儿远，但比人们通常走的那条去博洛戈耶的路线要有趣得多。这条路线之所以饶有趣味，因为要经过荒野和森林地带。

与我同坐一个包房的是个矮个儿，穿的衣服又肥又大。一对眼睛又小又窄，但是却炯炯有神。这人带一只装满油画颜料的大箱子和好几卷打好底子的画布。不难猜出这是一位画家。

我们攀谈起来。我的同车人告诉我说，他去季赫文市郊区，他有个朋友在那里当护林员，他将住在护林哨所里，描绘秋天。

“那何苦要跑这么远，到季赫文郊区去？”我问。

“我在那里看中了一个地方，”画家很信任地回答我说，“是个好得无可再好的地方！上哪儿也找不出第二个这样的地方了。清一色的白杨林！只是偶尔才有几棵云杉。一到秋天，白杨树就披上了华丽的盛装，没有一种树能比得上白杨。

它的树叶可说是五彩缤纷：有绛红的，淡黄的，淡紫的，甚至还有黑色的，上边洒满金色的斑点。在阳光下像是一堆灿烂的篝火。我在那里画到秋末。冬天，我就上列宁格勒那边的芬兰湾去。您知道吗，那里有全俄国最好看的霜，像这样的霜我在哪儿都没见到过。”

我跟我的同伴说，当然只是开开玩笑，他既然有这样渊博的知识，何不给画家们写一本旅行指南，告诉他们上什么地方去画什么，一定很有价值。

“您怎么这样想呢！”画家一本正经地回答道，“写本指南并不难，就是没什么意义。现在各人分头去给自己寻找美的地方，可出了本指南，大伙儿就会哄到一个地方去。那就远不如现在了。”

“为什么？”

“因为像现在这样，国家就可以更加千姿百态地展现出来。俄罗斯的土地是那么美，够我们所有的画家画上几千年。可是，您知道吗，”他忧心忡忡地说，“不知为什么，人现在开始糟蹋和毁坏土地。要知道，土地的美，是一种神圣的东西，是我们社会生活中的一种伟大的东西。这种美是我们的终极目的之一。我不知道您怎么看，反正我是深信这一点的。一个人如果不理解这一点，还算得上是什么先进的人吗！”

午间，我睡着了，可没多久我的同车人就把我推醒了。

“您可别见怪，”他讪讪地说，“不过我还是劝您起来的好。出现了一幅惊人的图画——九月的雷雨。您看看吧！”

我朝窗外瞥了一眼，只见南边高高地升腾起密密层层的乌云，遮没了半个天空。乌云不时被闪电劈开。

“我的妈呀！”画家惊叹说，“多少色彩呀！像这样的明暗层次，即使你是列维坦本人，也画不出来。”

“什么样的明暗层次？”我茫然地问道。

“天哪！”画家绝望地说道，“您这是往哪儿看呀？瞧那边——那儿的森林暗得发黑了，没一点亮光；这是因为乌云的阴影把它遮住了。你再往远处看，那儿的森林上却星星点点地洒满了淡黄和淡绿的斑点，说明朦胧的阳光穿过云堆投到了那上边。而再远一些，森林还完全照在阳光之下。看见了吗？那一条森林像是用赤金打成的，整个儿玲珑剔透，活像是一堵雕花的金墙，或者像是由我们季赫文的绣花能手用金线绣成的一条长长的围巾，铺展在天的尽头。您现在往近一点儿的地方看，看那排云杉。您看到针叶上青铜色的闪光了吗？这是那堵林中金墙的反光。金墙把它的光投到云杉上，于是出现了反光。这种反光是很难画的，一不小心就会弄巧成拙。您瞧那上边，只有一点儿非常微弱的光，色彩明暗的层次是那么细腻，依我看，非炉火纯青的大手笔是画不出来的。”

画家看看我，笑道：

“秋天的树林的反光的力量有多大呀！整个包房好像照满了落日的余晖，尤其是您的脸。要是能这样给您画张像就好了，但是遗憾得很，这一切都是倏忽即逝的。"

"画家的本领就在于此，"我说，"使倏忽即逝的东西得以保留好几百年。"

"我们在设法尽力做到，"画家回答说，"假如这种倏忽即逝的东西，不是像现在这样意想不到地出现，使我们措手不及的话。说实在的，当画家也够烦的，须臾不得离开颜料、画布和画笔。你们作家就好办得多了。你们把这些颜料都存放在记忆里。您瞧，这景色瞬息万变。森林一会儿是光华熠熠的，一会儿又是昏暗无光的，变得多快呀！"

许许多多被扯碎了的白云，赶在酝酿着雷雨的乌云前面朝我们奔驰而来。果然，它们正以迅捷的运动，把大地上的各种色彩糅合在一起。在森林的远方，紫红、赤金、白金、翠绿、绛红和深蓝等等色彩，开始混杂在一起了。

偶尔有一线阳光，穿过浓密的乌云，落到几棵白桦树上，于是这几棵白桦便一棵接着一棵突然放出光焰，犹如一把把金色的火炬，但随即就熄灭了。雷雨前的狂风一阵接着一阵刮来，更加深了这种色彩的混杂。

"啊，天空呀，天空什么样呀！"画家喊道，"您瞧！它能创造出什么样的奇迹呀！"

酝酿着雷雨的乌云冒着灰蒙蒙的烟气，急遽地降至地面。乌云全是黑页岩的颜色。但是每当爆发一道闪电，乌云中就会现出淡黄色的凶险的龙卷云，出现蓝色的洞穴和被昏暗的、玫瑰色的火焰从里边照亮的曲曲弯弯的裂罅。

雷电刺眼的强光在乌云深处变成熊熊燃烧的铜汁般的光焰。而在贴近地面的地方，在乌云和森林之间，已垂下一道道暴雨的雨带。

“真是蔚为壮观！”画家激动地喊道，“像这样的壮观可不是经常能看得见的！”

我们两个人从包房的窗口转移到走廊的窗口。风把拉拢的窗帘吹得颤抖不已，这就益发加剧了光线的闪烁明灭。

大雨倾盆而下。列车员急忙过来拉上车窗。一股股斜雨顺着窗玻璃哗哗地向下流去。顿时天昏地暗，只有在很远很远的地方，已在地平线上了，透过雨幕，还可看到最后一抹森林在闪耀着金光。

“您记住点什么没有？”画家问道。

“稍微记住了一点。”

“我也只稍微记住了一点，”画家伤心地说，“等到雨过天晴，色彩还要强烈。您明白吗，那时太阳就会把水淋淋的树叶和树干照得发出金光。我建议您不妨在阴天下雨之前，仔细地观察一下光线。您会发现雨前是一个样，下雨时是一个样，等到雨停了又是另一个样，跟雨前截然不同。这是因为潮湿的树叶能使空气中增添一种微弱的光，一种晦暗、柔弱、温暖的光。总的来说，我亲爱的，研究光和色是一种莫大的享受。即使再好的职业请我去干，我也宁愿当画家，决不愿意改行。”

半夜里，画家在一个小站下车了。我走到站台上同他告别。站台上点着一盏煤油灯。机车在前面沉重地喘着大气。

我羡慕这位画家。在羡慕之余，我不禁有点忿忿然。为什么我要被杂务缠住身子，逼得我必须继续前行，而不能在北方哪怕逗留几天时间。要知道，这里每一枝帚石南都能唤起你那么多的联想，足够你写好几篇散文诗。

此时此刻，我感到特别难受和委屈，何以在生活中，我一如所有的人，不允许自己随心所欲地去生活，而要终日忙于那些刻不容缓的非办不可的事情。

自然界中的光和色单靠观察是不够的，而应当全力以赴地加以研究，并乐此不疲。对于艺术来说，只有那种在心中占有牢固地位的素材才是有用的。

对于散文作家来说，绘画之所以重要，并不仅仅在于绘画可以帮助前者看到并且爱上光和色。绘画之所以重要，还在于画家往往能看见我们视而不见的东西。我们总是要等到他们画了出来，才会开始看见他们所画的东西，并且大为诧异，自己过去怎么没有看见。

法国画家莫奈[1]到伦敦后，画了一幅威斯敏斯教堂[2]。莫

[1]克洛德·莫奈(1840—1926)：法国画家，印象画派的创始人之一。

[2]系英国伦敦基督教新教教堂。相传始建于公元616年，后各世英王均有扩建。为英国国王加冕和重要的皇家与国务活动场所，也是国王及著名人士下葬之地。牛顿、狄更斯、达尔文等均葬于此。

奈是在伦敦通常的雾日内作这幅画的。在莫奈的这幅画中，教堂的哥特式轮廓在雾中若隐若现。这是一幅至精之品。

可是展出这幅画时，伦敦人却为之哗然。他们感到惊愕，莫奈怎么把雾画成紫红色的，雾分明是灰色的，这是尽人皆知的事。

莫奈的鲁莽起初引起了人们的愤怒。可是这些愤怒的人走到伦敦的大街上，仔细地观察过雾后，平生第一次发现雾果真是紫红色的。

于是人们开始寻找雾何以发红的原因。他们都同意这样的解释，雾所以会发红，是因为伦敦的烟太多了，加之伦敦的房屋又都是用红砖砌的，因此雾也染上了红色。

不管怎样解释，反正莫奈胜利了。自从他画了这幅画之后，所有的人都开始用这位画家的目光来看伦敦的雾。人们甚至称莫奈为“伦敦之雾的创造者”。

不妨举一个我自己生活中的例子。我在看了列维坦的画《在永恒的宁静之上》以后，平生第一次发现俄国的阴天拥有丰富的色彩。

在此之前，在我的眼里，阴天只有一种单一的忧郁的色调。我曾经认为，阴天之所以勾起人们的愁思，正是因为它吞没了一切色彩，把灰暗的阴霾遮蔽了大地的缘故。

但列维坦却在这种阴郁的氛围中，看到了某种庄严乃至壮丽的色调，进而在其中发现了许多纯净的色彩，从此阴天就不再使我感到压抑。相反，我甚至爱上了阴天，爱阴天空气的清新、令人面颊发烧的寒冷、河上泛起的银灰色涟漪和乌云沉滞的移动。最后，我之所以爱阴天，还因为每逢这种天气，我就分外珍惜人间那种最普通的安乐——温暖的农舍，俄罗斯式火炉中的火焰、茶炊的吱吱声、在干草上罩一条粗布床单的地铺、打在屋顶上的令人昏昏欲睡的雨声和甜蜜的睡梦。

几乎每一位画家，不论他属于哪一个时代或哪一个流派，都向我们揭示了现实的某些新的特征。

我曾有幸多次参观德累斯顿绘画陈列馆[1]。那里除了拉斐尔[2]的《西斯廷圣母》外，还有古代美术大师们的许多作品。在这些作品前站停下来是危险的，它们将不放你走开。你会一连好几个小时乃至一连好几个昼夜地观看它们，而且观看得越久，心头那种莫名的激动就会越厉害。这种激动会发展到使你热泪盈眶的地步。

何以会热泪盈眶呢？因为在这些油画中，精神的完美和天才的威力敦促我们也力求使自己的思想趋于纯洁、坚定和高尚。

---

[1] 世界著名艺术博物馆之一。在德国德累斯顿市，从十六世纪萨克森王族在宫廷中设立艺术室，收藏历史、自然珍品及少数美术品开始，后经十八、十九世纪大量收集和不断补充，成为拥有西欧名画最丰富的宝库之一。其中以意大利文艺复兴时期的作品尤为突出，有提香、拉斐尔、鲁本斯、丢勒、贺尔拜因、委拉斯开兹和伦勃朗等画家的作品。

[2] 拉斐尔(1483—1520)：意大利文艺复兴盛期画家和建筑家。《西斯廷圣母》是他的代表作之一。

当我们在观赏美的时候，心头会产生一种骚动感，这种骚动感乃是渴求净化自己内心的前奏，仿佛雨、风、繁花似锦的大地、午夜的天空和爱的泪水，把荡涤一切污垢的清新之气渗入了我们知恩图报的心灵，从此永不离去了。

印象派画家似乎把阳光倾满了他们的画布。他们总是直接利用外光描绘对象，有时也许故意加强色调，所以在他们画中，大地始终辉耀着某种欢快的光。

大地变成了欢快的大地。这又有什么罪过呢，就像任何能给人增添即使一丝欢乐的东西一样，是无罪可言的。

印象画派就像过去的时代一切丰富的遗产一样，是属于我们的。否定印象画派，岂不等于有意和自己过不去，硬逼着自己画地为牢吗。要知道，我们谁也不至于去否定《西斯廷圣母》，虽然这幅才气横溢的杰作画的是宗教题材。对我们来说，革新家毕加索[1]，印象派画家马蒂斯[2]、凡·高或者高更[3]有什么危险可言？顺便提一句，高更曾参与反对法国殖民者的斗争，以争取塔希提岛人的独立，这样的人对我们来说有什么危险可言呢？

这些画家的创作中究竟有什么危险的或者不好的东西

---

❶毕加索(1881—1973)，法国画家，原籍西班牙，真姓是路易斯。

❷马蒂斯(1869—1954)：法国野兽派画家，他的艺术根植于后期印象派。

❸高更(1848—1903)：法国画家，幼年贫苦，曾为远洋航海海员。中年从事绘画，曾受印象派影响，后自创风格。1891年后迁居南太平洋的塔希提岛和多米尼岛。

呢?得要有什么样的嫉贤妒能或者见风使舵的脑袋才会想出必须从人类文化,包括俄罗斯文化中排除掉这样一群璀璨生辉的画家的念头?

我与那位画家告别后到达了列宁格勒。这个城市的广场以及谐和的建筑物的那种庄严的格局重又展现在我面前。

我久久地望着这些建筑物,想洞烛它们在建筑学上的奥秘。这奥秘便是:这些建筑物事实上并不高大,为什么会给人以宏伟的印象?即以参谋总部大厦来说吧。它是最出色的建筑物之一,位于冬宫对面,展开成徐缓的弧形,最高处不过四层楼。可它显得比莫斯科的任何一幢高楼大厦都要宏伟得多。

答案是很简单的。建筑物的宏伟取决于它的对称,取决于它的和谐的比例和适可而止的装饰——窗框上的装饰面板、花样装饰和浅浮雕。

仔细观察这些建筑物,你就会懂得高明的审美力首先表现为分寸感。

我始终认为局部与局部之间的对称和朴实无华(正是这种朴实无华才能显示出每一根线条,给人以真正的享受)这两个规律,与散文有某种关系。

一个热爱古典建筑的完美形式的作家,是不会让自己写出叠床架屋、结构繁复的散文作品的。他必然力求使散文的各个局部之间和谐对称,使遣词造句严谨朴实。他必然避免过多地使用装饰物，即所谓的图案装饰风格，因为这种风格只可能使散文作品淡而无味。

散文作品的结构必须精炼到不能删去一句，也不能增加一句，否则就会损害作品要叙述的内容以及事件的合乎规律的进程的那种地步。

我像每次在列宁格勒时一样，把大部分时间都花在俄罗斯历史文化馆和艾尔米塔什博物馆[1]内。

艾尔米塔什博物馆各间大厅内那种闪耀着镀金颜色的微微有点昏暗的光线，在我心目中是神圣的。我步入艾尔米塔什博物馆时，总有如入人类才华的宝库之感。我还是个青年时，在艾尔米塔什博物馆内，第一次觉得做个人是幸福的，并且懂得了人怎样才能成为伟大的人，成为好人。

起初我流连于辉煌的画家们的行列之间。色彩的丰富和浓重，使我头晕眼花，为了休息一会儿，我走进了雕塑陈列厅。

我在那里坐了很久。我越是长久地望着由无名的希腊雕塑家们雕塑的人像或者由卡诺瓦雕塑的挂着一抹若隐若现的微笑的妇人，就越是清楚地理解所有这些雕塑本身都是对美的召唤，是人类无限纯洁的朝霞的先声。到了那一天，诗歌

[1] 世界著名艺术博物馆之一。在前苏联列宁格勒。十八世纪时，在宫廷藏品的基础上建立起来。现藏有珍贵的原始及古代文物、东方各国金银和青铜器皿及西欧文艺复兴时期各代表画家的作品。

将主宰人心，而那种社会制度，即我们以长年累月的劳动、操心和毫不懈怠的精神向其走去的那种社会制度，将建立在正义的美之上，建立在良知、心灵、人们的关系和人们的肉体的美之上。

我们走的这条道路是通向黄金世纪的道路。这个世纪是必然会来到的。当然，遗憾的是我们活不到那一天。但是我们应该感到幸福，因为这个世纪的风已在我们周围飒飒地吹响，使我们的心跳动得更加剧烈了。

无怪海涅每次去卢浮宫博物馆，都要一连好几个小时坐在美洛斯的维纳斯雕像[1]前哭泣。

他哭什么呢？他哭人的完美遭到了玷污。哭通向完美的道路是艰辛的，遥远的，而他，海涅，一个把自己智慧的毒汁和光辉都奉献给了人们的人，当然不可能到达迦南人之地[2]，可是这个地方却是他不安的心所终生向往的。

这便是雕塑的力量，没有这种力量的内在的火焰，就不可能想象会有进步的艺术，尤其是我们国家的艺术，从而也就不可能想象会有扣人心弦的有分量的散文。

在转而谈诗歌对散文的影响之前，我想先谈几句音乐，

---

[1]指1802年在希腊美洛斯废墟发现的著名的维纳斯像。

[2]典出《圣经·旧约·出埃及记》第三章。所谓迦南人之地即“美好宽阔流奶与蜜之地”。

何况音乐和诗歌有时是不可分割的。

这段涉及音乐的议论是很简短的,所以只能局限于谈我们所谓的散文的节奏和音乐性。

真正的散文总是有自己的节奏的。

散文的节奏首先要求作者在行文时,每个句子都要写得流畅好懂,使读者一目了然。契诃夫在给高尔基的信中就曾谈到这一点,他说:“小说文学必须在顷刻之间,在一秒钟之内,就使读者了然于胸。”

一本书不应当让读者看不下去,弄得他们只好自己来调整文字的运动,调整文字的节奏,使之适应散文中某个段落的性质。

总而言之,作家必须使读者经常处于一种全神贯注的状态,亦步亦趋地跟在自己后面。作家不应让作品中有晦涩的或者无节奏感的句段, 免得读者一看到这里就不得要领,从而摆脱作者的主宰,逃之夭夭。

牢牢地控制住读者,使他们全神贯注地阅读作品,想作者之所想,感作者之所感,这便是作者的任务,便是散文的功能。

我认为散文的节奏感靠人为的方法是永远难以达到的。散文的节奏取决于天赋、语感和良好的“作家听觉”。这种良好的听觉在某种程度上同音乐听觉是相通的。

但是最能够丰富散文作家语言的还是诗学知识。

诗歌有一种惊人的特性。它能使字恢复青春，使之重新具有最初那种白璧无瑕的处子般的清新。即使那些“陈词滥调”的字眼，对我们来说已完全失去了形象性，徒具空壳了，可一旦进入诗歌，却能放出光彩，响起悦耳的声音，吐出芬芳的气息！

我不知道这该怎么解释。据我看，在两种情况下，字眼可以显得生气蓬勃。

一是在字眼的语音力量（声能）得到恢复的情况下。而要做到这一点，在琅琅上口的诗歌中远比在散文中容易。正因为如此，字眼在诗作和抒情歌曲中，要比平常讲话时更能强烈地感染我们。

另一种情况是，字眼被置于旋律悦耳的诗行之中。在这种情况下，即使已经用滥了的字眼，也仿佛充满了诗歌的总旋律，和谐地同其他所有的字眼一起发出铿锵的声音。

此处还有一点，诗歌广泛使用头韵。这是诗歌的一个可贵的长处。散文也有权运用头韵。

但这并非主要的。

主要的是散文一旦臻于完美，实际上也就是真正的诗歌了。

契诃夫认为莱蒙托夫的《塔曼》[1]和普希金的《上尉的女

---

[1]系莱蒙托夫的长篇小说《当代英雄》中的五个中篇之一。

儿》证明了散文同丰满的俄罗斯诗歌之间具有血亲关系。

列夫·托尔斯泰写道："我永远也弄不清散文和诗歌的界限在哪里。"他在《青年时代的日记》中，以他少有的激烈口吻问道：

> 为什么诗歌同散文，幸福与不幸会有这样千丝万缕的密切关系？应该把兴趣放在什么上边呢？是竭力把诗歌与散文融为一体，还是先尽情地享用其中的一个，然后再全神贯注于另一个？
>
> 理想中有胜于现实的地方；现实中也有胜于理想的地方。唯有把这两者融为一体才能获得完美的幸福。

这些话虽说是在仓促中写下的，却包含着一个正确的思想，即：文学最高、最富魅力的现象，其真正的幸福，乃是使诗歌与散文有机地融为一体，或者更确切地说，使散文充满诗魂，充满那种赋予万物以生命的诗的浆汁，充满清澈得无一丝杂质的诗的气息，充满能够俘虏人心的诗的威力。

在这种场合下，我不怕使用"俘虏人心"的这一说法。因为诗歌的确能够俘虏人，征服人，用潜移默化的方式，以不可抗拒的力量提高人的情操，使人接近于这样一种境界，即真正成为能够使大地生色的万物之灵，或者用我们先人天真而又诚挚的说法，成为"受造物之冠"。

弗拉基米尔·奥多耶夫斯基曾说过这样一句话:"诗歌是人类进入不再汲汲于获取东西,而开始应用已获取到的东西这种境界的先兆。"[1]他这句话在一定程度上是不无道理的。

戴骢　译

[1]引自俄国作家和音乐批评家弗拉基米尔·费奥多罗维奇·奥多耶夫斯基(1803/04—1869)所著《心理学札记》。

谈画的价值

〔捷克〕卡雷尔·恰贝克

恰好在造型艺术周开幕的那一天，报上发表了一条消息，一条我们越来越经常看到的消息：有位收藏家买了一张由专家鉴定过的古画，然而发现这是一张假画，收藏家损失了两万七千克朗。

我这个人一般心眼儿不算坏，可是当我读到这条消息时，却产生了一种摆脱不了的心情，用几个字概括之：他活该！谁叫他们非去买古画名画不可呢？他要是到一位现在还没出名的尚未死去的画家画室里去挑画，至少可以保证他挑的画和签名都是真的。到那些仍然活着的艺术家那里去买画，是谨防假冒伪劣的最简单的办法，也是帮助美术家起码能生存能创作的最简单的办法。谁若只买古画，他只能以此养活那些做古画生意的买卖人、代理商和投机商。当然,他们这些人也需谋生,可是艺术,真正的艺术从中一无所得。

当我们读到那些其作品如今可卖高价甚至值得伪造的古代大师的生平时,得知他们在生前也并不这么受重视,他们的画作当时也并不这么红火,他们甚至没奢望过会卖到今天价格的一个零头。米古拉什·阿列什当时卖画所得只有几个小金币或者只能用来付掉小酒店的赊账。当时要是有哪个收藏家哪怕只付上今天的五分之一的价钱,阿列什大师的生活就会是另一个样子,他的创作也会比价格低得微不足道的那个时候要自由一些。

问题就在这里:大多数所谓名画收藏家实际上根本不懂画,他们对这些画既无行家的鉴赏,也无卓见可言。他们不敢在画家还活着的时候为这些艺术作品定价。他们拿不准,不知是不是买错了。纳沃拉吉尔在世时,谁也不怎么在意他的作品,因为从他的画作中什么也看不出来;如今纳沃拉吉尔的画简直跟斯米霍夫啤酒厂的股票一样走红,人们争先恐后地购买,而且还在升价。买纳沃拉吉尔的画用不着担风险,只要不是买的假画;可是选购当代画家的作品就需要选购者有一点对美术的敏捷嗅觉和鉴赏力。可能一位年轻的画家眼下既没有房子也没有足够的食物,可是在他死后五十年却成了著名的大师。收藏家们得花上好几万克朗去买他的画。可如今他的画只能卖上有限的几百克朗,以此来勉强维持生计与创作。

我们知道，用手往墙壁上一指说："我这儿有一幅某某某的名画！"总比"这是什么画？出自一位活着的画家之手，可我敢拿我的脑袋打赌说这是一张佳作！"要神气些。我们这里还找不到像特雷奇雅戈夫❶、勒麦斯❷、什秋金❸这样的大收藏家，他们善于通过自己的鉴赏力来判断当代画作，收集到许多珍贵的艺术品，同时又为艺术创作者们提供了庇护艺术的服务，不应该说是更必需的条件，比如可喜的文化环境，使艺术家能在受重视和理解的气氛中创作。为了活人艺术的发展，需要的是与他们站在一起的人，而不是那些只顾从早已逝世的人手中追求财富与功效的人。

不要从画中去寻找任何鉴定人给不了的东西，而要亲自去直接赏识画作的价值。

刘星灿 译

❶特雷奇雅戈夫(P.M.Tretjakov 1832—1898)，俄罗斯一名画收藏家。
❷勒麦斯，匈牙利著名收藏家。
❸什秋金，俄罗斯著名收藏家。

被描画的花

〔日本〕有岛武郎

来了一位对于色彩有着极为纤细感觉的青年。他看了普通的照片,凝视着黑白的浓淡,很快就分辨出被摄物体是什么色彩。凭着天赋的敏感,他进行了一大发明,但在这里我说的不是他的发明,而是在他所说的话中,有句话对我来说是个深刻的暗示。我现在就来说说这个。

这句话照他说来:在一般的意义上,自然之色远不如画家之色美丽。

这句话也许使人觉得说反了,又好像是错误的。为什么呢?因为从古至今,所有的画家几乎都为自然之美惊叹不已。而且极力认为要想准确表现自然是多么困难的事。因此,我们对于色彩专门家的一致看法照样接受下来,认为自然远比一切人工美的总和要美得多,而且不这样看就行不通。不论多么精美的颜料，不论是使用如何精心配制的颜料的构图，最终都不能和自然专有的色彩美相提并论。有人使我们相信这一点,我们自己也主动相信这一点,而且实际上已经开始这样看了。

然而，我想暂时摆脱我们所具有的先入为主的观念,依靠我们所具有的些微的实感，对于这位青年的直觉加以思考。

人们看到精心画的花，大都会赞叹像自然的花朵一样美;同时,看到新鲜的自然的花朵,不也由衷赞叹这花就像画上的花一样美吗?

前一种情况是,人们靠着从画家那里接受下来的先入为主的观念看待事物,这是确实的。而后一种情况是,他很明确地背叛了自己所信守的东西。他发表了和平时所信守的东西完全相反的意见,而且看来丝毫也不感到怪讶。这是什么原因造成的呢？单单一时思索的错误吗?

这句话的背后是否隐含着尚未被人们觉察的意思呢?

所谓人就是夸大的动物。比起人是使用器具的动物、会发笑的动物、具有自觉机能的动物这些说法来,我的这个论述更接近揭穿其真相,如果有必要用什么什么动物的提法来给人下定义的话。

他所做的都是对自然生活的夸大。他作为人所获得的一切力量及其作用不都是在自然界巧妙的均衡之下所保有的吗？人作为人的唯一的力量表现在打破自然所保持的均衡，将其某一点无限夸大这个方面。所谓人类的历史就是发现这种夸大的倾向的历史。在某一个时代，自然生活的某一个特殊的点被夸大了。在另外的时代，其他的点被夸大了。在某一地方是这一点，而在另外的地方则是另外的点被夸大。就这样文化形成了，个人的生活形成了，而这些不觉之间结果成为对其他动物的优越之处。所谓智慧，除了夸大的力量之外，还能是什么呢？

暂时原谅我的断言吧。

画家在作为画家的道路上也是夸大的。

使画家原封不动接受自然的生活吧。他只不过是一个无法描绘的蛮人罢了。对他来说，哪里都没有可以描绘的自然。因为自然本身是独特的，而独特的东西，当然不允许有两个同时存在。

因此，一个蛮人要成为画家，必须从夸大自然而起始。他擅自切断自然。摘抄自然——摘抄亦是成就夸大的一个手段——强调自然。假定蛮人成为画家后要用色彩表现一种风景，他首先切断自然之中色彩无限的阶段配列，只剪取强烈的色彩加以组合。而且为了强烈表现色彩,又摘抄相邻的近似的色彩,再把自然中的各种颜色,通过类似的更加强烈的色彩加以强调。就这样,一幅风景画才得以完成。很明显这不是自然的再现。自然不可能再现。这是自然的夸大。蛮人看了自己的伙伴制作的绘画,恐怕会认为他发疯了。为什么呢?因为这和他们所看到的素朴的自然相距太远。

但是,人本然具有的夸大性很容易同夸大的表现相亲和,而且这种表现使人感到如同自然的再现一样,以至于把精巧的画面里的花和自然的花看作一样美丽并加以鉴赏。

每当这时,画家就说:"自然之美是无限的。将这种美尽皆表现出来,对于人来说即使是天才也不可能。"他的想法并不像我们普通人所考虑的那样。我们听了画家的话,也许会这样想:自然具有的色彩,无论怎样精心制造的颜料中都无法找到。这种颜料不论怎样加以调配,都无法获得,而且,不论何种天才的慧眼,都不能略见其端倪。因此,自然所具有的色彩总是比绘画所具有的色彩美丽无限。

我在考虑,说这话的画家的自身尽管没有此种想法,但我却这样认为。画家的这句话并非像普通人所想的那样,不在于前一种意思。画家在谈及自然之美是无限的时候,实际上就是在谈论他已经夸大而看到的自然。画家在说这句话之前,已经把自己夸大的色感投入自然。他那用夸大的颜料的色彩装饰成的假眼,不知不觉将这种色彩涂抹于自然之上。

而且在自然之中——尽管不像颜料的色彩那般美丽——有过色彩的无限的阶段配列。要想将这些配列通过夸大的颜料加以表现，这就如同硬要完成一桩根本办不到的事情，这就是所谓更高层次地再现自然。这对于只能通过夸大才能确保自己存在自由的人来说，是不可能的。这是一个连天才都无能为力的境地，为此，画家只有发出喟叹。

然而，这位青年虽然对色彩敏感但不是画家。他不具有对色彩的夸大性。可以说他有一种科学的精神。为此，他没有被所有画家陷入的色彩上的自我暗示所侵袭，而能对自然的色彩和颜料的色彩加以比较，并坦然地报告了结果。

我所说的并不单指这位青年。我是说那些未曾受到画家无意识的欺瞒而能素朴地感悟色彩的俗人，他们看到鲜艳的自然之花，会感叹地说："啊，这原野的花就像画面上的花一样美。"

"啊，这原野的花就像画面上的花一样美。"

画家将把他看成不可济度的俗物。他们忘了这句话是对画家最高的Compliment[1]。

只能将自然的一部分加以夸大再把结果投入自然的全部，对于面对自然痛感自己无力的画家来说，看到有人把神

---

[1]英语：赞赏。

仙般的野花同一片画面上的花加以比较,也许觉得这是不可饶恕的冒渎吧。敢于进行这种比较而自鸣得意的家伙,在他们眼里简直缺少做人的资格。

但是,画家啊,请等一等。他不正是你的最好的批评家吗?他有一颗公平的心,将公平的最后的赞赏毫不犹豫地奉献于你。

说出这种理由是容易的。因为他只不过证明你所发现的色彩之美比起自然具有的色彩之美更加美丽罢了。而且他不是出于阿谀奉承。哪里还会有对于画家工作如此程度的承认呢?

我觉得我已经把应该说的全都说出来了。青年的话给我以暗示使我想起了这么多,而且带着这些,我又回到我自己的领域。

艺术家被说成是在创造,但真正的创造在艺术家那里也得不到允许。艺术家只不过是夸大自然的某一断面。冒牌的艺术家有意识地进行着这项工作,真正的艺术家不自觉地完成这项工作,而且他是以个人的力量和方式去完成它。他能看到别人所看不到的自然,而且,他用这种观点为别人装上了假眼。就这样,自然改变了以往的面貌,创造就是指的这个。自然不是创造出来的,可以说自然的幻觉才是创造出来的。

然而，这种幻觉的创造却大大丰富了人的生活的内容，这是因为人只有依靠幻觉才能真正地生存下去。

将自然原封不动加以客观化的是科学家，至少打算这样做的是科学家。他对自然的某一方面必须是敏感的，而且同时必须将自然从夸大的习癖中解救出来。

他经常从艺术的夸大中解放自然，使自然暴露于所谓不美的姿态里。由于人性的约束，他也会在某些方面夸大自然。但是在他的这些学问中，不能不抑制住作为人的本性的夸大倾向。

严冷的彻视毫不留情地踏碎了追求幻觉的狂热。只有科学家才称得上真正地创造自然，背叛人类敢于向自然投降的就是他们。

于水中创造死水，于大气中创造赤道带，于大地上创造无菌土壤，而且于人生中创造无激情的生活。

古人命名恶魔者，亦即近代称为科学家者。人类自觉的初期，将夸大的自己投影于自然的是神明。此外，使人类从夸大性中还原于自然，并将此种精神具体化的是恶魔。为此，人类崇拜神明而远避恶魔。但是随着自觉的成熟，神明融入人类之中化为艺术的冲动，恶魔亦融入人类之中化为批判的精神。

这么说,科学家毕竟只不过是敌方潜入人类进军中的间谍吗? 是的。然而又不是。

人类认为经过夸大了的东西就是自然本身,就不会再继续将其夸大下去了吗?

不,而是越来越厉害。人类屡次滥用自己的特权,并因此为特权所滥用。在大地上扎根,将树梢举向天空的东西是荣耀的。将大地嫁接于树梢之上,并由此想制造个世界是危险的,而且,这种奇怪的轻举是如何为我们的艺术家所热衷而再三表演出来啊!

科学的严酷的三十大板加于倚大地而立的树木之上,然而这树木将三十大板当作膏雨而受取之。但是这三十大板降临于嫁接在树梢的大地时,便会化作撼天动地的晦暗的狂风暴雨。

人不正需要这种狂风暴雨吗?

人不正在翘首以待, 巴望着洗净那些沾满泥土的树梢吗?

风暴啊,你用力刮吧!

这是对科学家的警告。

你来自对人类存在理由的无视。这种企图是勇敢的。

然而你不能完全斩断人类的梦。为什么呢? 因为一旦斩断人类的梦,人类就不复存在。

为了成为一根强劲的绳索，至少需要有两根小绳索的合力。

人类和自然接触，产生了特有的夸大性。人类同经过特有的夸大性夸大了的产物相接触，就产生了冷严无比的科学精神。

这正是人类应该保有的独一无二的道德。

陈德文　译

作画之道

〔日本〕中川一政

现在作画是把水果、餐具等备齐并摆好，然后动笔，这叫作静物画。古时候似乎没有所谓静物画这一明确概念。

静物画是近年来同裸体画、风景画一起按照各自的分工而发展起来的。

大体说来，所谓绘画不外乎描写自然，勾画人生，或者是二者兼为，别无其他。就是说不能描绘我们肉眼看不到的东西。

那么有人会说：怎么也画神仙、天使呢？神仙、飞龙以及天使不都是肉眼无法看见的东西吗？

是的。但是神仙、天使的模样是以人类面貌为基础，略加改变而画成的；飞龙等则是以蛇类动物为基础加以夸张而创造的。

因此，可以说绘画是这样发展起来的——

自然→风景画→花鸟画→静物画；

人生→风俗画（宗教画和故事画）→肖像画→裸体画。

而且，原来的题材范围很广泛，后来才逐渐缩小的。

古代作画规模宏大，画家必须全面掌握绘画技术，不论画什么东西，都要能随物赋形，画得出来。

古时候因为以宗教画和故事画为主，全凭想象作画，因此绘画是画室中的工作。那时候写生画并非直接需要。

就连风景画也是如此。

写生成为绘画还是现代的事。

与此同时，静物画、风景画以及裸体画等也都独成体系。

从前的画家以所谓默写法作画，即不直接观察模特儿。现代画家则采用所谓即写法，即当场看着模特儿来作画。

古代画家的绘画内容都是有关宗教、故事等的空想世界，不直接需要模特儿，当然实际上也难于找到模特儿。因而只能凭想象来创造。而现代画家所描绘的均为存在于眼前的物体。

我们生活在这种发展变化的潮流中，因而容易忘记过去的默写法。不进行默写，想象力就得不到发展。偶尔有所想象，却想不起提笔把它默写下来。如同商店推销员前来劝购时，我们总是回绝说："今天不需要！"由于那想象的翅膀总是徒劳地飞来又飞回，所以终于再也不飞临作者身边了。

写生是现代美术的一个特点。不过，从美术观点来看，它并非独一无二的方法。现代美术创作中所包含的默写因素，总有一天要显露出来的。

但是以默写为主的古代画家，也经常进行写生。只不过那时的写生同现代的写生内容有所不同罢了。以写生手法画出的东西在现代是最后成品，而在古代这仅仅是草稿而已。

达·芬奇画了一只苍蝇，老师误以为活蝇而去轰赶。他的才能因此而得到老师的承认。

据说古希腊设宴招待宾客时，将水果等实物惟妙惟肖地绘成画，展示在客人面前以促进食欲。研究静物画的人把这个传说视为静物画的起源。也许古代真有其事吧。

剑道一定起源于砍人，茶道则必定来源于喝茶。如果追溯静物画的起源，说不定也是微不足道的。可是当剑道和茶道发展到有"道"的时候，便渐渐脱离开实用，开始重视心境了。

今天，画家画静物画的目的，并不是为勾起宾客的食欲，画风景画也一样，决非为了让人们不出家门就能观看到异国的名胜古迹。同时，裸体画和肖像画均已离开实用，进入反映心境的时代。

我们描绘风景和静物时的精神状态，恰如剑客持刀对阵时的心情，虽然瞅见空隙，却捕捉不到最佳角度。

宫本武藏❶曾说道："当我按照兵法出战时，眼中既无自己又无敌人。"我们画家只有以这种高度紧张的心情去捕捉描绘对象的最佳神态时，方能真正地发挥自己的才能。

在描绘静物时，我的心情是一定要使丹田用力运气，否则总感觉静物要从眼前逃掉似的。

直到画完为止始终处于紧张状态。我觉得这种作画心情就是"既无自己又无敌人"的心境。

日本的剑道业已走完了杀伐的战国时代❷，因此它的作用必然逐日消失，走向衰亡。然而剑道的"道"，定会永远融会渗透于日本人的心中。

作画要研究画道，如同搞美术要研究美术中的"术"、学剑术要琢磨剑法中的"术"，这是一个道理。

这种"术"在西洋的有关领域中也愈来愈占据重要地位了。

既然面临这样一个时代，我想日本祖祖辈辈培植起来的所谓"道"或者"术"，也一定能融会贯通于绘画中的。

---

❶日本江户时期有名的剑客，号二天，曾创造"二刀流"剑法，又善水墨画。
❷日本的战国时代指1467年至1568年这一历史时期。

换言之，剑道的剑既已衰微，失去凭依而处于游离状态的“道”，今后必将作为绘画的本质核心而发挥作用。

周祥仑　译

浮世绘鉴赏

〔日本〕永井荷风

一

看到我国对现代西洋文明的模仿，从都市改造到房屋器具庭园衣服，一概迎合时代趣味和一般趋向，使余不能不悲叹日本文化之末路。

余自法国归来之顷，时时看见立于芝灵庙门前明治政厅初期某官吏的铜像，苦于全然不解制作者的意图：为何选择使新旧两种美术均无法发挥效能的地点呢？数年来，余每见称之为市区改建的土木工事，为何毫不可惜地将称作"见附"的旧都古城门拆除，并趁势滥伐四周繁茂的古松，不能不怀疑日本人对历史有没有丝毫的尊重。泰西都市里即使一株古树，一宇堂舍，都被当成体现民族之光荣的贵重宝物受到尊敬，这不已为许多旅行者所亲见吗？然而在我国，尊重历史仅成为保守冥顽之徒便于谋取功利的口实，而对于一般国民反而成为学艺进步和知识开发的重大障碍。这些实际上仅有一两例证。余甚感愤慨而悲戚。然而所幸的是，这种悲愤和绝望不久便成为一种阶梯，使余进入对日本人自古以来的遗传性丧失信心的无差别观念。君不见，上野的老杉默默无语无诉，深知自己命数已尽而从容枯死。无情之草木不是远胜过有情之人吗？

余始知现代之我国社会属于现代人，是余等决不容置喙的。在这里，古迹之破坏，时代之丑化，亦不能激起任何愤慨，反而提供了无上的富于讽刺意味的滑稽的材料，故而一变成为最有诡辩意味的中心。然而，闹剧到头来只不过是闹剧。不管多少潇洒的帮闲，总不能彻头彻尾仅靠用扇子打头打发日子。我努力每日为时代的闹剧插科打诨，同时又不得不潜心回想已经整顿的过去的生活。要想梦见过去，就不能不依仗保存下来的过去的文学美术的力量。我希冀依靠广重和北斋的江户名所绘想见都会及其近郊的风景，依靠奥村派牌坊的制作寻觅衣服的花纹和器具的技艺。我想根据天明时代疲惫堕落的平民生活，以寻求充溢全身的悲哀的美感。

二

浮世绘着实使我神游于浑然梦想之世界。浮世绘不像外国人所欣赏的那样仅仅止于美术的价值。对于我来说，着实感到了宗教般的精神慰藉。这种特殊的美术产自受压迫的江户平民之手，不断蒙受政府的迫害，并且获得完满的发展。当时受到政府保护的狩野家亦即日本十八世纪学院画派的作品，决没有将那个时代美术的光荣传给后世。而这不正是那些流放于远方海岛、戴着手铐、受尽屈辱的城镇画家的功绩吗？浮世绘不正隐隐奏响着不屈于政府迫害，显示着平民意气的凯歌吗？它不正标明对抗官营艺术的虚妄的真正自由艺术的胜利吗？宫武外骨氏的《笔祸史》一书，详尽无余地考证和叙述了这些事迹。我于此未见有多说的必要。

三

浮世绘是经木版印刷在纸上，通过颜料配合获得特殊色调，又凭借极狭小的规模表现出显著特征的美术。浮世绘一般用奉书纸和西之内纸[1]印刷，其色彩皆如脱退了一般浅淡

[1]奉书纸和西之内纸皆为印刷浮世绘版画的专用纸，分别产于福井县今立町和茨城县山方町。前者纯白而精良，后者略粗糙而富弹性。

而无光泽。试将其与富有活力的油画色彩相比较，一方赫赫如烈日之光炎；一方暗淡令人想到夜半的灯影。油画的颜色具有强烈的意味和主张，能显示作者的精神，与此相反，如果说木版印刷的睡意蒙眬的色彩中也有作者精神的话，那只能是专制时代中人心萎微的反映。在暗示黑暗时代的恐怖、悲哀和疲劳这一点上，我仿佛听见娼妇隐忍的啜泣。我怎能忘记这底里蕴含的悲哀和无奈的色调。我接触现代社会，常见强者极为横暴而甚感义愤，这时便翻然想起，如果说凭着这种无奈的色彩美中潜藏的哀怨的旋律再现着黑暗的过去，那么我也就知道了东洋固有的专制精神究竟是什么。同时也不能不深深憬悟到侈谈正义是多么愚蠢。希腊美术产生于称阿波罗为神的国土，浮世绘凭借着形同虫豸的町人之手制作于光线阴暗的横街的客栈内。如今声称时代完全变革了，但归根结蒂这只是外观，一旦用合理的眼光看破其外皮，武断政治之精神便和百年以前毫无二致。江户木版画的悲哀的色彩，全然没有时间的悬隔深深浸入我的心胸，时常对我亲切地低语，其原因决非偶然。我不知何故，近来在对有强烈意识的西洋艺术宛如仰望山岳只感到一派茫然；相反，一旦转眼面对缺乏个性、单调而疲劳的江户文学美术，忽而从精神到肉体都感到一种麻痹的慰安。我对浮世绘的鉴赏或研究，本来就不是出自严密的审美理念。如有人问起，我只能回答，只是在一种特别情况下喜爱一种特别的艺术罢了。何况泰西人关于浮世绘审美工艺的研究，远在十年前就已探幽入微、臻于完满了。

四

我已几度记述过住在木造纸糊的日本传统房屋中，对于春风秋雨四季气候具有怎样的乡土的感觉。栖息在如此脆弱而清爽的房屋和如此充满湿气而富于变化的气候之中，同过去在宽广坚固的西洋居室中高视阔步时相比，对于诸般事情自然有各自不同的嗜好。如果我也拥有相当的财富，可以横躺在麦罗科皮的太师椅上，饭后于图书室内抽抽雪茄，那么我当然也想得到钢琴、油画和大理石雕刻。然而不知是幸还是不幸，现在我仍是一个两腿盘曲于榻榻米上，靠火盆里一星炭火驱走寒冷，静听那掀动竹帘的暴风和敲打房檐的夜雨的人，一个喜欢清贫、安逸和无聊的生涯，努力满足于醉生梦死的人。阴霾天空的微光被廊缘遮挡着，透过窗纸在这里形成一个特殊的阴影。适应于此种居室的美术，首先其形不能不小巧，其质不能不轻盈。然而现代的新作品中，不幸的是我至今未见到有类似西洋的miniature[1]或铜版画的东西。浮世绘木版画不正好弥补了这个缺陷吗？

都门的剧场一上演拙劣的翻译剧目，便朋党相结立即有

[1]袖珍画。

人叫嚷新艺术的出现。官营的美术展览场一有卑贱的画工争名逐利，猜疑和嫉妒的俗论便轰轰然闹得沸沸扬扬。秋雨淅淅沥沥，虫声次第消隐的郊外的蛰居里，午后人倦，也没有朋友来访，此时独自取出浮世绘来展眺，啊，春章、写乐、丰国，仿佛将江户盛时的戏剧搬到我的眼前；歌麿、荣之邀人去不夜城同享欢乐；北斋、广重在游览闲雅的市中风景。凭借这些，我自能得到不少慰藉。

五

近世大诗人维尔哈伦[1]的诗篇，有一章盛赞了其故乡佛兰德古画中出现的横溢的生活欲：

佛兰德的美术啊，
只有你了解那个淫妇，
好好爱那个乳房丰腴的淫妇吧。
佛兰德美术的杰作，
哪一件不是最好的明证。

描绘那妃子，那女神，
描写那群居于红岛漂浮于波间的仙女，

[1] Emile Verhaeren(1855—1916)，比利时诗人，戏剧家。

还有那妖艳的美人鱼，

还有那取材于四季景色、肌肉丰满的果树女神。

大凡佛兰德名家的大作，

…………

"红绘"[1]时代，板稿画家常常仰慕肉笔画中色彩的规范，但到后来完全相反，肉笔画却从木版画中学习用色方法。龚古尔认为，歌麿的蚊帐仕女挂轴，其蚊帐的绿色和衣带的黑色的技法完全取法于木版画。肉笔画不及木版画的另一个原因在于布局。春信以后的木版画所描画的人物都必定具有一定的背景，整个画面浑然一体；或者凭借底色的淡彩产生一种诱人的温柔而美妙的感情。这些都是肉笔画无法企及的。现试将土佐、狩野、圆山各派的制作和浮世绘相比较，浮世绘肉笔画从东方固有的审美趣味看，其笔力以及墨色的品位决不应该占据最高的地位。唯有在木版彩印方面才开始产生不可动摇的独特的价值。浮世绘的特色在于版画，版画的特色在于优雅的色调。为此，浮世绘才得以和泰西美术相抗争。

六

在那新的国民音乐尚未兴起、新的国民美术尚未出现、

[1] 浮世绘初期以红色为主的彩墨印刷方法。

唯有一时的模仿和试作滥出的时代,不用说是无法预测我们民族艺术的前途的。我只是徒抱有众多的疑问而已。钢琴果真适于演奏日本固有的感情吗?油画和大理石果真是介绍日本特有造型美的唯一途径吗?我不能不惊诧于数理性的西洋音乐的根本性质和落花落叶虫语鸟声等单纯可爱的日本自然音乐的天壤般的悬隔。我时常对于日本人画的油画,对于描绘日本妇女和日本风景以及室内的作品给予热心的注意,然而不幸的是,对于油画中描绘的日本妇女的发束,还有对于友禅织、飞白、扎染等衣服的花色,从未产生过美妙的感触。对于所描绘的廊缘,门墙、纸窗、柜橱等日本的住居及杂物,也未曾产生过亲密的特殊的情趣。我经常面对同一画家的制作,感到他所描绘的西洋风景远比日本风景优秀。我不惮进一步妄断,油画只适于描绘金发女郎和西洋风景。我绝不是厌弃国人制作的现代油画,然而无可奈何,较之今日的油画,歌麿和北斋向我的感觉诉说着更多更多的日本妇女和日本风景所包含的秘密。为此,我只能说,我在接触以上这些新秀的天才制作之前,我无法忘记江户的美术家。日本都市的外观和社会的风俗人情不久就要全部改观。即使不情愿也要美国化,不甘心也要德国化。然而,只要日本的气候、天象、草木和被暖流所浸润的火山质的岛屿存在,那么,初夏晚秋的夕阳就会永远绯然猩红;中秋月夜的山水就会永远青如蓝靛;降落于茶花和红梅上的春雪也会永远如友禅染色一般斑斓绚丽；妇女头发只要不用烙铁过分烫缩，那水梳的鬓云自有一番风情。对于永远生活在日本这个太平洋岛屿上的国民来说，浮世绘必定永远传递着亲密的情话。浮世绘的生命确实和日本的风土同在。但是，它的杰出的作品现在已经全部输出国外，不亦悲夫！

大正二年正月稿

陈德文　译

笔记

〔意大利〕雷·达·芬奇

能创造发明的和在自然与人类之间做翻译的人，比起那些只会背诵旁人的书本而大肆吹嘘的人，就如同一件对着镜子的东西比起它在镜子里所生的印象，一个本身是一件实在的东西，而另一个只是空幻的。那些人从自然那里得到的好处很少，只是碰巧具有人形，如果不是因为这一点，他们就可以列在畜牲一类。(61页)

许多人认为他们有理由责备我，说我的证明和某些人的权威是对立的，而这些人之得到尊敬却是由于他们缺乏经验根据的判断。他们从来不考虑到我是由简单明白的经验得到我的结论的，而经验才是真正的教师。(62页)

爱好者受到所爱好的对象的吸引，正如感官受到所感觉的对象的吸引，两者结合，就变成一体。这种结合的头一胎婴儿便是作品。如果所爱好的对象是卑鄙的，它的爱好者也就变成卑鄙的。如果结合的双方和谐一致，结果就是喜悦、愉快和心满意足。当爱好者和所爱好的对象结合为一体时，他就在那对象上得到安息；好比在哪里放下重担，就在那里得到安息[1]。这种对象是凭我们的智力认识出来的。(72页)

我们的一切知识都发源于感觉。(73页)

欣赏——这就是为着一件事物本身而爱好它，不为旁的理由。(73页)

瞧一瞧光，注意它的美。眨一眨眼再去看它，这时你所见到的原先并不在那里，而原先在那里的已经见不到了。(75页)

人有很强的说话的能力，但是他的大部分话是空洞的，骗人的。动物只有一小点点说话的能力，但是那一小点点却是有用的，真实的。宁可少一点，准确一点，也不要大量的虚伪。(76页)

---

❶这是美感的一种解释，近乎柏拉图的看法。

对作品进行简化的人对知识和爱好都有害处，因为对一件东西的爱好是由知识产生的，知识愈准确，爱好也就愈强烈。要达到这准确，就须对所应爱好的事物全体所由组成的每一个部分都有透彻的知识。(88页)

——以上卷一

眼睛叫做心灵的窗子，它是知解力用来最完满最大量地欣赏自然的无限的作品的主要工具；耳朵处在其次，它就眼睛所见到的东西来听一遍，它的重要性也就在此。你们历史家、诗人或是数学家如果没有用眼睛去看过事物，你们就很难描写它们。诗人啊，如果你用笔去描述一个故事，画家用画笔把它画出来，就会更能令人满意而且也不那么难懂。你如果把绘画叫做“哑巴诗”，画家也就可以把诗人的艺术叫做“瞎子画”。究竟哪个更倒霉，是瞎子还是聋子呢？虽然在选材上诗人也有和画家的一样广阔的范围，诗人的作品却比不上绘画那样使人满意，因为诗企图用文字来再现形状、动作和景致，画家却直接用这些事物的准确的形象来再造它们。试想一想，究竟哪一个对人是更基本的，他的名字还是他的形象呢？名字随国家而变迁，形象是除死亡之后不会变迁的。

如果诗人通过耳朵来服务于知解力，画家就是通过眼睛来服务于知解力，而眼睛是更高贵的感官。

举个例来说明这一点：如果一个有才能的画家和一个诗人都用一场激烈的战斗做题材，试把这两位的作品向公众展出，且看谁的作品吸引最多的观众，引起最多的讨论，博得最高的赞赏，产生更大的快感。毫无疑问，绘画在效用和美方面都远远胜过诗，在所产生的快感方面也是如此。试把上帝的名字写在一个地方，把他的图像就放在对面，你就会看出是名字还是图像引起更高的虔敬！❶(227页)

在艺术里我们可以说是上帝的孙子。如果诗所处理的是精神哲学，绘画所处理的就是自然哲学；如果诗描述心的活动，绘画就是研究身体的运动对心所生的影响；如果诗借地狱的虚构来使人惊惧，绘画就是展示同样事物在行动中，来使人惊惧。假定诗人要和画家竞赛描绘美、恐惧、穷凶极恶或是怪物的形象，假定他可以在他的范围之内任意改变事物的形状，结果更圆满的还不是画家吗？难道我们没有见过一些绘画酷肖实人实物，以致人和兽都误信以为真吗？

如果你会描写各种形状的外表，画家却会使这些形状在光和影配合之下显得活灵活现，光和影把面孔的表情都渲染出来了。在这一点上你就不能用笔去达到画家用画笔所达到的效果。(228页)

---

❶当时各种艺术互争地位的高低，作者在《画论》里提出一些理由论证绘画是最高的艺术，论画优于诗的一章特别重要，因为它涉及诗画界限与表现媒介差异的问题。

画家的心应该像一面镜子，永远把它所反映事物的色彩摄进来，前面摆着多少事物，就摄取多少形象。明知除非你有运用你的艺术对自然所造出的一切形状都能描绘（如果你不看它们，不把它们记在心里，你就办不到这一点）的那种全能，就不配做一个好画师，所以你就应谨记在心，每逢到田野里去，须用心去看各种事物，细心看完这一件再去看另一件，把比较有价值的事物选择出来，把这些不同的事物捆在一起。（235页）

绘画涉及视觉的十个方面：明与暗，实体与色彩，形状与位置，远与近，动与静。我的这本小书就是由这十个方面交织成的，要提醒画家应该根据哪些规则，用什么方法，凭他的艺术去摹仿自然：所造出的装饰这个世界的一切事物。（250页）

如果你想检查你的作品的效果是否符合事物在自然中的实际效果，你最好取一面镜子去照实物，再拿镜子里的反映和你的画比较比较，细心检查那个实物和镜子里的形象与画里的形象是否都一致，特别要研究那面镜子。应该把镜子看作向导，我说的是平面的镜子，在这种镜面范围之内，实物显得有许多类似绘画的地方，例如事物在画的平面上显得是立体，在镜子里也是如此。（254—255页）

一个人在画一幅画，一定要倾听任何人的意见，因为我们知道得很清楚，一个人尽管不是一个画家，他对旁人的形状还是可以有正确的看法，可以正确地判断他是否驼背或是有一个肩膀太高或太低，他的嘴或鼻是否太大，或是有没有其他的缺点。

……首先你应该致力于素描，把你原来在心里先构思的目的和意图变成可以眼见的形式，接着就素描斟酌加减，直到你自己满意为止；然后把一些人作为模特儿安排停当，穿着衣或是裸体，都按照你把他们怎样放在作品里的计划；要使比例和大小尺寸符合透视。这样办，你的作品就不会有哪一部分不是根据理性和自然效果的。(257—258页)

我认为一个画家能使他所画的人物都有一副悦人的样子，这个本领并不算小。生来没有这个本领的人也可以抓住机会勤学苦练，学得这个本领，方法如下：经常留心从许多美的面孔上选出最好的部分，判断这些面孔的美，须根据公论而不是单凭你个人的私见，因为你很容易自欺，只选和你自己的面孔有些类似的面孔，这种类似往往使你高兴；如果你丑，你就不会选美的面孔，而会选出一些丑的面孔，许多画家往往都是如此，他们所画的典型人物就像他们自己。所以我劝你选些美的面孔，把它们牢记在心。(260—261页)

画家如果拿旁人的作品做自己的标准或典范，他画出来的画就没有什么价值；如果努力从自然事物学习，他就会得到很好的结果。罗马时代以后画家的情况就是如此，他们继续不断地在互相模仿，他们的艺术就迅速地衰颓下去，一代不如一代。

接着佛罗伦萨人乔托[1]起来了。他是在只有山羊和其他野兽居住的寂静的山区里生长起来的，直接从自然转向艺术，开始在岩石上画他所看管的山羊的运动，画乡间可以见到的一切动物的形状，经过辛苦钻研，他不仅超过了当代的画师，并且超过了前几百年所有的画师。乔托之后，艺术又衰颓下去，因为大家全都模仿现成的作品。艺术继续衰颓了几百年，一直到佛罗伦萨人托马索[2]出来用他的完美的艺术证明了这个事实：凡是抛开自然，这个一切大画师的最高向导，而到另外地方去找标准或典范的人们都是在白费心血。对于这些数学上的问题[3]，我也要照样说，凡是只研究权威而不研究自然作品的人在艺术上都只配做自然的孙子，不配做自然的儿子，因为自然是一切可靠权威的最高向导。

那些指责从自然学习，而不指责也是从自然学习的那些

---

❶乔托（1267—1337），文艺复兴早期意大利最大的画家，牧童出身，从他起，意大利绘画接近自然，着重鲜明色彩。

❷托马索即萨玛契阿，十五世纪初意大利画家。

❸指的是透视配光配色和比例等技巧问题。

权威的人是极端愚蠢的。(276—277页)

我说画家第一步就应该研究四肢和四肢是如何运用的,完成这种知识的学习以后,他第二步就应该研究人们在所处的不同情境中的动作;第三步就是作人物构图,这种构图的研究应该根据所遇情境中的自然的动作;他在街道上广场上或是田野里应该到处留心,当场用快速的线条代表身体各部,作出一些简略的画稿,例如头可以用圆圈,胳膊可以用直线或曲线来代表,身躯和两腿可以由此类推。等回到家里以后,就根据这些记录加工,作出完整的图样。

反对我的人说,为着得到经验,为着学会怎样说要画就动手画,学习的第一阶段最好是用来临摹各家大师在纸上或墙壁上所画的作品,这样才能学会画得快,并且学到好的方法。对这种反驳可以这样回答:方法要是好,它就须根据勤勉的画师的构图很好的作品;而这种画师是不多见的,所以较稳妥的办法是直接去请教自然的作品,而不去请教那些本身也是模仿自然蓝本但比蓝本却大为逊色的作品❶,如果采取后一条路径,就会学到一种坏方法。谁能到泉源去吸水,谁就不会从水罐里取点水喝。(278—279页)

以上朱光潜 译

❶达·芬奇的轻临摹重写生的主张是从现实主义的基本立场出发的,和新古典主义者的"模仿古人就是模仿自然"的口号是对立的。

绘画是自然的一切肉眼可见的创造物的唯一摹仿者，如果你蔑视绘画，那么，你必然将蔑视微妙的虚构，这种虚构借助哲理的、敏锐的思辨来探讨各种形态的特征：大海、陆地、树林、动物、草木、花卉以及被光和影环绕的一切。事实上，绘画就是自然的科学，是自然的合法女儿，因为绘画是由自然所诞生。但是，为了把意思表达得更精确一些，我们说，绘画是自然的孙女，因为一切肉眼可见的事物都是由自然所诞生，而绘画则是由这些事物所诞生。因此，我们可以公正地把绘画称作自然的孙女和上帝的亲属。

…………

想象和现实之间的关系，好比影子和投下这阴影的物体之间的关系。同样的关系存在于诗歌与绘画之间。要知道，诗歌借助读者的想象来表现自己的对象，而绘画则把物体这样真实地展示在眼前，使眼睛所看到的这些物体的形象，仿佛就是真正的物体。诗歌反映各种事物的时候就缺少这样逼真的形象，它不能像绘画那样借助视力把物体摄入印象。

绘画以更真实、更可靠的方式，把自然的创造物展示给人的感官，语言或文字是无法做到这一点的；但是文字能够更真实地表达语言，而这是绘画无能为力的。不过，我们可以说，绘画作为描绘自然的创造物的艺术，诗歌作为表现人的创造物即语言的艺术，还有其他借助人的语言的艺术，比较起来，前者是更为奇妙的艺术。

…………

如果你，诗人，描叙一场血肉横飞的战斗：战场上天色昏暗，浑浊的飞尘笼罩大地，令人恐怖的战车在燃烧，可怜的人们在死亡的威胁下惊恐地四处逃窜；那么，画家在这方面将超过你，因为当你还没有来得及完全叙述出画家以他的艺术描叙出来的全部图景的时候，你的笔墨已经消耗殆尽，在你用语言描绘出画家顷刻之间表现出的题材以前，你已经疲劳不堪，口干舌燥，饥肠辘辘。……绘画异常概括、真实地描绘出战士的各种动作、身体各部分的姿势和他们的服饰，而对于诗歌来说，要再现这一切，那将是一件多么缓慢而讨厌的事情啊。诚然，绘画表达不出战车的轰鸣，骄横的胜利者的欢呼，战败者的哀叫和哭泣，但这些也同样是诗人无法提供给读者的听觉的。因此，我们可以说，诗歌是为盲人创作的艺术，绘画则是为聋子创作的艺术。但绘画仍然是更高贵的艺术，因为它是为高贵的感官服务的。

…………

绘画是不说话的诗歌，诗歌是看不见的绘画。绘画与诗歌都力求竭尽自己的可能来摹仿自然，无论是前者，或是后者，都能够提供许多富于教益的东西，例如阿珀勒斯的《诬告》❶。

---

❶阿珀勒斯（前356—前308），希腊著名画家，擅长画人物，《诬告》是他的一幅代表作。

绘画既然服务于最高贵的感官——眼睛，因而能够产生匀称的和谐感，就像许多不同的声部在同一时间里交融为一体，组成一种协调、和谐的音乐，使听觉欣悦，听众为之倾倒。少女的天使般美丽、匀称的脸容，一旦在画家笔下描绘出来，就能够产生极为强烈的效果，导致一种和谐的意境，在映入眼帘的时候，就像音乐作用于听觉一样。如果把这种和谐的美展示给少女的恋人，他毫无疑问地会惊奇、赞叹，体验到一种任何情感无法比拟的欣喜。

至于说诗歌，它总是力求通过表现各个局部来反映完善的美。这些局部在绘画中能够构成上述的和谐，而在诗歌中产生的美，仅仅像音乐中许多不同的声部在不同的时间里各自独立发出的声音，不能导致任何和谐的意境，就仿佛我们展示一个人的脸孔的时候，并不一下子展示它的全貌，而只是分别地显露它的各个局部，这种印象的不连贯性阻碍了任何和谐的美的形成，因为眼睛无法同时摄取这些局部。诗人在描述某个事物的美的时候，也正是这种情形；他只能在不同的时间里分别地描述各个局部，记忆力阻碍了和谐的美的形成。

让劳作超越自己的思考，这是微不足道的画家；让思考超越自己的劳作，是走向艺术完美境地的画家。

…………

不用说,画家在创作的过程中不应该拒绝任何一个人的意见,因为我们清楚地知道,即使一个不会作画的人,他对别人的形状也还是晓得的,他能够很好地判断,那个人是否驼背,或者是否一个肩膀偏高或偏低,他的嘴巴或者鼻子是否偏大,或者是否还有别的缺陷。人既然能够正确地判断自然的创造物,那么我们就更应该承认,他们能够判断我们的错误;要知道,人在创作时往往会犯错误,如果你不能在自己身上发现这些缺点,那就注意别人,从别人的错误中汲取益处。因此,你要耐心地听取别人的意见,很好地研究,很好地考虑,非难者对你的指摘是否有道理;如果你认为他是正确的,那就接受,修改自己的作品;如果你认为他是错误的,那就装出没有听懂他的话的样子,或者,如果你尊重这个人,那就举出恰当的理由,证明他是错误的。

…………

我告诉画家们,任何时候任何人都不应该摹仿别人的风格,因为,如果那样,他在艺术上将只配称作自然的孙子,而不是自然的儿子。须知,自然界的事物是那么丰富多姿,所以最好还是诉诸自然, 而不是求助于那些拜自然为师的画家。我这番话,不是讲给那些把艺术当作猎取财富的手段的人听的,而是对希求借助艺术获得荣誉和尊敬的人的忠告。

…………

优秀的画家应该描写两件主要的东西：人和他的心灵。描写人，是容易的；描写人的心灵，则是艰难的，因为心灵应该通过人的肢体的姿态和动作去表现。在这方面需要向哑人学习，因为他们比其他人做得更好。

卷三

应该这样描绘人物的每一个动作，以使它能够表现出心灵的活动。凡是构思的动作符合人物的精神状态，就应该非常果敢地画出来，使它展示人物蕴含的巨大激情。在相反的情况下，人物可以在双重的意义上叫做死人。首先，因为这个被描绘的人物本身不是活的；其次，无论人物心灵的活动，或是肢体的动作，都没有给以表现，人物再一次被画成死的了。

以上吕同六　译

一幅写生画
——《奴隶之船》[1]

〔英国〕罗斯金

我想起泰勒[2]曾经描绘过最崇高的大海，倘是这样，那么，人类无论在什么时候要想看看描绘最崇高的事物，首推《奴隶之船》。(这是1840年“皇家艺术学院”展出的一幅写生画片。)是大西洋长久风暴后的落晖时刻，风暴逐渐平息，雨云碎块，汹涌流动，形成一根绯红线条，而又消失在夜幕的缥缈昏暗之中。画中包括的整个海面，显露出惊涛骇浪的两个隆起部分，不高，并非局部，而是整个海洋的低平而又广阔的起伏簸动，恰似风暴痛苦之后，它的胸脯正在深深呼吸一样。在这两个隆起部分之间，落日余晖正沿着海面洼道倾洒下

---

[1] 选自作者《现代画家》第一卷。本文是描绘运输奴隶的船只，死者无数，日落时，就抛弃海底。

[2] 泰勒：是一个风景画家。

来，染成一条五彩缤纷的管槽，发射像金子一样璀璨的光彩：赤红、灰黄，而又似洗浴在血泊中一般。奔腾大浪顺着发光峡谷无休止地把大海隔为两个脊梁，高高涌起，而后又堆积成种种昏暗的、数不清的稀奇古怪的形态，每种形态跟着透明的水沫，在其后抛掷出一种微弱而可怕的阴影。这些变化多端的形态不是到处涌现，而是三个、四个一块，间歇地、愤怒地凑合成狂野的一群，仿佛大浪的潜在力量迫使它们或者允许它们去翻滚，去咆哮；而且每种形态之间，还余留出同高的和回旋的诡谲空隙，时而发射出绿色与灯火般的光亮，时而闪耀着落日的金光，时而又可怕地从火云的模糊幻影上流泻下来，云块落在空隙处就立即变成了紫红和绯红的薄片，给狂猛的波涛增添了愤怒的动力。紫的、蓝的和火红的空洞浪花阴影，投射在凝聚着寒冷和枯竭的夜雾中，像死神的阴影一样，在犯罪的船上战抖着前进；船只颠簸在大海的闪电中央，细薄的船桅摇曳在血线缕缕的天空，桅上系着光怪陆离的定罪牌，这显示着天堂既有恐怖又掺和着普照的阳光，并且，这一切色彩，抛射在坟墓般的茫茫波涛起伏里，立刻就将奔腾的大海染成了深红的色调。

我相信，在我单纯的作品中要描述泰勒的不朽，我就喜欢这幅写生画。这幅画的令人震惊的思想，是世界上最高尚性灵的完美典型，是基于最纯洁的真理，是他一生中殚精竭虑的成就；画的色调绝对完美，无论哪一部分，哪一线条，都毫无虚假靡弱的瑕疵，谐和得连画布的每一英寸都是一幅尽善尽美的构图；画的笔触准确而大胆；船身轻快微曲，充满活力；色泽真实而不可思议；整个画面都勾勒出最崇高的主题和想象——这就完成了我们曾经指出的泰勒作品所形成的真实学派——整个画面呈现出力量、庄严、空旷、深邃和无边无际的大海的岑寂。

黄绍鑫　译

夏尔丹与伦勃朗❶

〔法国〕普鲁斯特

一个囊中羞涩、爱好艺术的年轻人坐在餐厅里，那是午餐刚刚结束的平庸而又悲凉的时刻，饭桌还没有完全撤掉。这位年轻人对辉煌的博物馆、教堂、大海、高山充满想象，苦恼而又厌倦地怀着一种近乎恶心的感觉、一种近乎忧郁的感情打量着一半垂落到地面、一半卷起的桌布上放着的最后一把餐刀，旁边是一块吃剩的带血而又乏味的牛排。碗橱上透入的微弱的阳光欢快地照射在没有被饥渴的嘴唇碰过的盛满水的那只杯子上，仿佛是一个嘲讽的微笑，残忍地为这个不美的景象增添了传统的俗气。年轻人看着坐在屋子最里面劳作的母亲，她带着往日的平静，慢慢地绕着一绞红色的

❶这篇文章首次发表在1954年3月27日的《费加罗文学》上。——原注

毛线。一只肥胖矮小的猫栖息在她身后的衣橱上，旁边是一块留待“盛大节日”时用的饼干。这只猫就像一个恶的精灵，缺乏驯服平庸的威严。

年轻人掉转眼睛，目光落在熊熊燃烧的壁炉柴架下面闪亮发光的银器上。井井有条的房间比乱糟糟的餐桌更让他恼火。他羡慕那些饶有情趣的富翁，他们周旋于美的物品之间，屋里的摆设，从壁炉的火钳直到门把都是艺术品。他诅咒这丑陋的环境，羞于在这里待上一刻钟体验这种感受，那不是羞愧，而是厌恶和迷狂。他站起身来，即使他无法乘坐火车去荷兰或意大利，他也要到卢浮宫用视觉去寻找委罗内塞的宫殿、凡·戴克的王子、克罗德·洛兰的海港。这一天晚上，当他从他们熟悉的日常场景中归来之后，他会再次感到无聊和愤怒。

如果我认识这个年轻人的话，我就不会阻止他去卢浮宫，我倒更想陪他一起去那里；然而当我把他领到拉卡兹画廊和陈列十八世纪法国绘画的画廊或者另一个法国画廊时，我会让他停留在夏尔丹[1]的绘画面前。那个充满生活乐趣、在他看来平淡乏味的丰满画面，使他眼花缭乱，此时此刻，他还会认为这种伟大的艺术本质上是低级趣味的吗？我会对他说：您是否感到幸福？您有没有看到：一个正在向她的女儿指出她编织的地毯出的差错的富裕的女资产者（《勤勉的母亲》）；一位拿面包的妇女（《提供给养的女人》）；厨房里一只

[1]夏尔丹（1699—1779），法国画家。

在牡蛎上行走的活生生的猫，墙上挂着的一条死鳐鱼，撤去一半的酒菜台子，滞留在台布上的一些餐刀（《水果与动物》）；一些餐桌和厨房用具，它们像萨克斯出产的陶瓷巧克力壶那样精美（《各种器皿》）；还有那些在您看来非常丑陋的东西、一只锃亮的锅盖，形状各异材料不同的壶罐（盐盅、漏勺）以及您讨厌的种种景象，比如残留在饭桌上的死鱼（《鳐鱼》）以及让您恶心的种种景象，比如一半倒空或盛得过满的酒杯（《水果与动物》）。

现在这一切在您看来之所以显得美，是因为夏尔丹觉得这一切美得可以入画。他之所以觉得这一切美得可以入画，是因为这一切在他看来显得美。他描述一个缝衣间、一个办公室、一个厨房、一个碗橱的绘画给您带来的乐趣就是他看到一个碗橱、一个厨房、一个办公室、一个缝衣间时偶尔捕捉到的、经过深化的、永远不朽的视觉给他带来的那种乐趣。这些东西彼此不可分离，所以如果他无法坚持前者并且希望自己和其他人委身于后者，那么，您就无法坚持后者并且您必然要回到前者上来。您已经不知不觉地体会到，没有夏尔丹那迫切和闪光的语言，它们就无法在您心中唤起卑贱的生活以及死亡的景象带来的这种乐趣。您过分迟钝的意识无法达到他的高度。必须等到夏尔丹把这种乐趣从您身上呼唤出来，这种乐趣才能上升为意识。于是您重新认出了这种乐趣，第一次体会到这种乐趣。在观赏夏尔丹的一幅画时，也许您会对自己说：这幅画就像厨房一样亲切、舒适、生动；当您在厨房散步时，您就会说：这里的一切就像夏尔丹的一幅画那样奇异、宏伟、美好。夏尔丹不只是一个在餐厅里、在水果与酒杯之间取乐的人，而且是一个有强烈意识的人，他那过分强烈的乐趣化作油腻的笔触和永恒的色彩流泻出来。您也许会成为夏尔丹，当然不及他伟大。您伟大的程度取决于您爱慕他、重新变成他的程度，然而在您和他看来，金属和粗陶都有生命，水果也会开口讲话。

请看他向您吐露的秘密。作为他的秘密来源的这些东西不会向您隐瞒自己的秘密。静物变成了有生之物。生活永远有某种新的东西要告诉我们，有某种幻景要显露，某种秘密要揭示。日常生活天天令您兴奋陶醉，有那么几天，您会把他的绘画当作一种教诲洗耳恭听；为了理解他绘画中的生活，您会赢得生活的美。

在您只能看到其他人的平庸和您自己烦恼的房间里，夏尔丹犹如照射进来的一束光线，每样东西都被赋予色彩，令人联想起被它们掩埋的所有静物或活物，以及那个对视觉来说如此耀眼、对思想来说如此昏暗的形式意义上的永恒夜晚。正如那个觉醒的公主，每个人都回到生活之中，重新焕发光彩，开始与您谈话，共同生活，天长地久。在这张餐桌[1]上，从一半卷起的台布紧凑的折裥到搁置一边、露出锋刃的餐

[1]《餐桌》以及下面描述的《鳐鱼》是夏尔丹青年时期的代表作。——原注

刀，都是客人贪吃的见证，而且令人回想起用人的匆忙，回想起辉煌荣耀的高脚盘上堆着像秋天果园里那样天使般饱满红润、不朽者一般难以接近而又笑容满面的桃子。一条狗抬起头也够不到桃子，无法得到桃子更加刺激了它的欲望。这条狗只好用一只眼睛欣赏它们，桃皮上滋润的绒毛、桃子的香味令它惊讶。透明犹如白日清泉般诱人的酒杯中还剩下几滴甜酒，仿佛喉咙口含着的一口酒。旁边一些几乎倒空的酒杯像是极度干渴和解渴的标志。半倾半斜的酒杯犹如一串枯萎弯曲的花冠；酒杯用它纺锤形的杯脚、精致的衔接部分、透明的玻璃、高贵的杯口表示自己的幸福态度。从此不再为人的需要服务，一半开裂、单独摆放的酒杯从自己毫无用处的美惠中找到了维纳斯的那种高贵典雅。桌布上的牡蛎犹如珠光宝气的杯盘那样轻盈，犹如海水一般清新，它们仿佛是贪食的祭坛上易碎而又可爱的象征。

放在地上的一桶凉水全靠阻碍它的那只灵敏的脚来推动。很快被人藏好、标志着欢乐匆匆易逝的餐刀贪婪地挑起放在那里的金色柠檬圆片，增加了这快感的排场。

现在请您到厨房里走走。厨房的门口由大小不等、侍卫般能干而又忠诚的酒杯部落严格把守，那是一个勤勉美丽的种族。桌子上，跃跃欲试的餐刀直奔目的地，摆出一副咄咄逼人而又毫无戒备的架势。然而您的头顶上吊着的鳐鱼像是波涛起伏的大海里清新的怪物。这条鱼看上去既令人眼馋，又带有风平浪静或者兴风作浪的大海那种奇异的妩媚，它是大海可怕的见证，犹如一种对植物园的回忆在餐厅特有的味道中穿行。鱼腹已经打开，您可以欣赏到它那精美庞大、鲜血淋淋的构造，蓝色的神经、白色的肌肉恰是多姿多彩的教堂大殿的那种美。旁边丢弃的死鱼扭曲成一条僵硬而又绝望的曲线，肚皮贴地，眼睛暴出。继而是一只猫把玻璃鱼缸与这种更加明智、更加自觉的黑暗生活重叠在一起，发光的眼睛紧盯着鳐鱼，缓慢而又急促地在牡蛎上挪动它那毛茸茸的爪子，它谨慎的性格、内心的贪婪和行为的鲁莽暴露无遗。它已经感觉到新鲜牡蛎会沾湿它的爪子，当这些马马虎虎堆砌起来容易破碎的螺钿被它压住时，人们已经听到螺钿开裂的轻微声音以及它们破碎的响声。夏尔丹喜欢眼睛与其他感官并用，借助于某些色彩再现整个将来而不是过去。

这些日常用品、这些熟悉的面孔多么迷人。一位母亲检查女儿编织的地毯的景象其乐无穷。母亲的眼里充满了她熟谙的过去，她能掐会算，远见卓识，而女儿的眼睛却一无所知。手腕、手掌也与其他部位一样寓意深刻，对一位心领神会的看客来说，一节小手指就足以美观真实地出色表现人物的性格。

因此，一个小有才智的人，一个至少有自己的语言和习惯的艺术家仅仅从本质上探索人物，他熟悉人物讽喻形象的匀称比例。对真正的艺术家以及自然主义者来说，每种类型都值得关注，就连最小的一块肌肉也有其自身的重要性。您也许不喜欢看见那些不具备某种壮美或细腻特征的五官，不喜欢看见受到衰老蚕食、铁锈般红赤的老人。请看彩色粉笔画画廊里夏尔丹七十七岁时的自画像。巨大的夹鼻眼镜一直垂落到鼻梁底端，被两片簇新的玻璃圆片夹住的鼻子上是暗淡无神的眼睛，被抬高的衰竭眼珠似乎看到过、嘲笑过和热爱过许多东西，仿佛带着夸耀和温柔的语调说："唉，真是的，我已经老了！"他的眼珠在岁月播撒的已经熄灭的温情底下仍然闪烁着火花。然而疲倦的眼眶周围红红的，犹如过度频繁使用的搭扣。他那同样坚硬而且历经艰辛的皮肤犹如一身旧衣服包裹着他的身体。这皮肤就像布料那样保留并且几乎加深了皮肤玫瑰红的色调，在有的地方涂抹上某种金色的珠光。一只衰竭的眼珠时时刻刻令人联想起另一只衰竭的眼珠的色调，仿佛那是所有正在死灭的东西的色调，如同烧尽的木柴、腐败的落叶、夕阳、破损的衣服和逝去的人们那样美妙丰富而又温情脉脉。人们惊讶地看到，睁开一只眼睛就牵动了嘴角的皱纹，也带动了鼻子的抽缩。皮肤上最细的折皱，静脉上最小的凹凸都是对性格、生活、目前的激情这三个相应的特征最忠实、最奇特的反映。从此以后，在街道上或者在您家中，我希望您怀着敬意关注这些衰竭的富有个性的人物，如果您能看透他们，那么您所讲述的东西会更加扣人心弦，更加栩栩如生，而且内容要远远超过最最令人肃然起敬的手稿。

在您刚才谈到的肖像中，夏尔丹漫不经心的衣着，头戴一顶睡帽的形象更像一位老妇人。在夏尔丹为我们留下的另一幅彩色粉笔画的自画像中，这个老妇人就像一位年迈的英国旅游者那样离奇可笑。从额头上紧紧箍着的遮光帽檐直到脖颈上缠绕的印度棉布手巾，一切都那么引人发笑。面对这个如此聪慧、如此疯狂、对嘲讽如此逆来顺受的怪老头，人们无法忍住不笑。他真是个艺术家。因为这身古里古怪、漫不经心的夜间穿着打扮的每个细节似乎都是对端庄的一种蔑视，是情趣的一种标志。这块玫瑰红的印度棉布手巾之所以如此古老，是因为古老的玫瑰更加温柔。我们看到被黄色、玫瑰红的皮肤留住反光的这些黄色和玫瑰红的疙瘩，我们从遮光帽檐的蓝色翻边上分辨出圆框眼镜钢架的冷冷闪光。老人的骇人穿着先是引起人们的惊讶，然后又化作甜甜的魅力，融汇成高雅的乐趣。我们在一个老布尔乔亚杂乱无章的衣着和外表上找到了种种宝贵色彩的高贵等级，以及美的法则。

然而，仔细地打量这幅彩色粉笔画中夏尔丹的形象，您就会犹豫迟疑，这张脸既不敢笑，又没有哭，也不向您证明什么的不明确表情令您感到困惑。一个青年人经常正视一个老人，而一个老人却从来不正视一个青年人，我的意思是不完全理解这种面部表情。我们把这种面部表情称为语言，这种语言形象犹如一张图画，直截了当而又骇世惊俗，犹如一句脱口而出的台词。在这里，夏尔丹带着一个不太认真、过分夸张的老人那种自吹自擂打量着我们，让我们开心，或者告诉我们他没有上当受骗，他健康的身体仍然敏捷，他仍然在胡搅蛮缠："啊！你们以为只有你们才年轻吗？"也许是我们的青春伤害了他的软弱无能，也许他在一种充满激情、毫无用处、令人难过的挑战中搏斗？人们几乎可以相信他，是因为他那生动的眼睛、嘴唇的颤动和严肃的神情。我们之中的许多人却对老人的某些话，尤其是老人的某些眼神、鼻子的某种抽动、嘴唇的某种皱纹的含义和用心把握不住！有时，我们把面前的老人看作可爱的老疯子。然而我们有时却像害怕疯子那样害怕老人。微笑在漫长的一生中无数次地出现在老人的嘴角，愤怒或温情无数次点燃老人眼里的火焰或者唤起他们嘹亮的嗓音，永远准备就绪的一腔热血无数次迅速地涌到他们脸颊的透明皮囊上，缺乏弹性的嘴巴更多因为微笑而张开，或者在恢复严肃时痛苦地闭拢。眼睛里的火焰不再燃烧，只有烟雾滚滚；脸颊不再红润，或者过分红润犹如凝滞不动、鲜红鲜红的湖水。这张脸不再以一种恰如其分的表情体现心灵的每一种思想、每一种激情，然而在这里，如果没有激情，自信就会变成嘲讽，没有深情的嘲讽；虚张声势就会变成威胁；从形象而又准确、发自我们感情的语言变成某种令人悲哀而又含混不清的唠叨。有时，这种唠叨在互相对立、水火不相容的两种表情之间，给我们的不安、我们的评论和我们的梦幻留下了意外的一席之地。

您看到了像人物那样栩栩如生的物品和水果，看到了皮肤、汗毛、古怪的色彩、看上去像水果的人物脸面，那是它们相亲相爱或者矛盾对立的法则，是它们的妩媚包含和散发的幽香，是它们的灵魂沉默而又冒失的知己。夏尔丹走得更远，他把物品和人物集中在这些屋子里当作一个物体，或者当作一个人物，那是它们生活的地方，它们过去的神圣殿堂。人与物长期以来不拘礼节地生活在一起，彼此互相需要，品味彼此相处带来的那些不为人知的乐趣，这一切就是友谊。骄傲的古老柴架就像使自己的主人容光焕发的优秀仆人那样，在火光友好温柔的注视下温情脉脉；凝固不动的扶手椅威严的姿态殷勤好客，它们要在这间屋子里度过一生，每天早晨人们都把它们挪向窗口拍打，它们在同一时刻进行老人般准时的散步或者缓慢的运行。

许多独特的友谊使我们了解到，在这个表面单调的房间里，从我们身边经过或者沉睡的气流一旦经过阳光的照射，从中可以分辨出多少生动的旋风！请看《勤勉的母亲》或《餐前祝福》。这个线团与老狗之间洋溢着友情，这条狗每天都来到老地方，习惯地把它那懒洋洋软绵绵的背脊倚靠在柔软的织垫上。这种友谊如此自然地朝着古老的纺车方向蔓延，以至这个心不在焉的妇女两只纤细的脚自如地操纵着纺车，身体不由自主地服从于她不知不觉养成的种种习惯和亲昵。在火炉前的各种颜色与毛线团的各种颜色之间，——在弯曲的身体、收拾桌子的女人快活的手，古色古香的餐巾与通过她仔细的手感受到那种美妙的坚实的盘子之间，——在这块餐巾与为纪念每天的拜访而赋予餐巾奶油或弗朗德织物的柔软的光线之间，——在光线与光线在此轻抚、沉睡、时而慢慢散步、时而心情愉快地不期而至的温情脉脉的房间之间，——在温暖与布料之间，——在人与物之间，——在过去与生活之间，——在光明与黑暗之间仍然存在着友谊或者联姻。

到这里，我们算是完成了初探静物不为人知的生命的这种旅行。在夏尔丹的引导下，正如过去维吉尔引导但丁那样，我们当中的每个人都能完成这样的旅行。为了更加深入起见，我们现在必须依赖另一位大师。我们没有跨越伦勃朗[1]这道门槛。我们从夏尔丹那里得知，一个梨与一个女人同样生动，一件平常的陶器与一块宝石同样美丽。画家曾经宣称，所有的东西在审视它们的思想面前、在美化它们的光线面前具有那种神圣的平等。他让我们亮出一种错误的理想，为的是更大限度地深入现实，在现实中寻找美，不要沦落为一种习俗或者一种荒谬情趣的软弱的俘虏，而要自由、强壮、博大。他在向我们展示现实世界的同时把我们引向美的海洋。伦勃朗甚至超越了现实。我们知道，美并不存在于物体

[1]伦勃朗（1606—1669），荷兰画家。

之中，因为它也许既不那么深刻，也不那么神秘。我们根本不通过物体本身观察物体，它们只是凹陷的轨道，光线对它们进行了变幻多端的表现、美的返照和神奇的审视。比如，我们在《两个哲学家》中看到，夕阳像一只烤炉把窗户映得彤红，或者把窗户染成彩绘玻璃，让每天都如此简陋的屋子弥漫着教堂雄浑绚丽的辉煌。我们在《乐善好施的人》中同样看到：地下室的神秘，对黑暗、深夜、陌生、罪恶的恐怖在两扇对应的窗户里；暗夜中的一张脸避开另一张仍在亮处微笑的脸，一道同样的光线连接着大地与天空，就像一根绷紧的绳索在远方的丘陵和马背中震颤出一种神秘的美；沿着窗户的水桶中反射出这些熟悉的日用品的倒影，正如我们处处可以感受到却又无从把握的那种存在的颤动。这种白天使事物变得美、晚上使事物变得神秘的光线在离开事物的同时，大大改善了事物的存在方式，使我们明显地感到光线就是事物存在方式的原则，而这些事物似乎在如此不安、如此美好的几分钟内，经历了死亡的所有折磨。在这个时候，我们都像是伦勃朗画中的哲学家。我们战战兢兢地看到墙上用火写出的那些神秘字眼。我们打量着河流或者耀眼翻腾的大海，打量着闪闪发光、五彩缤纷、炽烈燃烧的窗户和变形的屋顶上的天空，我们到处都能发现天空在地面上的反光，这种我们永远无法认识而又如此熟悉的反光就是我们曾经看到过的一切美之所在，也是神秘和陌生之所在。我们都像哲学家那样打量天空，却没有像哲学家那样试着去体会揣摸我们的欢乐或者我们的焦虑、它们的本质或者它们的理性。毫无疑问，甚至连描绘这位哲学家的画家本人也没有像哲学家那样进行推理，但是他却像哲学家那样仔细地打量过天空，因为他画的是天空……

我以夏尔丹为例，说明一个伟大画家的作品对我们来说、对他自己来说意味着什么。那根本不是炫耀独特的品质，而是表现最最内在的生活以及生活中最最深刻的事物。作品针对的是我们的生活，它要触及的是我们的生活，并且慢慢地朝事物倾斜，逼近事物的核心。我想补充一点，有些画家不断地指责文人没有能力谈论绘画，说文人热衷于把画家本人从未有过的意图强加给画家。如果画家实际上的所作所为合乎我的说法，或者更加确切地说，如果夏尔丹所做的一切完全合乎我的说法，他从未有过任何意图，那么他很可能是从来没有意识到他的意图。他赋予人们以为静止的静物如此热烈的生命。他品尝闪烁着珠光的牡蛎、海水的凉爽，就像餐巾之于餐桌，明媚的阳光之于餐巾，黑暗之于光明那样怀着一见倾心的温情柔肠。当他得知他所做的这一切时，也许会大吃一惊。因此，当妇科医生向一位刚刚分娩、不明真相的妇女解释她身上发生的情况，向她描述她依靠神秘的力量完成的这项壮举的生理过程时，这位妇女也会大吃一惊。其实，创作的行为并非来自对创作法则的认识，而是来自一种不可思议、不知其然的力量；明白这一点不会给人增添力量。一位妇女生孩子无需懂得医学，一个男人恋爱无需熟谙爱情心理学，一个人……无需了解愤怒的构造。

张小鲁　译

论现代派与传统(外一篇)

〔法国〕马蒂斯

不可否认,在近五十年间,每一次重大的艺术探索都是在巴黎进行的。在其他地方,艺术家满足于踏着别人的脚印走,但在巴黎,存在着对一切创造性工作来说都是必不可少的冒险精神和勇气,这使巴黎这个城市成为了艺术的中心。

在我开始画画之际,我们不赞成先辈的意见并小心而又温和地提出我们的看法。印象主义者是公认的领袖人物,后印象主义者跟随着他们的脚步。我不这么做,我们这些青年画家漫步到拉斐德街,注视着画廊中展出的他们的绘画作品,在我们画画时就会想到它们。说到我本人,离开美术学院后,我把时间用在了临摹鲁佛尔宫中的作品上,使自己受到了拉斐尔、普桑、夏尔丹和佛兰德斯画家这样一些无可否认的大师的影响。我觉得印象主义者的方法不适合我，我想超越他们精微的色调变化和不断的实验去理解事物。简而言之，我想认识自我。从鲁佛尔宫里出来，穿过艺术桥，我为自己的艺术留心着其他的对象。

“喂！你找什么？”我的老师居斯塔夫·莫罗有一天问我。

“找某些鲁佛尔宫所没有的东西，”我回答，并指着塞纳河上的驳船说，“但是在那儿有。”

“你认为鲁佛尔宫中的大师们没看到它们吗？”他反问道。实际上，我在鲁佛尔宫中看到的那些并没有对我产生直接的影响。在那儿我感到自己好像是置身于存放着过去作品的图书馆之中，我想从自己的体验中创造某种东西，所以我开始独自工作。

正在那时，我遇到了一位身材高大的瘦瘦的年轻人，从那时到现在，他变得相当发福了，这个人就是德兰。我们一起在柯利屋尔生活了一段时光，在柯利屋尔我们被同一股动力刺激着，我们拼命地画画。我们前辈运用的绘画方法不适合真实反映我们的感受，于是我们不得不寻求新的方法。不过话说回来，每一代人都感到过这种动力的刺激。说真的，当时有着比今天更广阔的用武之地，而传统某种程度上的失宠是因为它受尊崇的时间太久长了。

依照瑟拉的解说，把形简化成基本的几何形是那个时期的一大发明。这一新的技法给我留下了极深刻的印象，绘画终于精炼成了一种科学的公式，它同前一时代的经验主义分离开了。我研究的后印象主义者那种异常的方法使我十分着迷，但是实际上我很了解以这种手段获得的成果是受到极度依附于严格的逻辑法则这种情况的限制的。我周围的那些人了解这种感觉，站在我刚刚画完的一幅油画面前，克罗斯（原文如此）对我说："你不会长久同我们在一起的。"

在后印象主义的绘画中，通过永远居于从属地位的一系列面的对比，使画上的对象具有一种浮雕感地突出起来。而对我来说，一幅画上的对象和背景具有同等的价值，或说得更明确点儿，不存在什么主要的部分，只有整体图形是重要的。通过不同色彩的平面之间的组合构成一幅图画，正是这种组合创造了某种"表现"。以同样的方式，在音乐的和声中，每个音符都是整体的一个组成部分，同样我也希望每种色彩都具有某种促进配合的价值。一幅图画就是受到控制的节奏间的协调，正是因为如此，一个人才能将一个显现红——绿——蓝——黑的表面变换成为另一个显现为白——蓝——红——绿的表面；这是同一幅图画、同一种感情的不同的展示，只不过是节奏改变了。这两幅油画间的不同之处就是下一局棋时一个棋盘上的双方之间的那种不同之处。

在下棋的过程中，棋盘的外观不断地变化着，但是移动卒子的棋手们的意图一直是不变的。

我那时决定抛弃那种貌似真实的描绘，我对摹写对象并不感兴趣。为什么我要画一个苹果的外表呢？哪怕是多么精确。模仿自然能够无限量地提供而人们永远能更美妙地构想的某种对象，这能有什么好处呢？具有意义的是对象同艺术家、同他的个性的关系，以及他安排感觉和情绪的能力。

我极为喜爱明亮的、清晰的、纯净的色彩，我永远怀着惊异的心情看待可爱的色彩被没有必要地弄脏了、变得暗淡无光了。

现代的一大成就就是发现了借助色彩进行表现的奥秘，由于所谓的野兽主义和其后的种种运动，又添加上了借助设计、轮廓、线条及它们的方向进行表现等等方式，大体上说，新的表现手段把传统推向前去，并顺着这一方向尽可能地扩展它。

认为从早期直到当代的画家们艺术进展的连续性中间存在着断裂的现象，这大约是一种错误的看法。放弃传统，艺术家只能获得一种转瞬即逝的成功，而他的名字很快就会被人遗忘。

今天，我觉得我们生活在一个动荡的时期，它预示了重要而又永恒的作品的诞生。但是，如果我没有错的话，只有造型的形式才具有真正的价值，并且我永远相信一幅图画大部分的美是从一位艺术家用有限的手段进行的奋斗中产生出来的。

最后解释一下某个画派的名称，该画派是以“野兽主义”

知名于世的。野兽主义是这样一个词，人们发现它是如此吸引人，而且它变成了许许多多或多或少是聪明人谈笑的对象了。这个名言出自艺术批评家路易·沃克塞尔之口，当他进入秋季沙龙的一间展室时，在那一代人的油画作品之中陈列着雕塑家马尔克以意大利文艺复兴时期风格制作的一尊雕像，他喊道："看哪！多纳泰罗在一群野兽之中啦。"这显示了人们不可把那些用来表明这个或那个流派的形容性特征看得过于重要，尽管有了它们会方便些，但它们限制了一个运动的生命并且同个人的认识相冲突。

题外的话

"素描是诚实的艺术"，多年以前，我时常发觉自己困惑地站在这一声明之前。在国立美术学院，被称为"伊冯课堂"的素描教室的门厅中有一座献给安格尔的小型大理石纪念碑，这句话就镌刻在安格尔的签名之上。

这题词准确的含义是什么？我欣然同意画素描是第一需要，不过，我不理解"诚实"这词的含义。你能听到柯罗、德拉克罗瓦、凡·高、雷诺阿或塞尚说这类话吗？然而，人们称葛饰北斋是"为素描发疯的老人"时，我并没有感到不安。

被华而不实的无知之徒不断重复的安格尔这些简单的词句，同莱昂纳多·达·芬奇手稿中劝告人们在旧墙的裂痕中寻找构图的线条，或表现少女们的相象时从粗俗的漂亮姑娘们身上得到启示之间有什么联系吗？

我相信这样一种看法，即安格尔和莱昂纳多认为他们不得不去传授他们的艺术时，他们只能通过教现成的规则来同弟子们进行交流：或是通过让他们耐心完成一幅精确再现对象的素描，（我想到这样一位裁缝，他笨拙地剪裁缝制了一套服装，为了摆脱这种困境，经过无数次的修改，他把服装紧紧地固定在顾客身上，使这位可怜的牺牲者被束缚住，无法活动了）或是通过机械的构图方式去改善他们贫乏的想象力。

相似的风格是特定时期的需要造成的，是由美术家意志独立的必然要求决定的，它是无法传授的。

此外，我毫不了解在这"伊冯课堂"中进行的素描教学，四十多年以前，在那儿，我被杰罗姆、布格罗、约瑟夫·布朗、鲍纳、勒内浦渥之流准确但又含糊的教师们"纠正"过；随着时间的推移，我也从没再想起这类教导中任何的一点。不过，如果这些老师是真诚的，我就会了解更多一些吗？我不这么认为。我有过一次听罗丹对我素描主题提意见的好机会，我的素描是一位朋友给他看的。然而，他的意见绝不适合我，在这一场合，罗丹仅仅显示出了他渺小的一面。他只能这么做。由于过去大师们具有的最好的东西就是他们存在的理由，但这是他们无法理解的。不了解这种东西，他们就无法传授它。

一间学生的工作室让我想到布吕盖尔的《盲人寓言》，教师可能是引导其他人的第一位盲人。

米歇尔·布雷阿尔常说："一位教授就是传授他所不知道的事物的人。"(这句话是他儿子奥古斯特引述的。)

看到真正的美术家献出他们一部分力量去帮助那些无法独自找到他们的道路的人,这是多么可悲的事啊！他们获得的成功仅仅是损坏了那么多的白色教鞭,这使那些或许能更好地行动的人直到创造出一件无用的作品时为止,才去摸索自己的道路。

真正有话要说的人,被他的情感驱使,这种情感引导他依照自己的特点去进行创作。

所以,当雷诺阿说"一个人把自己的画布反靠向墙壁三个月之后,仍然不能发现画布上缺少什么,他就不必再继续画画了"时,他是正确的。

欧阳英　译

白睡莲或夏日黎明的惊奇

〔法国〕巴什拉尔

白睡莲是夏天的花。它们标志着夏天确实到了。当池上开花的时候，谨慎的园丁就把橘树搬出温室。睡莲若从九月开始凋谢，就预示着冬天将是严酷而漫长的。必须像克洛德·莫奈那样早早地起来，快快地工作，才能采撷丰富的水上之美，讲述水上之花的短而热烈的故事。

看哪，我们的克洛德一大早就动身了。在通往莲池的路上，他可是在想，马拉美，伟大的斯特凡曾经拿白睡莲做了某个被苦苦追逐的勒达❶的象征？他是不是默念诗人的篇章：美丽的花“仿佛一枚高贵的天鹅蛋……唯自我之美妙的虚空方能使它鼓起”……是的，画家已然满心欢喜，他要去

❶典出希腊神话勒达与天鹅的故事。

让画布上开花了，他与原野上的“模特”开着玩笑，像是在画室里，他问道：

睡莲夜里下了个什么样的蛋？

他想着有惊奇等着他，先自微笑了。他加快了脚步。然而：

白色的花已在它的蛋杯上了。

池上一片水灵灵的花，鲜嫩嫩的花，经过一夜更透出勃勃的生机。

傍晚（莫奈见过一千次），小花将要躲进水里过夜。故事里不是说，它的柄收缩，一直把它拉回到阴暗的泥底吗？这样，每一个黎明，睡莲的花，这水上的大含羞草，在夏天的夜里好好地睡过一觉之后，就伴随着光明再诞生一次，所以它的花永远新鲜，成为水和阳光的纯洁的女儿。

如此反复出现的青春，如此忠实地服从白昼与黑夜的节律，如此准时地宣告黎明的瞬间，这使白睡莲成了印象派之花。白睡莲是世界的一瞬。它是眼睛的清晨。它是夏日黎明的使人惊奇的花。

世界愿意让人看见：在人的眼睛看见之前，水的眼，静水的巨眼已看着花儿绽放了。在这种反射中（谁能说不是？）世界对自己的美有了最初的意识。同样,自克洛德·莫奈观看了白睡莲之后,法兰西之岛的白睡莲变得更美、更大了。它们的叶子更多,更安详地漂浮在我们的河上,宁静如荷花童子的形象。我不知在什么地方读过,在东方的花园里,为了让花开得更美、更快、更雍容,对其自身的美更具信心,人们细心呵护,满怀怜爱之情,在最茁壮、最有望开出鲜艳的花朵的那根茎前摆上两盏灯和一面镜子。于是,花儿可以在夜里临镜自鉴,这样,它就可以不断地欣欣然于自身的光彩了。

克洛德·莫奈该是理解了美的这种无量的恩惠,理解了人给予一切倾向于美的东西的这种鼓励,而他自己,则是毕生都善于为一切落在眼前的东西增加美。在吉维尔尼[1],那时他富有了(如此之晚!),他有管水的园丁,清除开花的睡莲的巨大叶子的污渍,让水流的速度适宜,刺激花根,让垂柳的枝条摆动得更舒展,在风的吹拂下戏弄水的镜面。

总之,在其生命的所有行动中,在其艺术的所有努力中,克洛德·莫奈都是美的力量的仆人和向导,而美的力量是支配世界的。

郭宏安　译

[1]法国东北部厄尔省的一个小镇。

帕勃罗·毕加索

〔俄罗斯〕爱伦堡

历史上还没有一个画家的创作引出如此众多的争论。谁谈起毕加索来都不能平静——有人骂他，有人捧他。关于他，用不同文字写有上百部的书。阿波利奈尔❶和艾吕雅、马雅可夫斯基和阿拉贡、帕勃罗·聂鲁达和科克托❷、拉法埃·阿尔倍提和韦科尔❸、马克思·雅科布❹和奈兹瓦尔都在笔下写过他，有评论文章，也有热情的长诗。在全世界许多城市——在巴黎和布拉格，在东京和罗马，在纽约和斯德哥尔摩，在墨西哥城和苏黎世，在圣保罗和阿姆斯特丹，在莫斯科和柏林——举办

❶阿波利奈尔(1880—1918)，法国诗人。

❷科克托(1889—1963)，法国作家、画家、戏剧家、电影家。

❸韦科尔(1902—)，法国作家。

❹雅科布(1876—1944)，法国作家，牺牲于法西斯集中营。他的作品的特点是幻想和现实交织在一起。

他的画展时每次都是大事件，不仅在美术界如此认为，就是在大街上、在俱乐部里、在咖啡馆和地铁中到处也都在议论他。四十年前，毕加索为芭蕾舞剧《大检阅》绘制布景，首演式时我在场。大幕拉起后，观众席里开始了武斗，一派是美术家的支持者，一派是他的反对者。1956年，我在巴黎参观毕加索作品回顾展，在展览厅外的大街上，人们争论得异常激烈，以致警察都赶了过来。共和体制的西班牙，为表达西班牙人民对毕加索的热爱，确定他为著名的普拉多博物馆名誉馆长。人民波兰授予他高级奖章。希特勒下令把他的画从各博物馆里全部清除出去。杜鲁门说他的艺术是"淫荡的"，而在闲暇时候作画的丘吉尔也极为藐视毕加索的作品。在昂蒂布的格里马提宫改成毕加索美术馆。差不多世界各国首都的博物馆里都收藏有这位美术家的作品。据说没有多少人能看懂他的艺术。知道他的名字的有几千万人。他有许多朋友，同时他也有许多敌人。有人叫他是"资产阶级堕落虫"，有人说他是"形式主义者"，另外一些人则称他为"艺术界的布尔什维克"。

帕勃罗·毕加索生于1881年，在西班牙南部的马拉加。他的父亲胡安·陆易斯是个画家和美术教员，他主要是画丁香花和鸽子。儿子为父亲帮忙，有时受父亲的委托补画某些细节——鸽子的爪。

（毕加索早期作品的署名是陆易斯-毕加索，后来改用母亲玛丽雅·毕加索的姓。）

毕加索的少年时代是在拉科鲁尼亚和巴塞罗那度过的，在艺术学校里上的学，后来考进马德里高等美术学校。他曾数次去巴黎，想了很多有关美术发展的问题，编过美术杂志。

1904年，他决定移居巴黎，因为巴黎作为欧洲的艺术中心使他向往。“我在巴黎感觉自己是自由的，”他说。“塞尚若是生活在西班牙，大概会被枪毙……”他和当时的先进作家阿波利奈尔、马克思·雅科布、美术家马蒂斯、布拉克❶交上朋友。从那时起，他一直住在法国。

他的早期引起轰动的作品，都是在二十世纪之初绘制的。如今，这些画——似乎已经是经典了，但是毕加索的每一幅新作也还总都是一部分人欢呼，一部分人气愤，完全和五十五年前一样。不过气愤的人年少一年，甚至连那些不喜欢美术的人也渐渐明白，毕加索这个人是拿他没有办法的，他不是那种短命的易栽跟头的人，不是那种一时间作品满报皆是，而一年后便销声匿迹的人。至今，毕加索从事绘画六十年了，这可不是个短期。他第一次展出作品时，塞尚还在人世，围绕着印象派的争论还在进行，凡·高和高更的名字还鲜为人知。当时欧洲正醉心于易卜生和马拉梅❷慕尼黑的装饰艺术、弗朗茨·施图克❸的遭劫运的女人和

---

❶马蒂斯（1869—1954），法国画家，野兽派主要代表人物之一。布拉克（1882—1963），法国画家，立体派创始人之一。

❷马拉梅（1842—1898），法国象征主义诗人。

❸施图克（1863—1928），德国画家与雕塑家。现代派风格的代表人物。作品崇尚粗鲁暴力，充满色情。

勃克林[1]的《死岛》、阿纳托尔·法朗士的享乐主义者、王尔德的怪诞——那时，和平的、微睡的欧洲还想不到十年后的盛夏在萨拉热窝会出现枪声，开始了二十世纪的血腥年代和沉重的黎明。毕加索的艺术经受住时间的考验。现在谁还欣赏勃克林呢？谁还记得号召烧毁博物馆的未来主义者马里涅蒂？谁还读达达主义的诗文？1909和1959年没有毕加索是很难想象的。

有时人们问：毕加索算西班牙画家还是法国画家？（我们有人按法文读他的姓，把重音放在最后一个字上，也有人把重音放在第二个字上。）当然，毕加索是西班牙人，也永远是西班牙人，他热爱自己的祖国，他的外形也是个老西班牙人，性格也是西班牙人的，口味以及许多习惯也都是西班牙人的。谁也不否认这一点。之所以有不同看法，出现于如何来确定他在艺术中的地位。我读过一些法国艺术学者的作品，他们谈毕加索，总要讲到他的西班牙美术实质，谈他的源——格列柯、委拉斯开兹，当然也还有戈雅，谈他的民族性——热情、忧郁、充满矛盾。西班牙人奥尔斯证明说，毕加索的艺术中没有西班牙的东西——它和意大利和法国的艺术紧密相连，他是达·芬奇和普桑[2]的直系继承人。

---

❶勃克林(1827—1901)，瑞士画家。象征派与现代派代表人物。在虚构的情景中，把臆想的象征同自然主义的真实结合在一起。《死岛》为其代表作。

❷普桑(1594—1665)，法国画家，古典主义代表人物。

我把所写的有关帕勃罗·毕加索的特写编进《法兰西笔记》一书中，并不是因为我把他算做法国人。毫无疑问，他从头到脚都是西班牙人。我想的不是他的原籍在哪儿，而是哪一个国家的文化首先受他之益。他的全部创作都不可分割地同法国二十世纪的艺术道路联系在一起。他如果留在西班牙，完全有可能被枪决掉——那是年轻帕勃罗的猜想。倘若他不是处于巴黎的艺术生活之中，他无论如何也不会成为毕加索。因此，不能把他从法国分出去，他也离不开法国。

毕加索和文艺复兴时期的所有大师一样，对许多事情怀有兴趣并干许多事情。他是写生画家和雕塑家，舞台布景绘画师和线条画家；他在好长一段时间里搞陶瓷艺术，为戈别林双面挂毯搞图案。他为许多书画插图——有巴尔扎克的《人所不知的杰作》和贡戈拉·伊·阿尔戈特❶的长诗，有布丰❷的《自然史》和《里吉斯特拉图》，有艾吕雅的《世界面孔》和奥维德的《变形记》。他为许多芭蕾舞剧画过布景，达里乌斯·米约和法里雅❸的音乐给予他灵感。

他从不停止工作。1915年，我们初识时，他把我带到存放好多画的画室。我看到空雪茄盒上，三合板上和墙壁上到处都画有静物画。毕加索亲切而又狡黠地笑着对我说，他有时

❶贡戈拉（1561—1627），西班牙诗人。

❷布丰（1707—1788），法国博物学家。

❸米约（1892—1974），法国作曲家，作品有舞剧《屋顶上的牛》、《蓝色快车》。法里雅（又译法拉）（1876—1964），西班牙作曲家，著有舞剧《爱情魔法师》和《三角帽》。

不能看到无画的空间。用装油彩的软管堆成的角锥体使我惊讶。他解释说，在他年轻时，时常没有钱买油彩，于是在卖掉几幅画后，他买了足够“一辈子用的”油彩。那时他三十四岁，刚刚出名。1954年，我到瓦洛里斯去看他。他是大名人，头发也白了，但是和从前一样不停地工作，在他的画室里简直无法转身——处处都是画布、画本、雕塑像。又过四年，我在戛纳再见到他。几个画架上都有未画完的画，桌子上也都是画稿。他已经七十七岁了，可我还记得年轻时给我看立体画的那个三十四岁的画家。他从早到晚都在画。说他爱好劳动，似乎不够——他干起工作来简直是发狂。

艺术史学家常常把毕加索的创作分成不同的时期：“蔚蓝色时期”、“粉红色时期”、“黑人时期”、“立体主义时期”、“经典时期”等等等等，我觉得这种分期法有些随意了。毕加索从来都在寻找能表达他的思想和情感的形式。这些形式有时改变得很快，他不止一次重新捡起原先放弃了的形式，还差不多同时用几种手法来画。

马雅可夫斯基在巴黎曾到毕加索那里去过，看他如何工作。如众所知，马雅可夫斯基在1924年很看不起所谓学院派艺术（其实后来也如此）。他写道：“我可以不必担心了。毕加索不会走回头路，不会去搞什么古典派。他画室里有各种各样的东西，从蔚蓝色和粉红色的完全是古希腊风格的最现实的小舞台到用铁皮铁丝构成的玩意儿。再看他的插图画：小姑娘完全是谢洛夫风格的。妇女的画像是粗犷现实主义的，还摆着一把手风琴。所有这些东西都是同一年画的。这些大幅的所谓现实主义的画、这些大掌粗手的妇女——当然不是退回到古典主义，如果你想用古典主义这个词，那也是对新古典主义的肯定。不是摹绘大自然，而是体现先前研究立体主义的结果。"

在这以前如此，以后也如此。1906年，毕加索为美国女作家格尔特鲁德·斯泰因画了一幅像，从词的狭义来说，那是真正现实主义的作品，专家们把它归入"伊比利亚风格"。他那时也还在画一幅大作品"亚威农的少女们"，专家们又把他归入"黑人时期"，那幅画是短暂的立体主义时期的开端。在法西斯占领期间，毕加索达到了自己的目的，他把可见世界切分成达到阵发性心动过速的几何图形，他的最灰暗的和无法懂的画都是作于这个时期，但就在那时他也画了许多完全现实主义的画。

他有一次对我说，他作画时，不总是知道那将是什么风格的画法或写法："总之，看我怎样能更好地表达出我所想的……"有时，毕加索作品中的形式是如此的令人不习惯，以致吞掉人们的全部注意力，招致争论。但是，对他来说，形式从来不具有决定性作用，他总在试探，怎样才能更好地表达出他所想的东西。

毕加索的画，有的我看不懂。我看得懂和喜爱的画，有许多人也看不懂。这其中有个艺术理解问题，如果借用报刊语言，便是“通俗性”问题。毫无疑问，任何一个诚实的美术家都不会画得故意让人看不懂。诗歌不是填纵横字谜，美术也不是画谜。但是，一部艺术作品远不是读者、听者和看者都很容易便欣赏得了。个中原因，有时是美术家还没有找到表达自己的思想感情的成熟形式。马雅可夫斯基看得懂毕加索的作品，这是在马雅可夫斯基写《我爱》的时期。如今，这首长诗似乎是人人都能看懂了，可我记得，当时可是有很多人气愤，说那是“堆砌文字”、是“胡言乱语”。就是现在，赞叹马雅可夫斯基的人，也不见得都能看懂他早年的诗。

我觉得美术比文学难欣赏，其原因或许是在小学里即教诗歌课，少年时教诗歌文化，而对美术则讲得很少，只是捎带讲一讲。法国人都读过尤萨、拉辛[1]、雨果的作品，但不是所有的人都看过克卢埃[2]、普桑、库贝的作品，即便是看见过，也只是走马观花，不会进行思考的。

新形式从来都会遇到阻力。当安格尔展出第一批作品时，行家们说安格尔不会画。古典主义的崇拜者们怀着气愤接待了德拉克洛瓦的作品。在法国有部《拉鲁斯小词典》，这

---

❶尤萨（1524—1585），法国诗人，“七星诗社”的发起人。拉辛（1639—1699），法国剧作家，古典主义的代表人物。

❷克卢埃（让·克卢埃与弗朗索瓦·克卢埃父子），文艺复兴时期法国的绘画家。

是一种廉价百科年鉴词典，年年再版供给最广大读者。1946年版，收进一些质量不高的学院派美术家——勒涅柏和其他人——的作品，作为美术方面的精品。十年以后的一版中，连勒涅柏的名字也不见了，而作为世界美术样板的则是马奈、雷诺阿、塞尚的复制品，毕加索的作品也和伦勃朗、拉法埃、普桑及过去的其他大师同收并列。

"我不是探索，而是挑选。"毕加索有一次对认为他永无休止地在寻找新形式的人说出掏心的话。毫无疑问，他是一位伟大的革新者，他不仅和学院派的美术家们一刀两断，也同印象派分道扬镳了。他过去和现在都在想如何表达自己的时代。他从来也没有为形式而形式过。我不知道还有哪一位画家比这位疯狂的造反者更远离形式主义。

毕加索不是在真空中成长起来的，他受着先辈美术家的影响，其中既有他的同胞——苏巴朗[1]、格列柯、戈雅，也有法国的普桑、安格尔、塞尚，还有意大利文艺复兴和古希腊的美术家们，以及庞贝的壁画、亚洲和黑人的雕塑。他很熟悉古老的美术并深深爱着它们。先辈们创造的形象不止一次地给他灵感，他按自己的理解予以消化，从而创作出格雷科式的他自己的《美术家画像》。他有一些画是受普桑、克拉纳赫[2]、库贝的画的启发创作出来的。受德拉克洛瓦的《阿尔及尔的妇

---

❶苏巴朗(1598—1644)，西班牙画家，塞维里亚画派代表人物。
❷克拉纳赫(1472—1553)，德国画家。

女》启发,他画出不少的画。前不久,委拉斯开兹的《梅尼纳米》又给了他灵感。可以说,他把过去的一切伟大传统全部继承下来了。同时他也摧毁了不少东西。人们对美的理解是受制约的,黑人女子的雕塑不像米洛斯斯卡亚的维纳斯。毕加索时常破坏美与丑的传统观念。有时,我觉得他是个魔术师,善于给人和谐、安详和快乐,有时他把大自然、肉体、生活分摊开来让我害怕。他从来没有让我心平气和过。

毕加索的有些作品我看不懂——这倒并不是因为我觉得他的形式有问题,而是因为我摸不清他是在什么样的思想感情支配下画的这些画。毕加索的多数画,我是非常喜欢的。在我家的墙壁上挂着他的风景写生画、素描画、石印画,它们帮助我生活。我不仅认为他是本世纪的美术巨人,而且我不止一次地感受出他对我的工作的影响。我爱他正好和我的兴趣与爱好相悖。

我是由印象派的绘画培养起来的,印象派美术家力图把世界按我们所看到和感受到的样子表现出来。他们的画都是写生的,他们力图通过形式和色彩把自己对世界的感受表达出来。他们并不关心画中的文学情节。

毕加索早在年轻时即与印象派的原则决裂了。他对雷诺阿或皮萨罗对色彩、光线、空气、大自然的理解并不感兴趣。他曾有好长一个阶段完全不重视色彩。看来,在这方面和其他方面,他很近似于达·芬奇。他说:“我不是画模特儿,我是在模特儿的帮助下作画。”再看下面这一段很能说明问题的话。他说:“我不是按所看到的样子表现事物,而是按我想象的样子来表现它。”

他认为画的情节至关重要。美术中的文学并不妨碍他,相反,他寻找它。在五十年的历程中,他有一系列必定递归的情节——母爱、战争恐怖、平凡的美妙,以及徒劳表达生活美好的美术家的悲剧。他热爱几个神话人物——俄尔甫斯、弥诺陶罗斯。斗牛和可怕的牛头似乎总随在他的身后。他画了一辈子鸽子,对他来说,这不是一般的飞禽,而是热爱的形象。

我爱毕加索,但这并不影响那些内涵肯定比较浅的、解释世界的愿望比较淡的,色彩、感情、感性与敏感性比较差的画对我的吸引,如马蒂斯、博纳拉等人的作品。我曾说过,印象派、塞尚把我们的视觉给改变了,以致使我认为现实主义的画必然和大自然紧密相连。毕加索返回到大的情节构图,他能够做到这点,因为他和印象派的视觉决裂了,就像印象派同学院派的视觉决裂一样。毕加索的一些大作品——《格尔尼卡》、《战争》与《和平》,是画家没有用传统画法创作的少数几幅高度情节构图的作品。

毕加索的有些画令人惊骇,画中世界令人不能容忍的荒谬,画家全力以赴,为的就是表现荒谬。他似乎视目一新,把可见视野分切成块,并对人说:您何苦要欣赏那得体的面具呢。他可以把同一个女人画成完人、天使、招人欣赏不够的可爱，然而在一天或一月之后，他又把她画成为一个怪物。

不聪明的模仿者总是要把毕加索的悲剧当做美学的准则，连毕加索也对他们报以嘲笑。在他的残酷之中，有许多西班牙的东西——从伊塔里的大司祭的《善良的爱》到巴利亚多利德[1]木雕像上的伤痕和伤口。

毕加索太复杂了。当然，他所处的时代本身就复杂：世界各国的对抗、战争、革命、新世纪的开始。博纳尔或马尔凯[2]的画都很不错，但这些画家在十九世纪也可以生活。二十世纪在毕加索身上找到了自己的爆破手、自己的哲学家、自己的诗人。

人们往往把《格尔尼卡》称作是毕加索的杰作。我说一说那画是怎样产生的。1937年，希特勒的飞行员把西班牙西部的格尔尼卡城给毁掉了。毕加索紧跟着便绘出了这幅画，并在1937年夏季于巴黎国际展览会共和西班牙馆里展出。在广岛和长崎之后，我们认识到对格尔尼卡的突袭是很原始的。但是，毕加索却从中感觉出大量屠杀人类的可怕年代开始了。1937年对于他来说，犹如1808年对于戈雅，那时法国占领军镇压了西班牙的革命。戈雅不止一次重复战争恐怖的主

---

❶巴利亚多利德——西班牙城市。

❷博纳尔（1867—1947），法国画家，属“纳比派”。马尔凯（1875—1947），法国画家，追随野兽派。

题，他用表现个别的场面来填补想象的现实。毕加索看到了新的时代，空前的、可怕的集体死亡。他不想表现一个个场面，他把自己想象中的战争表现出来了。悲剧的可视要素是什么样的呢？没有飞行员、没有炸弹也没有武器；将死的马、将士的剑、大火中从窗内向外跳的妇女、安详自得的公牛、明亮的灯、紧抱着孩子大声喊叫的母亲。画上几乎没有颜色。巨大的几何平面表达出战斗的现代机械性质。毕加索的这幅画给予诗人艾吕雅灵感，使他写出长诗《格尔尼卡的胜利》。我曾去过西班牙，看到过那燃烧的城市。1946年，在第二次世界大战结束后，我又一次看见《格尔尼卡》。坦率地说，我认为那幅画是最正确、最现实主义地表达出现代战争的恐怖与悲剧。我不能无动于衷地看这幅画。我想起马蒂斯对毕加索的评语："你可以永远赞叹，——他是用自己的血浆来绘画的……"

《格尔尼卡》是在1937年画的，《朝鲜的屠杀》作于1957年，《战争》与《和平》则是1952年的作品。克劳德·鲁阿曾企图分析这位难理解的大师的创作。他说："当然，完全可以不从真理向后退一步，便可给予毕加索以社会学的解释，指出他的创作中刺痛我们时代的矛盾余音，希望和失望，消灭和创造，过去和未来的搏斗。完全有可能，这种分析的结果，说明毕加索当他体现时代的人道主义力量时，能清晰地表现自己；反之，则惊慌失措、屈服于毁灭的力量。但是，我觉得还没有力量来做这样的分析，我怕把近乎情理当成真理……"

毕加索热爱生活，热爱大自然、群众、孩子、动物、诗歌、树木。生命力和时常促使他去创作的破坏性灾难之间是有矛盾的。他会突然把前不久还在其中看到美与和谐的女人的脸劈开，丑化起来。我曾看见过毕加索在1954年春所画的一个少女的十二个姿势图。起先，她是个漂亮的女孩，渐渐地变成了怪物。但是，对此不满的人们，显然既不愿意理解美术家的心灵，也不愿意理解他所生活于其中的社会。他的某些作品的悲观主义、反常现象、残酷并非出自美学原则，当然也不是追求革新，而是受良心、对人的爱、为人遭欺负的恨和人性所驱使。毕加索——是哲学美术家、革命美术家。“美术并非为了装饰居室”——他这样说。他在这个问题上是忠于自己的伟大先驱们的——米开朗琪罗、伦勃朗、戈雅。

毕加索早期作品里有许多抒情色彩和对他所表现的不幸人们的同情，后来便开始了造反、破坏、有时是失望的冗长时期。当然，在那些年里，他也有过希望，在二三十年代的许多画里充满着和解与和谐。我觉得他在最近十年里的作品有更多的希望，似乎在经历过可怕的暴风雨之后，他找到心灵安静的陆地。

他在瓦洛里斯度过几年，那是法国南方的一个小城市。毕加索对陶瓷产生兴趣，他在那里找到一个小作坊，可以烧制碟、盘和罐。搞陶瓷，说明了毕加索对过去、对古希腊和罗马的社会与文化、对平凡与和谐的联系。鸽子、鱼、人的面孔、果实闪闪发光。

在瓦洛里斯的广场上矗立着毕加索的雕像——《人和公羊》。这个雕像——是对生活的肯定。小学生们在它周围玩耍、老大妈们在繁茂的梧桐树下织毛活儿，情侣们在说悄悄话。能否理解和接受毕加索的争论在美术界还没有平息，然而瓦洛里斯的居民则已怀着爱望着他的雕塑——对他们来说，并不存在关于各种"涂鸦"的争吵。存在着的只是他们可爱的广场、人、公羊、劳动和生活。

当看毕加索儿童时代的画时，你会惊奇，十四岁的他画得真好。不久前，我曾看过电影导演克鲁卓拍摄的有关毕加索的影片。那部影片没有情节，他表现毕加索如何绘画，天才靠一支笔便在纸上出现一大群形象。这部影片在莫斯科放映过，每次在无形处出现画时，立即掌声四起。

毕加索的画准确、简练，他从不想为它涂上颜色。他作各种各样的画，一时想起安格尔，一时又想起古希腊的高脚盘。他画了很多。有几百只鸽子、几百个安宁闲静的场面——老人、孩子、少女、山羊、绵羊、树；几百幅假面具——战争的幻象；几百幅斗牛场面，数不尽的人物画像，特别是妇女的；一长串成套的画，表现着美术界对生活的无能为力：《美术界和模特儿》。

1948年，在弗洛茨瓦夫世界和平大会期间，毕加索给我画了幅像。当他画完时，我问他："这么快？"因为我觉得摆姿势时间太短了。毕加索笑起来，说："可我了解你有四十年之久……"（我承认——我非常感谢毕加索给我画的这幅画：他帮助我了解我自己）毕加索的肖像画让人去想模特儿的内心世界。

毕加索的鸽子飞遍了全世界；我在中国的农村、在阿根廷、在印度都看见过它们。鸽子很早以来便被认作和平的象征。赋予一个老的形象以新的力量是很难的。毕加索的和平鸽极为纯洁、动人；同时又似儿童需要保护，又是各族人民的良心，它不可战胜。为了创作它们，需要的不只是对它们的了解，还要有许多别的。毕加索把自己对我们时代的一些大问题的看法注入其中。他站到西班牙共和主义一边不是偶然的。他知道，他这样做是向他生活于其中的社会挑战，他所采取的政治立场，不是一时的兴之所至，而是多年经验和思考的结果。近年来，法国共产党员是不轻松的。毕加索表现出他的最大品德——忠诚、忠于自己、忠于人民和时代。

我和他在各种和平代表大会上碰面，他带着耳机，认真地听发言。他的眼神里含着极大的满足，因为他感受到周围都是他的同志和朋友。

在拥护和平的群众集会之后，我和他在罗马的街头上漫步。那是个工人区。有人认出了著名的美术家。人们开始拥抱毕加索，同他握手，要他抱一抱他们的孩子。这些人大概仅仅看见过他作品中的飞入他们家中的鸽子，但是他们理解这个伟大人物是同他们肩并肩地站在一起的，因此各尽所能地要对他表示自己的爱。

关于这一点，阿拉贡曾经写道："千百万人仅从幽默杂志的挖苦文章中知道毕加索，那被操纵的嘲笑声忽然间中断了，换成对他深深的衷心信任。"

有人说，毕加索是西方抽象（或者按从前的说法是无物）艺术盛行的罪魁祸首。其实，毕加索从来是以具体的物、自然和人为出发点的。模仿他的美术家把许多事情都搞混了。毕加索的特点不仅在于他独特，而且还是无法重复的。他不承认那些自认为是他的学生或继承者的人。

毕加索和当代抽象美术的信徒之间不仅在形式方面不同（毕加索从物出发，而抽象美术则是从几何学或从观赏点出发），而且在他们之间还有一个内在深渊；毕加索从来都是，而且也将永远是人道主义者，他最关心的是人、人的历史、人的悲剧。

他的创作是统一的，同时不仅是多样的，而且也是不同的；在内在统一的情况下，他的创作犹如收藏着不同画家的作品的美术馆。当然，这些矛盾是属于用笔习惯，而不是美术家的精神面貌，不过我觉得，倘若有远见的后人能根据毕加索的创作来评论二十世纪上半叶的外观，那么粗心的观众会把在一个大厅里展出的绘画当做是不同时代的作品。

很难说，后人会从毕加索的创作中受到什么启发，不过我肯定，他会在美术的未来发展上打上自己的印章。他对于我来说，是活生生的证明，证明美术是有生命力的、无法抵御的，炸弹消灭不了它、机器人消灭不了它、人类感情的代用品也消灭不了它。

孟广钧　译

伊萨克·列维坦

〔俄罗斯〕巴乌斯托夫斯基

画家萨夫拉索夫[1]的两只瘦手哆哆嗦嗦。他要喝完一杯茶,非把肮脏的本色台布洒湿一片不可。他那乱糟糟的花白胡子有一股面包和伏特加酒的气味。

三月的雾像茶炊的灰蓝色烟气,笼罩在莫斯科上空。天已近黄昏了。白铁落水管里结的冰正在融化,轰隆隆掉在人行道上,摔碎了,留下一堆堆淡青色的水晶。这水晶让肮脏的皮靴一踩,立刻变成了烂泥浆。

大斋的钟声在旧莫斯科的木柴场和死胡同的上空凄凉地回荡着,——那是上一世纪80年代的莫斯科了。

---

[1]萨夫拉索夫(1830—1897),俄罗斯巡回展览派画家,俄国现实主义风景画的奠基人之一。

萨夫拉索夫用一只旧得发灰的杯子喝着酒。他的学生列维坦是一个精瘦的孩子，方格子的上衣打有补丁，灰色的裤子显得太短，正坐在桌边听萨夫拉索夫说话。

"俄罗斯，她没有可以为她描绘的人，"萨夫拉索夫说道。"我们还为祖国感到羞耻，就像我小时候为我讨饭的祖母感到羞耻一样……她是个安安静静的老奶奶，老是眨巴那双血红的小眼睛，死的时候，留给我一尊谢尔吉·拉多涅日斯基[1]圣像。最后对我说：'小孙子，你就得学这样画画，让人见到天上地下的美，整颗心都会哭。'圣像上画着花花草草——我们最普通的长在荒径上的花草，还有白杨树林围绕的湖。我那祖母真有心计！我当时画水彩画出售，拿到喇叭广场上去给小贩。画的东西，回想起来都害臊。不是富丽堂皇的宫殿，里面塔楼耸立，就是一群粉红色的天鹅，在池塘中嬉戏。真是胡诌，丢脸。从青年到风烛残年，我画的东西根本不是我心里向往的。"

那孩子不大自在，默默无语。萨夫拉索夫点起了煤油灯。隔壁那熟皮匠的房间里，一只金丝雀啾啾唧唧地唱了起来。

萨夫拉索夫犹豫不决地推开了空酒杯。

"彼得戈夫和奥拉宁博姆[2]的外景我画过多少回，数都数

---

❶谢尔吉·拉多涅日斯基(约1321—1397)，莫斯科以北扎戈尔斯克的谢尔吉圣三一大修道院的创建者和院长。

❷彼得戈夫是彼得宫城1944年前的旧称，奥拉宁博姆是罗蒙诺索夫城1948年前的旧称。

不清了。我们这些人平庸得很，面对那巍峨壮丽的气象，心里只有叹服。创造这些宫殿和花园的人，他们的奇妙构思让我们震惊。这么一来，我们也就谈不上去注意、去热爱我们潮湿的田野，歪斜的农舍，小片的树林，低低的天空了！我们没有这个能耐啊！”

萨夫拉索夫挥了一下手，又倒了一杯伏特加。他那干巴巴的手指长久地转动着杯子。街上包铁皮的大车隆隆走过，震得杯中酒不住颤动。萨夫拉索夫悄悄地把酒喝干。

“有一位大师叫柯罗，”他被酒呛着了，一边说道，“他是在法国作画的。他能在漠漠的烟雾，灰蒙蒙的天空，荒野的河水中发现美。令人销魂的美！可我们……我们是瞎子还是怎么的，我们的眼睛不喜欢光。我们是猫头鹰，夜猫子，”他恶狠狠地说着，站了起来。“夜盲，胡诌，丢脸！”

列维坦明白，他该走了。他想吃东西，但是萨夫拉索夫已有六七分酒意，谈兴正浓，忘了给学生吃茶点。

列维坦走了出去。几个赶大车的人傍着车子走着，脚下搅和着雪和水，嘴里骂骂咧咧。林荫道上，雪花不断沾在光秃的树枝上。小饭馆像洗衣房一样，门口热气扑人脸。

列维坦在衣袋里找出十三个戈比，那是绘画与雕塑学校的同学间或募集起来接济他的。他走进了小饭馆。留声机里响着铃铛声，奏着《在卡卢加的老路上》。一个模样委顿的堂倌在柜台旁边跑过，一边龇牙咧嘴地大声对老板说：

“给这小犹太人一份腊肠和面包。”

列维坦是个缺衣少食的穷孩子，是科夫诺省[1]一个小地方基巴尔塔的犹太教牧师的孙子。这会儿他在莫斯科的小饭馆里，弓背坐在桌边，回忆着柯罗的画。肌脏不堪的人们在周围闹闹嚷嚷，如怨如诉唱着歌，喷吐着刺鼻的黄花烟，菜盘本已吸吮过，又倒上开水，呼啦呼啦喝这黄汤。湿雪一片片沾在黑糊糊的玻璃窗上，教堂的钟声不乐意地一声声鸣响着。

列维坦长久地坐着，他没有急事可办，无须赶到哪儿去。他的学校在肉市街，他平常过夜就在那阴冷的教室里，他在那儿躲着外号叫“魔鬼”的看门人。他唯一的亲人是住在别人家里的姐姐，有时候给他些东西吃，给他补旧上衣。为什么父亲要从小地方来到莫斯科，为什么父母亲在莫斯科那么快的死去，撇下列维坦和姐姐流浪街头，这孩子百思莫解。在莫斯科孤苦无援，过日子很困难，尤其因为他是犹太人。

“再给小犹太人一份面包，”堂倌对老板说道，他像果戈理笔下的彼得鲁什卡一样摆动着两条腿，“看样子，他们的上帝没给他饱饭吃呢。”

列维坦低下了头。他想哭，又想睡觉。屋里热，他的两腿痛得厉害。夜里玻璃窗不断沾上一层又一层三月的湿雪。

1879年，警察局让列维坦从莫斯科迁到别墅区萨尔特科

---

[1]科夫诺省是旧俄的一个省，今在立陶宛境内。

夫卡去。沙皇有令，不准犹太人住在“自古以来俄罗斯的首都”。列维坦当时十八岁。

列维坦后来回想起，在萨尔特科夫卡过的夏天是一生中最难熬的日子。天热得透不过气来。几乎每日天空雷电交加，窗下的干枯杂草被风吹得瑟瑟作响，可就是不下一滴雨。

黄昏时分更是恼人。邻家别墅的阳台上点了灯。夜蛾子成群地往灯罩上冲撞。槌球场上木球打得噼里啪啦响。男中学生和姑娘们嬉笑取闹，争吵不休，打完一场球以后，天已很晚了，又有一个女声在花园里唱起悲伤的抒情歌曲来：

你爱听我的歌声，声声让你陶醉……

当时波隆斯基、迈科夫和阿普赫京的诗比普希金的普通曲子还出名，所以列维坦竟不知道这首抒情歌曲的词儿是普希金写的。

他每晚听篱笆那边陌生女人的歌声时，还想起了另一首唱什么《爱情在痛哭》的抒情歌曲。

他很想见到唱得那么嘹亮而悲伤的女人，很想见到打槌球的姑娘们，还有那几个发出胜利的欢呼，把木球直打到铁路路基去的男中学生。他很想在阳台上用干干净净的杯子喝茶，用匙子挤柠檬片，久久地等待着匙子上流下一道杏子羹的透明汁水来。他很想哈哈大笑，尽情嬉闹，玩捉人游戏，唱歌唱到半夜，大步奔跑，听男中学生们激动、低声地议论那位写了一篇被书刊检察机关禁止的短篇小说《四天》的作家加尔申。他很想看看那唱歌女人的眼睛，——唱歌人的眼睛总是半睁半闭，充满忧伤之美的。

但是列维坦很穷，差不多是个乞丐。方格子的上衣破烂不堪，穿在身上已太小。染满油画颜料的两手从袖子里伸出来，就像鸡爪子似的。整个夏天都光着两只脚。这么一副模样，怎么能去见开心的避暑人啊！

于是列维坦躲起来了。他弄来一只小船，划到别墅区池塘的芦苇丛中去写生，——坐在小船上，谁也打扰不到他。

在树林中或田野上写生比较危险。那儿白桦树荫下，可能会遇上读当时摩登作家阿尔博夫[1]小书的妖娆女人的鲜艳小伞，或者像老母鸡似的领着一群孩子的家庭女教师。谁也不像家庭女教师那样看不起穷人，让人难堪。

列维坦躲开避暑人，一面想着夜间的歌声，一面写生。他完全忘了，在他的绘画与雕塑学校里，萨夫拉索夫曾预言他会得到柯罗式的荣誉，而科罗温[2]兄弟俩和尼古拉·契诃夫[3]等同学每见到他画成一幅画，都要因此争论怎样才是真正俄

❶阿尔博夫(1866—1897)，俄罗斯植物区系学、植物地理学家兼游行家。

❷兄谢·亚·科罗温(1858—1908)，弟康·亚·科罗温(1861—1939)，都是俄罗斯画家。

❸作家安东·契诃夫有两个哥哥，大哥为亚历山大·契诃夫，文学家(见下文)，二哥为尼古拉·契诃夫，画家。

罗斯风景的优美。未来的柯罗式的荣誉，完完全全湮没在他为生活、为袖子肘部破损和鞋掌磨坏而感到的委屈中了。

列维坦那年夏天在户外作了不少画。那是萨夫拉索夫要他这样做的。春季里有一天，萨夫拉索夫醉醺醺的来到肉市街的画室里，怒冲冲地打掉满是尘土的窗子，弄伤了手。

“您画的什么？”他用哭一样的声音喊道，一边掏出脏手帕擦血。”烟草冒的烟？马粪？灰不溜秋的泥泞？”

打碎的窗子外面，白云飘浮，太阳在大楼圆顶上照出灼热的光斑，蒲公英的绒毛蒙蒙飞舞，——那时莫斯科的家家院子都种蒲公英。

“画面上要有阳光！”萨夫拉索夫喊着，早惹得看门人“魔鬼”不以为然地不时往门里张望。“春天温暖的天气，您白放过了！雪化了，山沟里雪水奔泻，为什么您的画稿上看不到？椴树开花了，下雨不像下雨，好像天上流银，您的画面上又表现在哪儿？丢脸，胡诌！”

列维坦自从挨了这顿严厉的训斥以后，开始到户外写生了。起初他难以习惯对颜料的新鲜感觉。在有香烟烟雾的房间里本来显得明朗、纯净的，到了户外却不知为什么暗淡了，蒙上了一层模糊的东西。

列维坦力求在画面上可以感到有空气，以空气的透明显示每一棵小草，每一片树叶和草垛。周围的一切都似乎沉浸在一种宁静的、青幽幽的、光闪闪的东西中。列维坦把这种东西叫做空气。但这不是我们所看到的那种空气。我们呼吸着那种空气，我们感觉到它的气味和冷暖。列维坦所感到的空气却是无限的透明物质世界，这种物质使他的画面增添了十分迷人的柔和特点。

夏天过去了。那陌生女人的歌声不常听到了。一天黄昏，列维坦在自家篱笆门旁边遇见一个年轻女人，她的连衣裙袖口镶着花边，一双细长白皙的手从黑色的花边里露出来。空中布满柔云。雨点稀稀落落。庭前花园里的花发出苦味。铁道的箭形灯柱上点亮了灯。

陌生女人站在篱笆门旁边，想打开小伞，但是打不开。最后打开了，雨点滴滴答答落在丝伞面上。陌生女人慢慢向车站走去。列维坦没有看见她的脸，那张脸被雨伞挡住了。她也没有看到列维坦的脸，只看到他的肮脏的赤足。她把伞举高，免得碰到他身上。暮色中他看到一张苍白的脸。他觉得这张脸似曾相识，俊俏动人。

列维坦回到自己的斗室躺下。蜡烛冒着烟，雨淅淅沥沥地下，车站上醉汉在号啕痛哭。从那时起，列维坦心中渴望着母亲的、姐姐的、女性的爱，直至他生命的最后时日。

这年秋天，列维坦画了《鹰猎区的秋日》[1]。这幅作品中，

---

[1]鹰猎区在莫斯科东北部，17世纪前为大片森林，是皇家用鹰狩猎的地方，19世纪末始为文化休息公园。

他第一次画出了灰蒙蒙的金色的秋天，显得那么凄凉，就像当时俄罗斯的生活，像列维坦本人的生活，画面又悄悄透出一点温暖，揪着观众的心。

一个身穿黑衣的年轻女人，顺着鹰猎区公园的小径，踩着一堆堆落叶走着，这女人就是列维坦怎么也忘不了她的歌声的那个陌生女人。“你爱听我的歌声，声声让你陶醉……”她一个人在秋天的树林里，如此形单影只，处于一种黯然神伤的氛围之中。

《鹰猎区的秋日》是列维坦唯一有人物的风景画，而那个人是尼古拉·契诃夫画上去的。此后，他的画上一次也没有出现过人。代替人的，是森林和牧场，雾蒙蒙的泛滥的水面和低矮、孤寂而沉默的俄罗斯农舍。

在绘画与雕塑学校学习的年代结束了。列维坦画了最后一幅毕业作品——阴天，田野，一捆捆割下来的庄稼。

萨夫拉索夫匆匆看了看画，用粉笔在反面写上：“银质大奖章。”

学校的教师们有点怕萨夫拉索夫。他总是醉醺醺的，爱找碴儿，对学生却如同对平辈一样，不过一喝醉酒，他就会否定一切，把多数公认的画家，大叫大嚷贬为无才，要求画面上有空气，有辽阔感，有光。

教师们原本憎恨萨夫拉索夫，所以也就迁怒于他喜爱的学生列维坦，何况才华横溢的犹太孩子也曾激怒过某些教师。在他们看来，这犹太人是不该接触俄罗斯风景的，那是地道的俄罗斯画家的事。毕业作品被认为不配得奖章。列维坦没有得到画家的称号，他拿到的只是一张习字教师的证书。

当代一位最细腻的画家，契诃夫的未来的朋友，俄罗斯大自然的第一位尚显胆怯的歌手，就带着这张可怜的证书，走进了生活。

在列维坦夏天所住的小村子马克西莫夫卡那儿一所板棚的门口，契诃夫兄弟们挂了一块招牌："商人伊萨克·列维坦贷款处"。

要过无忧无虑的生活的理想终于实现了。列维坦同画家尼古拉·契诃夫，同契诃夫一家人来往很密切，同他们家比邻过了三年。当时契诃夫一家每年都在新耶路撒冷附近的巴布金诺村消夏。

契诃夫一家人都很有才华，热热闹闹，爱挖苦逗乐。他们闹起来没个完。每一件小事，连捕鲫鱼或者到树林里去采蘑菇，也会变成一件愉快的大事。一早坐下喝茶，就有不可思议的故事，虚构的情节，说得大家哄堂大笑。笑声一直延续到夜晚才停息。每一个有趣的脸相，或者可笑的话，都会被大家逮住，成为开玩笑和捉弄的把柄。

列维坦当靶子当得最多。他经常被指责犯了各种各样滑稽可笑的罪过，最后总要对他进行审判。安东·契诃夫扮检察官，宣读起诉书。听众笑得从椅子上倒下来。尼古拉·契诃夫扮傻证人。他的口供自相矛盾，颠三倒四，装出先自害怕起来的模样，活像契诃夫的短篇小说《凶犯》中的乡下人，那个把铁轨上的螺母拧下来当铅锤，去钓赤梢鱼的人。亚历山大·契诃夫充当辩护人，发表词藻华丽的表演式的演说。

列维坦那张漂亮的阿拉伯型的脸更是一个目标。契诃夫写信时经常提到列维坦的漂亮，他写道："我要到您那儿来，我像列维坦一样漂亮。"又说："他懒洋洋的像列维坦一样。"

但是列维坦的名字，不仅代表了男性美，而且代表了俄罗斯风景的特殊之美。契诃夫常把"列维坦"当作形容词，用得非常贴切。

"这儿的大自然比您那儿更列维坦，"他在一封信中这样写道。甚至列维坦本人的画也不都一样：有些画比其他的画更列维坦。

起初这似乎是玩笑，但是随着时间的推移，就愈来愈明白，这个有趣的词儿包含着准确的意思，表达出了俄罗斯中部风景的特殊魅力，因为当时所有画家中，只有列维坦一个人善于在画上描绘出这种魅力。

在巴布金诺房子附近的草地上，有时会发生令人咋舌的事。日落时分，列维坦穿了阿拉伯游牧的贝都英人的衣服，骑了一头老驴子，来到草地上。他爬下驴子，蹲下来，开始面向东方祈祷。他举起双手，悲悲切切地唱着，朝麦加方向行礼。

这是伊斯兰教的祈祷仪式。

安东·契诃夫坐在灌木丛中，握着一枝老式步枪，子弹是用破纸烂布做的。他狠狠地瞄准列维坦，扳了扳机。草地上腾起烟雾。河里青蛙拼命地叫唤。列维坦装出中弹而死的模样，尖叫一声倒在地上。大家把他抬上担架，手上套了旧毡靴，绕公园抬着走。契诃夫一家人扯开嗓门，用悲哀的葬礼曲调，唱着即兴胡乱编成的歌词。列维坦笑得浑身乱颤，直到忍不住了，才蹦到地上，急急跑回房子去。

黎明时，列维坦同安东·契诃夫到伊斯特拉河去钓鱼。他们喜欢选灌木丛生的陡岸，在静静的深水潭上面钓鱼，水面睡莲开满了花，一群群红眼鱼在温暖的水中游来游去。列维坦轻轻地念着秋特切夫[1]的诗。契诃夫却直眉瞪眼，轻轻地骂着，——他那儿鱼正上钩，可是鱼很小心，念诗声把它吓跑了。

列维坦早在萨尔特科夫卡时所向往的种种，如今都成为现实了——玩捉人游戏，乡村花园树丛上挂着一弯新月的黄昏，晚上喝茶时面红耳赤的争论，年轻女人的嫣然一笑、羞态可掬或软语温存，善意的争吵，小树林上空颤动的星斗，鸟儿的啼鸣，夜间田野上大车的吱嘎声，同有才华的朋友的亲密交往，应得荣誉的即将来临，充满身心的轻松感。

尽管列维坦过的生活中有说不尽的夏日的乐趣，他还是作了很多画。他的板棚原是鸡舍，如今四壁上下挂满了画稿。

[1]秋特切夫(1803—1873)，俄罗斯诗人。

粗粗一看，其中没有任何新东西，还是大家所熟悉的曲曲弯弯消失在山坡背后的道路，小树林，辽远的田野，村边栅栏上空的明月，田野上树皮鞋踩出的小径，云彩和缓缓流动的河流。

画面上见到的是熟悉的天地，然而其中有一种特色，不是贫乏的人类语言所能形容的。欣赏列维坦的画，仿佛让人回想起非常遥远的、永远诱人的童年，心中不禁怆然。

列维坦是凄凉风景的画家。当人凄凉的时候，风景也总是凄凉的。多少世纪以来，俄罗斯的文学和绘画总是描绘着寂寞的天空，贫瘠的土地，歪斜的农舍。"俄罗斯，贫穷的俄罗斯啊，你那灰溜溜的农舍，你那随风荡漾的歌声，就像初恋的眼泪一样。"

一代又一代，人们用饿得昏花的眼睛看着大自然。觉得大自然就像他们的命运，像一大片潮乎乎的黑面包一样苦。就连热带的明朗的天空，在饥肠辘辘的人看来也觉得是冷漠的。

于是，凄凉像一副毒性持久的毒药，就这样炮制了出来。这服毒药摧残了一切，使颜料失去光亮，失去艳丽，不再变幻。柔和的丰富多彩的俄罗斯大自然，长期被认为是阴沉的，悲戚的。画家和作家们是在诬蔑俄罗斯大自然，自己却并不知晓。

列维坦出身于既无权利也无前途可言的犹太人区，是西部边区❶的人，那里净是些败落的犹太人的小地方，到处是生肺病的手艺人，黑色的犹太教堂，到处拥挤而贫乏。

列维坦一生都摆脱不了无权地位。1892年，他尽管已是全俄闻名的画家，却再度被逐出莫斯科。他只好隐居在弗拉基米尔省，一直到靠朋友们的活动，驱逐令撤销时为止。

列维坦是没有欢乐的，就像他的人民、他的祖先有史以来不曾有过欢乐一样。他在巴布金诺嬉笑取闹，迷恋于姑娘们和颜料，然而在他的内心深处，却总有一腔隐痛，那就是他本是一个受歧视的、没有权利的人，是遭到侮辱性排挤的人种的一个弃儿。

有时候这隐痛强烈得使列维坦难以自制，于是忧郁症就发作了。因为不满自己作的画，苦于自己的手无法用颜料描绘出他的自由想象力早已创造出来的东西，忧郁症就更加恶化了。

忧郁症发作以后，列维坦就赶快躲开人。他觉得他们都是敌人。他变得粗鲁，无礼，偏执。他发狠地刮掉画上的颜料，避不见人，带着一条叫维斯达❷的猎狗去打猎，不过实际上他并不打猎，而是无目的地在森林里闲逛。在这种日子里，只有大自然顶替了他的亲人：大自然给他以慰藉，轻风仿佛母亲的手抚摸着他的额头。夜里田野上阒然无声，列维坦在这样

❶西部边区指19世纪到20世纪初俄罗斯欧洲西部的九个省。
❷维斯达原为古罗马司畜群并保护食物和炉灶的女神名字。

的夜里可以摆脱人类的愚蠢和好奇，得到休息。

在忧郁症发作期间，列维坦自杀过两回，但是仍活下来了。两回都是契诃夫救了他。

病态消失了。列维坦回到人们身边，重新拿起画笔，爱恋之心再度苏醒，又信赖起人来，陷于复杂的人际关系中，直到忧郁症又一次发作。

契诃夫认为列维坦的忧郁症是精神病的开始。然而这也许是每个对自己和生活都有严格要求的杰出人物无法医治的病症。

所有画成的画，似乎都是不尽人意的。在画布上所涂的颜色之外，列维坦看到了别样的颜色——更明净更浓重的颜色。他想用这些颜色，而不是用工厂生产的朱砂、钴蓝和镉黄来描绘俄罗斯的风景，因为这风景像九月的空气一样透明，像黄叶飘零时的树林一样有丰采。

但是每当他作画的时候，阴郁的心情却总要掣肘。他长期不能、也不善于画得明亮、透明。画布上光线暗淡，颜色阴沉。他怎么也无法让颜色微笑。

1886年，列维坦第一次离开莫斯科到南方克里木去。

在莫斯科时，他画歌剧道具画了一个冬天，这个工作他没有白做。他开始比较大胆地使用颜料，下笔比较自由了。真正的画师所具有的一种特点，是能够大刀阔斧地处理材料，这在他也初露苗头了。这个本领,凡是致力于体现自己的思想和形象的人,都是必须具备的。作家需要勇气,来对待词汇和自己储备的见闻;雕塑家也需要勇气,来对待黏土和大理石;而画家则要敢于对待颜料和线条。

列维坦在南方所看到的最珍贵的东西，是明净的色彩。他觉得在克里木度过的时间，好像是一个连绵不断的清晨，夜来净化了的空气像山谷大水库中的水一样明净,远远地就能看到树叶上流下来的露珠,数十里之外就能遥见白花花的浪沫涌向岩石嶙峋的海岸。

南方大地上晴空万里,这使色彩十分清晰和显豁。

在南方,列维坦十分清楚地感觉到,支配色彩的唯有太阳。绘影绘神的奥妙,是在于阳光;俄罗斯大自然显得一片灰蒙蒙之所以美丽,只是因为同样是阳光,不过这阳光是透过潮湿的空气层和薄薄的云幕,减弱了。

太阳和黑色是互不相容的。黑色不是色彩,这是色彩的尸体。列维坦认识到了这一点,从克里木回来以后,就决心从画布上去除阴暗的色调。诚然,这一点他并不总是能成功的。

自此以后为阳光而斗争,就延续了许多年。

这时在法兰西，凡·高致力于在画中描绘把阿尔勒葡萄园变成一片赤金的如火阳光。差不多同时,莫奈在研究兰斯大教堂围墙上的阳光。他吃惊的是,薄薄的光雾能使这巍峨的大教堂显得没有重量。仿佛这教堂不是用石头砌成,而是用染成不同淡颜色的气团造就。非得走到教堂跟前去,伸手摸一摸石头,才能回到现实中来。

列维坦下笔时还是胆怯的。那两位法国人却大胆而坚定。个人的自由感,文化传统,有聪明同行的往来,都对他们有帮助。列维坦却缺乏这些。

自从去了一趟南方,列维坦除平常的忧郁症以外,又爱经常回忆那干燥、清楚的色彩,回忆那可以把人类生活中每一个普通日子变为节日的阳光。

莫斯科没有阳光。列维坦住在特维尔街"英吉利"公寓的房间里。夜来全城冷雾迷茫,到了白天,因冬日过短,雾还不及消散,屋里只好点煤油灯。昏黄的灯光加上潮湿阴暗的天色,给人的脸上和已动笔的画上布满肮脏的斑点。

他又穷起来了,尽管时间不算太长。没有钱可付房租,女房东只好让他用画稿来抵账。

女房东戴上夹鼻眼镜来看"画片",挑选最流行的画,这时候,列维坦不禁无地自容。让人最吃惊的还是,女房东的叨咕同报纸批评家的文章不谋而合。

"列维坦先生,"女房东说道,"您为什么不在这片草地上画一头良种母牛,在这棵椴树下面画一对情侣呢? 那么瞧起来就有味儿了。"

批评家们写的也是诸如此类的意见。他们要列维坦画上鹅群,马群,牧童和女人的形象,使风景生色。

批评家要的是鹅，列维坦想的却是辉煌的太阳，太阳迟早要朗照他画面上的俄罗斯，使每一棵白桦树显得有重感，像贵重金属似的闪闪烁烁。

自从去了克里木以后，伏尔加河长期地稳定地进入了列维坦的生活。

第一次去伏尔加并不顺心。细雨蒙蒙，伏尔加河水混浊。风驱赶着河面单调的短短的波浪。列维坦住在伏尔加河岸边一个村子的农舍里，整日凄风苦雨，连玻璃窗上也淌着眼泪。远处一片冥蒙，附近万物都隐没在灰蒙蒙的色调中。

天气寒冷，伏尔加河岸泥泞滑脚，无法到户外写生，列维坦十分苦恼。

他失眠了。隔壁房东老太太鼾声如雷，他唯有羡慕而已，他把这种心情写信告诉了契诃夫。屋顶雨点淅淅沥沥，每过半小时列维坦划一根火柴，看一看表。

黎明时分，仍是一片茫茫夜色，寒风发威作势，十分讨厌。列维坦感到害怕了。他仿佛觉得黑夜会延长几个星期，他是被流放到这个肮脏的小村里来，注定要一辈子听那湿漉漉的白桦树枝抽打原木垒成的房墙的声音了。

有时候他夜间走到门外，脸和手被树枝抽打得生疼。他愤愤然，抽起了香烟，却又随即扔掉，——酸溜溜的烟味使他咬紧了牙关。

伏尔加河上传来汽船明轮一个劲儿劳作的咚咚声,那是一条拖船，正把几条臭烘烘的驳船拉到上游的雷宾斯克去。拖船上有几盏昏黄的一闪一闪的灯。

列维坦觉得这条大河像是通往阴暗地狱的入口。黎明降临,也没有让人感到神清气爽。云团挤挤挨挨,从西北方拥来,带来漫天烟雨,雨幕仿佛水淋淋的衣服下摆,在地面上拖过。歪斜的窗口寒风呼啸,冷得人手发紫。蟑螂都从颜料箱里跑了出来。

列维坦是没有耐性的。他所企望的同他现实中所见的不相合,他就灰心丧气了。他要太阳,太阳却没有;他恼火得眼睛发花，开头竟然没有看出阴雨天所特有的那种灰蒙蒙、蓝幽幽的优美色调。

但是,画家终于战胜了神经衰弱患者。列维坦看到了雨天之美,创作出了有名的“雨景”:《雨后》和《黄泉之上》。

《雨后》这幅画,列维坦是在四个小时之内作成的。阴云和伏尔加河水的如锡的颜色,形成明暗相配的柔和色调。这色调随时都会消失。列维坦赶忙画了下来。

列维坦的画是需要慢慢欣赏的。它们不会让人目眩神摇。它们朴素而准确,就像契诃夫的短篇小说一样,但是看得越久,那外省的村镇、熟悉的河流和乡间土道的宁静就显得越可爱。

《雨后》这幅画中,包含着伏尔加河岸小镇上多雨黄昏的全部美色。水洼闪闪有光。阴云像低低的烟雾，飘向伏尔加的彼岸。轮船烟囱上冒出的蒸气，弥漫在河面上。岸边的数条驳船因为受潮，显得黑黢黢的。

在这样的夏日黄昏，可以美滋滋地走进干燥的门堂，走进刚刚擦过地板的低矮的房间，那里已经点上灯，窗户洞开，窗外雨滴淅淅沥沥，荒芜的花园异香沁鼻。可以美滋滋地欣赏旧钢琴的弹奏。那变弱了的琴弦的声音有如吉他声。钢琴旁边的木桶里长着一棵发黑的橡皮树。一个女中学生坐在圈椅上，盘起腿，看屠格涅夫的小说。一只老猫在各房间窜来窜去，它的耳朵神经质地抖动着，——它在听厨房里有没有笃笃的刀声。

街上传来包装用的椴皮席的气味。明天是集市，大车陆陆续续向大教堂广场走去。轮船朝下游驶着，追赶着盖了半边天的积雨云。女中学生注视着离去的轮船，她的眼睛变得蒙蒙眬眬，睁得大大的。轮船要驶到下游的城市去，那里有剧院，书籍，吸引人的会面。

市镇周围是黑麦地，遭雨水日夜浸泡，一片乱糟糟。

《黄泉之上》这幅画中，阴雨天的诗意表达得更为浓郁。这幅画是在特维尔省的乌多姆利湖岸作的。

山坡上黑苍苍的白桦树被一阵阵烈风吹弯了腰，白桦树之间有一座原木建成的老朽教堂，山坡下面伸展着没有尽头的荒凉小河，草地因天气阴雨而显得黑漫漫，上面是大片的云空。沉重的阴云饱含着冷冰冰的水分,垂垂欲坠。倾斜的雨幕笼罩着原野。

在列维坦以前,哪一个画家也没有以如此悲怆的力量描绘过俄罗斯阴雨天的茫茫远方。阴雨天是那样安静而庄重,令人感到雄壮之美。

第二次去伏尔加比第一次顺心。列维坦不是一个人,而是同女画家库夫申尼科娃一起去的。这位令人感动地爱着列维坦的天真女人,被契诃夫写进了《蜻蜓姑娘》这篇小说中。为了这篇小说,列维坦把契诃夫恨之入骨。友谊破裂了,和解过程十分缓慢苦恼。列维坦至死也没有原谅契诃夫这篇小说。

列维坦同库夫申尼科娃到了梁赞,从那儿乘船沿奥卡河下到丘尔科沃村。他决定在村里留下来。

太阳快落到田野上的土山后面了。孩子们追赶着被夕阳照红的鸽子。长草的河岸上烧着一堆堆篝火,水洼地上大麻鸻凄切地叫着。

在丘尔科沃的码头上,有一个身材矮小、一只眼睛眼底出水的老人走到列维坦跟前。他忍不住拉了拉列维坦的柞丝绸上衣的袖子,粗糙的手指把料子揉了半天。

“你干吗呀,老大爷?”列维坦问道。

“呢子,”老大爷说着,打了个嗝儿。“想瞧瞧呢子。听,窸窸窣窣地响，声音跟娘儿们的头发一样。敢问那一位是谁，是老婆吗？"老大爷指了指库夫申尼科娃。他的眼睛变得恶狠狠的。

"是老婆。"列维坦回答。

"瞧着——是，"老大爷恶狠狠地说罢就走开。"树精才明白是怎么回事，干吗你们满世界溜达。"

头一回就遇见这么个人，往后看来不妙。第二天早晨列维坦同库夫申尼科娃到山坡上坐下，打开颜料箱以后，村子里竟乱成一团。女人们走门串户。男人们头发上带着麦秸，双眉紧锁，松开腰带，慢腾腾聚集到山坡上，坐在稍远的地方，默默地望着两个画家。孩子们站在背后，鼻息咻咻，你推我挤，彼此相骂。

一个没牙的女人走到列维坦旁边，把他看了半天，忽然嚷道：

"上帝啊，你这家伙干什么呀？"

男人们也七嘴八舌。列维坦脸色苍白地坐着，好容易忍住，决定说句笑话敷衍过去。

"别瞧，老婆子，"他对那女人说，"眼珠子会瞧裂的。"

"呜—呜—呜，没羞没臊，"女人喊了一句，撩起衣襟擤了擤鼻涕，走到男人堆里去。那里有一个眼睛老挂着泪水的修道士，不知从哪儿来到丘尔科沃，住在当地教堂里的，拄着拐杖，身体晃动起来。

“那两人是祸水！”他小声喊起来。“他们想要干什么，不明白。他们在画上帝的草地。准有一场火灾，乡亲们，准会有灾难了。”

“开会去！”眼内出水的老人喊道。“咱们这儿可没有这么个规矩：跟娘儿们一块画画儿！开会去！”

只好收拾颜料走了。

当天列维坦和库夫申尼科娃离开了村子。他们来到码头上的时候，教堂旁边闹哄哄开着莫名其妙的会，只听见修道士尖声怪叫：

“那是祸水、是异教徒。那女人头上就没有遮盖。”

库夫申尼科娃既没有戴帽子，也没有包头巾。

列维坦顺奥卡河到了下诺夫戈罗德，从那儿又转乘去雷宾斯克的船。他和库夫申尼科娃天天坐在甲板上，望着两岸，寻找能写生的地方。

但是始终不见有好地方，列维坦心情愈来愈坏，总说疲倦得很。河岸慢慢地单调地迎面而来，既没有可以入画的村庄，也没有静静的徐缓的河湾，能让人悦目爽心。

船到普廖斯时，列维坦终于从甲板上见到一座用原松木建成的古老的小教堂。它在碧空下显得黑黢黢的，第一颗星星在它上面闪闪烁烁。

这教堂，这黄昏的沉寂，还有在码头上卖牛奶的女人如歌的声音，使列维坦感到此处十分宁静，于是当即决定在普廖斯留下来。

从这时起,是他一生中短短一段快乐的时光。

这个市镇人烟稀少,静悄悄的。唯有教堂的钟声,畜群的叫声,夜间更夫的梆声,才把寂静打破。山坡的街道上和冲沟里,牛蒡开着紫花,滨藜丛生。家家户户薄纱窗帘外的窗台上,晾着椴树花。

白天太阳朗照,天气稳定而干燥。俄罗斯的夏天愈接近秋天,愈被染成成熟的颜色。八月里,苹果园的叶子已呈粉红色,田野一片灰白,晚上伏尔加河上空挂着彤云。

忧郁症过去了,连回想起来都不好意思。

每天都有意料不到的感人的事:一个花眼的老妇人把列维坦当作乞丐,在他的颜料箱上放一枚磨损了的五戈比硬币;或者几个孩子你推我搡,前来求他给他们画像,然后扑哧一声笑,跑散了;再不然邻家一个年轻的女旧教徒悄悄来到,像唱歌似的悲叹自己命苦。列维坦把她叫做奥斯特洛夫斯基《大雷雨》中的卡捷琳娜。他决定和库夫申尼科娃一起帮她逃出普廖斯她已厌恶的家庭。逃跑的事是在郊外小树林中商议的。库夫申尼科娃同卡捷琳娜低声说着话,列维坦躺在树林边上,如有危险就轻轻吹口哨警告两个女人。卡捷琳娜真的跑成功了。

去普廖斯以前,列维坦只爱俄罗斯的风景,但是这个广大国土上的人民,他是不了解的。他了解谁呢?母校那粗鲁的看门人“魔鬼”，小饭馆里的堂倌，公寓里横蛮无礼的茶房，丘尔科沃粗野的庄稼汉。他经常见到的是凶恶、肮脏、盲从、自我鄙薄、对犹太人的蔑视。

在普廖斯那段生活以前，他不相信人民有古道热肠，有理性，能明白许多道理。去过普廖斯以后，列维坦感到自己不仅接近了俄罗斯的风景，而且接近了它的人民，有聪明才智的、苦难深重的、不知是因为面临新的不幸还是伟大的解放而似乎沉寂下来的人民。

这第二次去伏尔加，列维坦作了许多画。契诃夫看了这些作品后对他说：“你的画上已有微笑了。”

列维坦的“伏尔加”作品《金色的普廖斯》、《清新的风》、《傍晚的钟声》中初次有了明亮部分和光辉。

我们差不多每个人都从童年时代起就记得那些积满落叶的林中空地，记得祖国山明水秀的悲伤的角落，那里阳光和煦，天空澄碧，水面风平浪静，迁栖的鸟儿喳喳鸣叫。

到了成年，凡有极微小的缘由，哪怕是车厢窗外一闪而过的风景，这些往日的回忆便一个劲儿翻腾出来，使我们心里产生连自己也不明白的幸福激动的感情，竟愿意抛弃一切，抛弃城市、手头的事情、亲朋好友，到那僻静的地方、不知名的湖岸、林中道路上去，那儿每一个声音都像在山顶上一样听得清楚久长，不管那是火车头的汽笛声，还是小鸟在花楸树丛间来回飞翔时的啁啾。

往日所见到的可爱地方的那种感情，看了列维坦的“伏尔加”和“秋天”的画便会油然而生。

列维坦一生中可说的事不多。他很少旅行。他只爱俄罗斯中部。他认为到其他地方去都是白白浪费时间，连出国他也觉得是如此。

他到过芬兰、法国、瑞士和意大利。

芬兰的花岗石，它那黑黝黝的河水，像凝胶似的天空和阴沉的大海只会令人烦恼。“我又没完没了地犯严重的忧郁症了，”列维坦从芬兰给契诃夫写信说，“这儿没有大自然。”

瑞士的阿尔卑斯山使他惊异，但是这些山的外貌，列维坦觉得同硬纸糊的、涂上大红大绿颜色的模型毫无区别。

在意大利他只喜欢威尼斯，那儿的空气有丰富的银白色调，那是不大透明的濒海湖造成的。

在巴黎列维坦看过莫奈的画，但是没有记住。只是在逝世之前，他才珍视印象派的画，明白他本人在某种程度上是他们的俄罗斯的先驱，所以他第一次以推崇的口吻提到他们的名字。

列维坦最后几年在乌多姆利湖岸上的上沃洛乔克附近度过许多时日。在当地地主帕纳菲季内的家里，他又陷入了复杂的人际关系，开枪自杀，但是被救了……

列维坦愈成熟，他心里愈常停留在秋天上。

诚然，列维坦画过几幅出色的春景，但这几乎总是好像秋天的春天。

《大水》这幅画中，水淹的小树林像深秋时一样光秃，连绿茵茵烟雾似的初舒的嫩叶都没有。《早春》中，一条黑沉沉的深河僵卧在还盖着酥雪的山沟中，只有《三月》这幅画，描绘出了开始融化的雪堆之上真正春天的明朗天空，黄灿灿的阳光和木板房子台阶上滴下来的亮闪闪的融水。

俄罗斯的诗人、作家和画家为秋天作出了非常柔美动人的诗、书和画。

列维坦也像普希金、秋特切夫和其他许多人一样，把秋天当作一年中最宝贵的瞬息即逝的季节来期待。

秋天抹去森林、田野、整个大自然的浓重颜色，以雨水将绿色统统冲洗掉。树林变得稀疏透光了。夏天发黑的色彩为怯弱的金色、紫红色和银色所替代。不仅大地的颜色起了变化，连空气也变了。空气较为明净、寒冷，使远方显得比夏天深邃多了。正如文学巨匠和美术大师的笔下一样，他们青年时代色彩的浓艳和语言的华丽，到了成熟之年也是为严峻和高雅所替代。

列维坦的作品中，秋天是多种多样的。要开列他所画的所有秋日，是不可能的。列维坦留下了一百幅左右“秋天的”画，不算画稿在内。

这些作品描绘出了从童年时代起就熟悉的景物:受潮发黑的干草垛,漩涡中慢慢转动着落叶的小河,还没有被风刮掉树叶的孤零零的金色白桦树,宛若薄冰的天空,林中采伐迹地上的霏霏秋雨。不过所有这些风景画不论画的什么,最动人的还是表达出了一种凄婉的情味,因为时序已经到了别离的日子,黄叶飘零,青草枯萎,蜜蜂面临寒天而轻轻地嗡嗡叫,入冬前的太阳只是微微地温暖着大地。

列维坦的严重的心脏病一年年地渐渐发展起来,但是无论是他本人,还是他亲近的人,对此都不了解,终于有一天,心脏病第一次剧烈地发作了。

列维坦没有就医。他怕找医生,怕听见死亡判决书。医生当然会禁止他去接近大自然的,而这对他来说无异于死亡。

列维坦比青年时代更忧郁。他更经常地到森林中去,他逝世前的一个夏天住在兹韦尼戈罗德附近,那儿人们常看见他满脸泪痕,惘然若失。他知道,无论是医生,无论是宁静的生活,无论是他发狂似的爱恋的大自然,都无法推延他的快到的末日了。

1899年冬天,医生让列维坦去雅尔塔。

当时契诃夫住在雅尔塔。老朋友重逢,两人都老了,彼此疏远了。列维坦笨重地拄着手杖走路,气喘吁吁,对所有的人都说自己快死了。他怕死,他不隐讳这一点。心脏几乎不断地疼痛。

契诃夫思念莫斯科，思念北方。尽管照他自己的话说，海是“大”的，它使世界缩小了。除了大海和冬季宁静的雅尔塔，生活中似乎什么也没有留下。哈尔科夫、库尔斯克和奥廖尔那边很远很远的地方，有皑皑白雪，贫穷村庄的灯火在茫茫暴风雨中像瞎子似的眨着眼睛，暴风雪仿佛讨人喜欢，荡人心腑，比伯克林[1]画的柏树和这海滨甜丝丝的空气更令人神往。这空气常使人头痛。这儿的一切都好像很可爱：无论是森林，还是叫什么佩霍尔卡或者韦尔图申卡的小河，以及晚间荒野的干草垛，一垛垛孤零零的，笼罩着朦胧的月光，仿佛被人永远遗忘了。

病病恹恹的列维坦向契诃夫要了一张硬纸，半个小时之内用油画颜料画出了散落着干草垛的晚间田野。契诃夫把这幅画稿插在写字台旁边的壁炉上，工作时经常要看它。

雅尔塔的冬天干燥，满地阳光，海上和风送暖。列维坦回忆起第一次克里木之行，于是他想到山上去。他不断回想起有一次上了山，从艾-佩特里顶峰上见到茫茫云空在自己的脚下。太阳挂在头上，——这儿太阳仿佛离地面近得多，淡黄的阳光投下了准确的阴影。云空在底下深不可测的地方缭缭绕绕，慢慢爬到列维坦的脚边，罩住了松树林。

天空在底下移动，这使列维坦感到害怕，正像从未遇见过的山间的寂静令人害怕一样。只有岩屑的沙沙声才偶尔打

[1]伯克林(1827—1901)，瑞士印象派画家。

破这寂静。板岩从斜坡上落下来，碰得刺一样扎人的干草晃动起来。

列维坦想上山去，请人把他送上艾–佩特里顶峰，但是遭到了拒绝，因为山上空气稀薄，对他是致命的。

待在雅尔塔没有用。列维坦回到莫斯科。他在三圣胡同的家中几乎是足不出户。

1900年7月22日，他与世长辞了。那是暮色沉沉时分，第一颗星辰出现在莫斯科的高空，树木的繁叶笼在一片昏黄的尘雾中，染着夕阳的余晖。

时已夏末。七月里丁香花还没有开尽。房子旁边的整个小花园里长满沉甸甸的丁香花丛。列维坦是在画室里逝世的，画室里充满树叶、丁香花和油画颜料的气味，这种气味伴随了画家一生，伴随着他在画布上表达出了俄罗斯大自然的凄凉情味——这大自然也同人一样，似乎企望着另一种欢乐的日子。

这种日子在列维坦逝世以后很快就到来了，他的学生们看见了老师所没有看见的：新的国家——它的人变样了，所以风景也变样了——我们的明朗的太阳，我们辽阔国土的壮丽，天空的明净和列维坦所生疏的喜洋洋的色彩的闪光。

列维坦没有看到这些，因为只有当人是自由愉快的时候，风景才能有喜气。

列维坦是想笑的，但他在画面上连淡淡的微笑也表达不出来。

他太诚实了，不能不看到人民的苦难。他是巨大的贫穷国家的歌手，是它的大自然的歌手。他是用受苦受难的人民的目光来看这大自然的，他的艺术力量就在于此，他的魅力的谜底在某种程度上也在于此。

1937年

潘安荣　译

一个画家

〔瑞士〕黑塞

一个名叫阿尔贝特的画家未能在青年时代让自己的作品达到他所渴望的成就和影响。他退缩了，决定满足于现状。这么着过了几年。但是日复一日他越来越感觉受不了。当他坐着，画着一幅英雄人物像时，一些思想总是不断浮现在他脑海："你所做的事是否确有价值？这幅画真有必要吗？对你或者任何其他人，也许还是整日游逛或者喝酒消遣更为恰当？或许另外做些绘画之外的事，你倒能让自己稍稍获得麻醉和遗忘，稍稍排遣难以打发的时光？"

这种想法阻碍了他的工作。阿尔贝特不时完全停止作画。他出门转悠，他喝酒，他阅读书籍，他到处旅行。但是这一切也不能让他心里觉得好受。

他不得不经常苦苦追忆，究竟是什么样的愿望和祈求促使他有一天开始了绘画生涯。他回想起自己曾经有过的感情和愿望，他记得那时在他与客观世界之间猛然出现了一股汹涌而美丽的激流，又轻柔地鸣响着某种既强烈又亲切的乐音。他很想借助英雄人物和壮丽景色表现自己的内心感觉，以便有朝一日让观看自己作品的观众反过来从外面再度生气勃勃与充满感激地迎向它们并受到同样照耀。

是的，他却一直没能画出它们。它们只是一场梦，就连这场梦后来也渐渐淡薄和微弱。现在，当阿尔贝特漫游世界各地，或者孤零零逗留在某个偏僻地方，或者驾船航行，或者独自翻山越岭的时候，这场梦却频繁地不断显现了，与往年的梦境有所变化，却同样美丽，同样具有吸引力，同样充满了富于青春活力的渴望和光芒。

噢，他多么经常地渴望——渴望感受到介于自己与世界万物之间的那种共振啊！能够体会到他的呼吸和风儿的、海洋的呼吸完全一样，因为在他和万物间原本存在着亲缘血统，存在着和睦亲爱，存在着和谐共鸣的啊！

于是他不再追求如何通过绘画来呈现自己和表达渴望，不再指望画能够带给他理解和爱，让他获得颂扬和肯定。他不再考虑英雄人物及其形貌，它们一向都是他显示和转化自己本质特征的地方。他现在只想感受那种共振，那种汹涌激流，那种隐秘的热情，他愿溶入其中使自己化为乌有，使自己死去和再生。于是新的梦诞生了，而新的、加强了的渴望使他的生活变得容易忍受，并注入了若干意义。他变得清明，他获得了拯救。

阿尔贝特的朋友们，他总算有些朋友，却不完全了解他的种种幻想。他们仅仅看到阿尔贝特越来越内向，静静地活着，说话和微笑都那么古怪，他经常出门，却不参与其他人喜爱和视为重要的活动，不关心政治和贸易，不参加任何舞会和射击比赛，不介入讨论艺术问题的聪明谈话，总之，凡是他们寻得欢乐的地方他一概不感兴趣。他成了一个怪物，一个近乎呆痴的人。严寒的冬日，他奔跑着穿过灰色阴冷的空气，却说在这种空气中闻到了香味，看见了色彩；他亦步亦趋追随着一个小小的孩子，倾听小拉拉自得其乐的歌声；他一连几个钟点呆呆瞪视着一片绿水，一座花坛；或者痴痴望着一些线条，有时是在一段砍下的树木上，有时是在一个树根或者一只萝卜上，那神态就像一个读书入迷的读者。

渐渐没有人再关心他。他当时生活在一座陌生的小城市里，有一天清晨他步行穿过一条林荫路，他的目光随着树干间一条潺潺流动的小河望去，看见了陡峭的黄色黏土河岸，它那含矿物的滑溜溜地面上纵横交错丛生着灌木和荆棘。他听见自己内心深处有些声音在鸣响，便站停了。他感觉自己的灵魂里有一首来自神话世界的老歌又开始奏响了。那是棕黄色和灰蒙蒙的绿色，或者是湲湲的河水和陡峭的河岸，那是某一种色彩或者线条的互相关系，或者是某一种声音，他纯属偶然望见的这幅特殊景色是那么美，不可想象的美，感动和震撼着他，在同他说话，使他起了变化。他感觉到了树林和河流之间，河流和自己之间，自己和天空、土地、灌木丛之间的共振以及最深的相互关系，万物似乎合而为一，又都各自孤零零。它们似乎为了映进他的眼、他的心，为了和他相逢向他致意才在这个时刻如此联合在一起的。他的心成为了河流和杂草，树木和空气互相团聚的地方，它们在这里和谐统一，在这里彼此联结获得升华，最终在这里举行爱的伟大庆典。

后来当这种奇妙的经历很少出现的时候，那种壮丽的幸福感仍旧像一重金色晚霞或者一阵花园香气般密密匝匝包围着这位画家。他珍视这种甜蜜而沉重的感觉，但是他不能够让自己久久逗留其中，对他而言，它们过于丰美，让他充满紧张，充满激动，简直近于恐惧和疯狂了。它们比他强大，它们吸引他，冲走他，他害怕自己因而沉没。而他不愿意如此。他愿生存，一种永恒的生存！是的，他还从不曾像眼前似的衷心渴望生存！

有一天，就在这样一阵陶醉之后，他独自一人静静待在自己房间里。他把放颜料的箱子搁在面前，摊开了一小张画纸——隔了数年之后他终于又捡起了画笔。

他坚持画着。那种"我为什么要画？"的思想没有再出现。

他画着。除了看与画，一切都不管。他要么跑出户外溶化在万象世界里，要么就坐在屋里让那种激流再度汹涌。他的小画纸上密密画满了一幅又一幅景象。草地上的一片雨天，一段花园矮墙，林子里的一条长凳，一条乡村小路，当然也有人和动物，以及一些他从未见过的东西，或许是英雄人物或者天使，但是在他脑海里，它们是和矮墙、树林一样确实活生生存在的。

当他重又回到世俗人们中间时，大家便知道他已恢复作画。人们发现他几乎像个疯子，但是对他的画很感好奇。他却不愿拿给任何人。人们不肯放过他，责备他，并施加压力。他只得把房门钥匙交给一位熟人，自己却出门旅行了，当别人观看自己作品时，他不愿意在场陪同。

人们来了，画室里一片惊呼喧哗，人们在一个画家身上发现了某种了不起的天分，尽管纯属怪才，但是确实得自上帝的恩赐，专家们、宣传家们无不异口同声断定。

阿尔贝特本人这时正投宿在一座村庄里，他租了一间农民小屋，从行李里取出了颜料和画笔。他重又满怀喜悦地穿越着河谷和山峦，以便将来把自己的体验和感觉再反射到画幅中。

他在那里读报时得知，世界各地的人都拥向他家去观看自己的画了。他在小酒店里边喝酒边阅读着首都某家报纸上一篇写得很漂亮的长文章。他的名字被排成黑体字，字里行间处处都是溢美之词。然而他越读越觉得奇怪。

“画里的蓝衣女人衬着金色背景多么光彩照人！——一种全新的、闻所未闻的勇敢精神所创造的迷人和谐！”

“这幅静物写生画里的玫瑰造型也惊人出色。——还有这一系列美妙的自画像！我们必得把它们列为心理分析肖像画艺术的最佳作品。”

奇怪，真奇怪！他记不得自己画过什么玫瑰写生画，也没有画过穿蓝衣的妇女，他还从来不知道自己曾画过自画像。相反，另一些他自己十分心爱的画，文章里却只字未提，既没提黏土河岸，也没提天使们，也没提下雨的天空以及其他东西。

阿尔贝特回转城市。他穿着旅行服装来到门庭若市的寓所。大门口坐着一个看门人，阿尔贝特不得不出示名片才进了自己家门。

这里全都是他的画，他都很熟悉。但是有人在画前挂了说明卡片，而那上面所写的一切，阿尔贝特完全一无所知。他不知道那些“自画像”及其他标题。他站在自己的画和那些完全陌生的画名前，静静沉思了片刻。他发现，人们完全可以把这些画冠以与他创作原意不同的标题。他看到，他借助花园矮墙叙说了自己某些感受，别人可以理解为一片云彩，而他那幅岩石画上的裂缝，别人也可以认为是一幅男人头像。

这一切毕竟并不重要。然而阿尔贝特宁可离开。他又静静地走开了，从此没有再回到这个城市。他继续画了许多画，给它们都加上了标题，工作使他幸福，但是他再也没让任何人看他的画。

1918年

张佩芬　译

风景画家柯罗

〔日本〕德富芦花

一次望富士

白雪皑皑的富士山峰，
尽管高高耸峙，
只要肯攀登，
总能寻到路径。

一

堪称法国现代风景画家之父的卡米尔·柯罗[1]，生于法国

---

[1]柯罗(Jean Baptiste Camille Corot，1796—1875)，芦花最喜爱的法国风景画家。

大革命时期断头台鲜血未干的1796年，普法战争疮痍犹新的1875年以八十高龄辞世。他去世已经二十多年了，欧洲美术界虽然各种新现象叠起，名家巧手辈出，但柯罗终于不死。其清纯如诗的一生，和那些收缩造化之妙机于尺幅之间、永远成为怡悦之泉源的几帧名画一起，使艺林青岚长熏不尽，为画坛永葆流风余韵，至今吸引人们辗转低回。

二

柯罗的父亲先是理发师、后做服装生意。他生在巴黎，在卢昂读了七年小学，接着进入呢绒店待了八年。然而，柯罗最终还是柯罗。他利用闲暇到塞纳河畔散步，借云天流水以娱目，或者去观察维尔·达布列森林变幻无尽的晨昏风景。他的心一天天脱离商店的账簿，而被自然掠去。恰巧，有位画家米夏隆[1]愿意教他绘画。此后，柯罗的心思全不在生意上了。写生本藏在衣兜里，随身携带，商店的柜台成了画板。这位风度翩翩的二掌柜，画纸画笔在柜台上随处乱放，客来，急匆匆接待；客走，又连忙奔向画稿。父亲对柯罗说：“我本来想让你做一名出色的店主，但看你如今这般执著于绘画，在我活着的时候，不打算给你做生意的本钱。但是，我可以每年给你一千五百法

---

[1] 米夏隆（Achille Etna Michallon，1795—1822），法国风景画家，比柯罗长一岁，意大利留学后归国不久，即同柯罗会面。

郎，其他你就别再想了。”柯罗抱着父亲的脖子，欣然称谢，当天即取来画布、画笔，首先将亲眼见过的风景速写下来。及至老年，柯罗对朋友说：“想起当初父亲答应我做画家并开始写生那一天，商店里的女店员们都来看小老板画画。其中有一位罗兹姑娘来得最多。姑娘现在还在，她还是个姑娘。她经常来看我，上一周还来过呢。我对她有不胜今昔之感。当时画的画今天一点儿也不显得旧，还是原来那样。但是，罗兹姑娘怎样了呢？说起来我又怎样了呢？”一年一千五百法郎不是个大数目，然而柯罗本来是个无所欲求的人，身无系累，心有希望。欣欣然一年一千五百法郎可以足衣食，迩来三十年不贪一钱之多，不留一毫之负债。“知子莫如父”，然而往往“不知子亦莫如父”也，后来柯罗名声大振，荣获名誉勋章。其父犹不信儿之伎俩，问柯罗的朋友：“阁下，你看卡米尔真的有绘画天才吗？”朋友大肆赞扬柯罗，他还是不相信，但每年照样加倍地给钱。柯罗是孝子，一次游意大利，到达威尼斯时，接到父亲的信，信中说自己甚感寂寞，柯罗当天就返回来了。壮年之日，和同辈宴饮欢谈、豪兴大发之时，想起晚上九时母亲等他回家玩骨牌，立即退席。他身似金刚大汉，心像小羊一般柔弱。

三

柯罗最初的老师米夏隆，向青年画家发出有益的劝告，他说："观察自然，将看到的一切真实地描绘下来，将感动摹写下来。"米夏隆不久死去，他又进入米夏隆的老师维克多·贝尔坦[1]门下。

贝尔坦是传统风景画家，其画作甚为机械化、形式化。然而，柯罗向他学习精确造型以及重视画面组合的风格。1825年，柯罗去了罗马。同辈画家取笑他的画，然而都爱画家。快活温柔的柯罗所到之处，带来一阵清风。一天，一位著名画家阿里尼来访，观看柯罗绘制罗马《大角斗场》画作，出来后参加希腊茶亭的美术家集会，他预言道："他日柯罗将成为我们大家的老师。"柯罗不久即受到了尊敬，大家对他满怀着期待。两年后回巴黎，开始参加沙龙画展，而后直到逝世的四十三年间，每年沙龙的墙壁上总能看到柯罗的绘画。

1833年，柯罗初获一枚奖牌，十三年后，因描绘枫丹白露林中的景色而获得名誉勋章。九年后获一等奖，十二年后获二等奖和高等名誉勋章。年复一年，美术家、评论家称赞柯罗之呼声益高，但是世间竟然不知道柯罗这位大画家的存在，就连他的父亲也不知道儿子的本事。他受父亲之恩、获得双倍的一千五百法郎时，那年已经五十岁了。他的画第一次发售时，已经六十岁了。柯罗初售画作，当买主一走，他就叹息道："啊，我的画本来已经搜罗齐全，如今就差这一幅啦。"此后，他的画越发好卖，柯罗仍然以为这是一场游戏。过去也有

[1]维克多·贝尔坦(Jean Victir Bertin，1775—1842)，法国风景画家。

过这样的事：当他听说一幅标价一万法郎的画作已经成交时，柯罗误以为丢了一个“0”字[1]，立即重新给沙龙的干事送去新的标价。1858年，他的画卖了三十八幅，获得两千八百四十六美元，这时他还以为朋友在开玩笑。所幸，柯罗长寿，他活着期间得以见到自己的画作售价涨到了二十倍。他曾经七百法郎出售的一幅画，后来卖到一万两千法郎。世界认识他虽然很晚，但最终还是认识了他。他半生热衷于绘画，对世间毁誉无动于衷，然而，社会在他的白发上加了一顶光荣的桂冠。柯罗欣然曰：“这不说明我的变化，我主张一成不变，终于获得了胜利。”

四

让画家更高洁些吧。使他不受六尘之欲所引诱，超然物外、专心致志吧。使他的心由嫉妒不平转向自由，使他淡于世间之好恶，单单走向美和真吧。人间清福之多半实为他所有，一架画布是他的帝国，一尺画毫是他的王笏。他汲自然不竭之泉水，自己饮水，也使他人饮之，个中有无限快乐，有慰藉，有生命。如柯罗者，实具有帝王所不能享受之幸福也。

他是自然的儿子。躯干倔强，终生不知病痛。性情恬静快活，他的身边常有清风吹过。他困苦得不到面包，更无一系累

[1]原文如此。“丢”疑为“多”字之误。

扰他之心。他有时失望——可谁没有失望过?有时他的画在沙龙展出,挂在角落里,不为人所注意,他看了心痛。有时听到妄评者的恶言,他眼含热泪。然而,这只是一刹那浮云过眼,一旦面对画架,便消失尽净。他曾叹曰:"若说绘画是愚事,诚不可不称为愉快的愚事。看我容貌,看我健康,哪里有那些不幸人们的容貌上所表现的辛劳、野心和悔恨的影像?如果这项技术能带来平和、满足和健康,我何乐而不为?"绘画是柯罗的初恋,是柯罗的爱妻,是柯罗的美食,是柯罗的一切!他无心求取世间的爱,然而识他者必然爱他。他壮年时,每有画家的集会,有他就有欢乐。他老年时,全巴黎的画家都称他柯罗老爷子,可知他受到了如何的敬爱。柯罗走到哪里,哪里就有热爱美术的学生,围在他膝下,满怀爱慕和赞美,望着皤然白发的他,将他口中说出的每一个字牢记心中。他把钱送给穷困的画家,向后进青年恳切赠言。他年老,德高望重,真正成了法国美术家的老爷子。

柯罗很不爱读书,其交游不外乎是同他共开法国绘画新风的功臣卢梭[1]、米勒[2]、杜比尼[3]等人。他三度游意大利,一度由瑞士去荷兰、英国,此外多半住在维尔·达布列森林旁边。

---

❶卢梭(Theodore Rousseau,1821—1867),法国风景画家,居于枫丹白露附近的巴比松,一生以当地自然为绘画素材。

❷米勒(Jean Francois Millet,1814—1875),法国画家,居于巴比松,善于描绘农民生活。名作有《晚钟》、《拾穗者》、《扶锄的人》和《牧羊女》等。

❸ 杜比尼(Charles Francois Daubigny,1817—1878),法国风景画家。巴比松画派之一,尤长于版画。

巴黎也有他的画室。柯罗酷爱音乐，巧于歌唱，而述说天然，句句皆诗。他老骨槎牙，白发赭颜，细眼巨口，面多皱而无髯，头戴花条纹棉帽，身穿长袍，嘴里一直衔着长长的瓷烟斗。当他以这副形象面向画架时，与其说是法国独一无二的风景画家，毋宁说更像一位老车夫。柯罗是自然的儿子，又是平民的儿子。他把画架放在道路中间时，村姑车丁过此能和他们搭话，对他是一种快乐。

柯罗一生的阴云是普法战争。他曾述怀："我若不懂绘画，战争将使我变成疯子。"又说："美术的终极意义唯有爱，比起可恨的战争尤其是恶劣的战争，又如何呢？"然则，巴黎围城之日，他怀着一位老爱国者的心情，立即返回巴黎，倾囊支援防御费用和救助伤病员，有时作画，有时去慰问穷人和病号。他晚年的几幅名画，实际上都是在这个期间完成的。1874年，在这年的画展上，人们议论要再次赠予柯罗名誉特别大奖牌，但后来又变了。可是全国美术家联名致书柯罗，说："毕竟奖牌算不了什么，最大的名誉叫做柯罗。"不久。画家之友、美术爱好者等共同醵资，造了一枚大金牌赠与柯罗。柯罗高兴地说："想到大家如此看重我，真令我欢欣鼓舞。"

这年，同柯罗一起生活的妹妹死了，柯罗身体再次衰弱下去。他对守护在病床旁边的弟子们说："我现在没有任何遗憾。七十八年来，身体壮健，五十年埋头于绘画。我的家人都很正直，我的朋友皆是好人。我一生没有害过什么人，我的命运非常幸福，我很满足，很感谢。此外没有别的了。”他想像父亲那样死去，第二天把僧人请到病床前边来。然而他临终前依然念念不忘绘画。他已经进入弥留状态，右手继续做出紧握画笔的姿势，叫道：“啊，真美！我再也看不到这样美丽的风景啦！”说罢随即瞑目。

柯罗终身未娶，以画为妻。他的一生就像他的画一般清纯，安详。美术局局长向努维尔莅临他的葬礼，并在他的墓前发表演说，他说：“巴黎的少年热爱你，你也热爱少年，而你的天才使你成为永远不老的少年。……你在千载不朽的名作中，以蓝天、绿树、禽鸟赞美上帝。……”话音未落，一只红雀飞来，停在墓边的树枝上，忽地唱起一首清歌。

1880年，柯罗的朋友相商，在他生前常去画画的维尔·达布列小湖畔，建立了一块石碑。十多年的春风秋雨，想必未能磨去碑面上的文字。寄语我美术爱好之士，若去法国游历，且莫忘记寻机到这块石碑下祭酹一杯清水啊。

五

柯罗是风景画家，人人皆知。他很喜爱维尔·达布列森林，经常将画架置于这座森林旁边。人们都知道，他尤其热爱春天的绿树节，热爱朝晖夕阴的时候，并将此描绘下来。然而，他不限于此范围，他画四季，画月夜。他所画的风景画里，几乎都有人物。他画《圣经》画，画花卉，画市街，画动物或裸体人物，画肖像四十余幅。他的素描集是包罗万象的写真。像柯罗这样勤勉的人可谓甚少。从年少到年老，他为了完成一幅画，要画无数幅预备稿。他的警句是"良心"。学生都以"良心"这一诨号称呼他。当学生问他怎样才能画好一幅画，他便随即用"良心"一词回答。柯罗说："真，是美术的第一要义，也是第二要义，第三要义。"很少有人像他那样反复研究自然，很少有人像他那样力求抓住自然的真相。他一面向画架上的画稿，就如临大敌，比起三军参加一场决战还要认真。

他曾说："画家首先要画的是服从自然之画，其次才考虑如何完成它。"柯罗初年之作，汲汲拘谨与自然之一点一画，笔细意肃。中年以后，眼光愈益高大，运笔愈益老熟，措其小而攫其大，部分置后，全幅优先，挥洒自由，真有波澜老成之感。他积多年之经验，与其解剖性地画物，更致力于画自己所亲见。也就是说，较之部分事实，更注重画出事实一致所产生的结果。一切事在未到达老熟之时，多不可为人所学，亦不可为人所忘。如柯罗者，亦是忘其所知之琐事，瞑目于所见之小部分，且除且抑，削去缠绕一个大画之小画趣、小风景，方能完成一幅画来。他首先解剖性地研究自然，最终综合地描绘自然。他的画浑然广阔，是基于精确的知识，其自由自在是来自对事实的忠诚；其感情的驰骋纵横，同时又不脱离道理，不忘记绳墨。他首先最忠实地观察自然和最忠实地描写自然，故而，他得以成为一位最自由的诗一般的风景画家。

六

本世纪中叶是法国美术的一个段落，这个时期，似是而非的古典画风被时代精神所驱除，画家的天地顿时扩大开来。再见吧，曾经和克劳德[1]、普桑[2]等人的名字共同留在记忆中的风景画，由于受到带荷兰风格的英国画的刺激，以及上溯到荷兰质朴画风本身的刺激，摆脱了僵死的桎梏，终于迎来了机运——产生了一个新流派、一种新倾向。乔治·米歇尔[3]就是先驱。其次有柯罗、米勒、卢梭乃至特罗容[4]，杜普雷[5]、杜比尼诸大家。他们从枫丹白露的林边雪崩一般拥向法国美术界，各自别开生面，恰如"眉山三子"进京、苏氏文章风靡天下一般，致使昏睡的美术俄然醒觉，于革新的途上阔步前进。正如今日所见，诸子皆为法国美术中兴的元勋，而柯罗则是留名

❶克劳德·劳伦(Claude Lorrain，1600—1682)，法国风景画家，善于细致描摹光的效果，是十九世纪外光画派的先驱。

❷尼古拉·普桑(Nicolas Poussin，1593—1665)，法国风景画家，近世法国绘画之祖。

❸乔治·米歇尔(Georges Michel，1763—1843)，法国风景画家，居于蒙玛特，被称为"蒙玛特的米歇尔"。

❹康斯坦·特罗容(Constant Troyon，1810—1865)，法国风景画家，画中巧于绘牛。

❺居勒·杜普雷 (Jules Dupore，1811—1889)，现代法国风景画的创始人，有《自然的习作》多种。

于麒麟阁上之一二人也。

柯罗曾说："画家有四务：第一，形，绘之而得其模；第二，色，注意比较轻重，得其是；第三，感情，产生于所受到的感触印象；第四，运笔，将前三者总括起来。如我，自我思之，感情则有之。即我心中聊有诗，则可使我得见所见之全部。然而，色则往往失之。图形之伎俩甚乏，运笔屡屡不免失败，乃是我继续努力不已之故也。"他有真正的自知之明。他所用之色，或不如一些今日名家所用之色种类丰富；他所画人物，解剖学上的弱点也不少；他运笔，未能达到一点一画都令鉴赏家满意。然而，尽管有这些缺点，柯罗却千载永在。这是为什么？他十分热爱自然，理解自然，同情自然，以传达活生生的自然为己任。自然是活的，一秒也不同。虽一片丛林、早晨之林与傍晚之林不同。虽一泓小湖，彼时之水与此时之水各异。柯罗是这样一个人：他不屑为僵死的自然胪列繁琐的目录和标本，而致力于将鲜活而富于变化的自然之意、自然之诗、自然之情态、自然之意象活生生地摹写下来。他为了捕捉这种意象，努力着眼于画题的博大形象和整体格调，着眼于一团色彩和其他色彩在整幅画面中的调和关系，观察天空的状况、大气的性质和光的浮动，攫取天空、大气、树叶不断震颤、跃动的机微。故柯罗的画，草，可知其硬软干湿；树，可见其厚薄明暗得宜，正如他经常夸示的，小鸟翩翩舞于枝头，光线映照于木叶深处；或蓝天静远而栩栩飞动，或白云轻柔触之即溶。

物上物下，若前若后，亦外亦内，凡柯罗之画，处处无不见大气、日光流动包绕。如此看来，写杳杳无尽之遥，写深远澄明、有光无声而微微浮动之青空，古来未有出柯罗之右者。画大气，画流动浮游、无所不至之阳光的性质，不得不推柯罗为射雕手也。

他虽然排斥似是而非的古典主义，成为一名倡导新画风的猛将，但并没有废弃纯粹的古典精神。他虽然在维尔·达布列的窗畔梦见神仙和泉水，成了一种理想主义的诗人，但他所画的均取自亲眼看到的自然的实相。他的画可以给希腊、罗马人观看，今天的法国人看了也不得不大加赞美。他所用之色，重褐色、灰色、淡绿色，很少使用令人目眩的色彩。然而他能在所使用的颜色范围之内做到曲尽其妙。调和不意味单调，风格不损害实体，柯罗特别注重积累这个时期比较轻重的研究，具有卓绝的把握风格的眼光。他能使色彩逼真，能使风格健全。故柯罗的画，画面常沉着而不轻躁，平和而不唐突。米勒、卢梭等大家，虽然平生和他把肘争先后，但在此一点上，确乎不能无所瞠若。柯罗作为几多新进画家的模范和向导，其缘由底里均在于此。他在某一点上实际是印象派的第一先登。他逝世以来，描写户外大气、描写日光以及描写日光下所见之物等技法日益进步，更加出奇制胜，如今即将达到柯罗未曾梦想过的高度。但是，若要寻绎这一系统的源头，可以发现有一根线连接在柯罗的坟上。

七

他是自然的儿子，是手握画毫的诗人。其最不可及之处即在于此，其之所以最可爱的缘由也在于此。古来几多画家，也有人比他画出更美的风景，但不如他浑身皆诗。他是一个真正的无声诗人。他所描绘的多是有色的散文，他画出了真正无声的诗篇。

他从受到荷兰感化的英国画风那里窥探一点写实的机微，吸收初年之师及意大利游历中得来的古典画风的精华，从荷兰画风里习得质实沉重之风。但是他的真正老师是自然。像华兹华斯一样，他真正的画室在野外。他很不喜欢学校、学院，提倡对于古代大师之作不必用手模写，而是以眼熟视就够了。画家欲养心、养手眼莫若广大的自然学堂。一旦进入这个学堂的人将永远不可去之，不可不常来此也。他作为一个真正为自然所养育的画家，更不会带有学校、画室的臭味。纵然其画风较之衣冠公卿无不像乱头粗服的野人，但其中却含有不可掩、不可夺的天趣。只要诗有读者，只要华兹华斯有读者，彭斯[1]有读者，柯罗无声的诗就会永世成为人间瑰宝。

他1861年所绘《俄耳甫斯[2]迎来早晨》，何等清净，何等富

---

[1] 彭斯(Robert Burns，1759—1796)，十八世纪苏格兰诗人。生于农家，用苏格兰方言写诗，为平民大众所喜爱。

[2] 俄耳甫斯(Orpheus)，希腊神话中的诗人和歌手。善弹竖琴，琴声能使鸟兽草木着迷。

有诗趣！眼见着朝暾东升，金光追逐残夜的云朵，三两株带露的高树，恰从睡眠中醒来，千万细叶在朝凉中闪动有声。诗人擎琴立其下。静观之，晨曦涨于纸上，遂觉清凉的朝气水一般浮动。静听之，树叶低语，禽鸟和鸣，思之可闻矣。当此时，有谁不想浴此光，吸此气，闻此歌，望此天之远，浸此朝之清，与俄耳甫斯共同心向蓝天、欢迎早晨的来临呢？他1851年所绘《圣塞巴斯蒂安》[1]，实际上可与此画共称双璧。画中，垂死的圣徒纵横满地，两名圣尼随侍左右，地面是树荫浓密的林壑，左右耸立着巨大的老树，郁郁森森。树木尽头的远景，可见小丘，丘上有一骑马武人映空而立，有两个小天使，手执殉道的棕榈叶，高高舞于垂死的圣徒之上。时已黄昏，树下一团昏黑，然天空有光，大气有香，悲壮而沉郁，和平且庄重，与俄耳甫斯那幅画朝昏相对，真有珠联璧合之观矣！若以《涅米湖的回忆》、《拾薪者》、《风景和牛马》为起始，到俄耳甫斯诸景，或悠扬，或潇洒，大者如长诗，小者似短歌，令人咏叹玩味不知所尽也。

他在选择风景画题上，较之午时，他更爱朝暮；较之伟大威力、恐怖沉痛者，他更喜欢悠扬和平之象；较之描绘凄风苦雨、突兀硗确等荒寥之景；他更爱描绘舒缓的风景和安详的自然之态。他的笔力，寓骨力于和平，寄法度于自由。他的画

---

[1] 圣塞巴斯蒂安(Saint Sebastian)，三世纪罗马军人，殉教者。受迫害而不舍对基督教的信仰，遂遭虐杀。

绝非艳丽纤巧之作，而富有壮汉般的阳刚之气。然而，他的本色是一位平和的画家，他的使命是向人们分赠恬静的愉悦，给他们送去自然的慰藉和欢乐。他曾说："吉拉库里阿克斯君赛猛兽，我只是一只小鸟。"他虽然如此谦卑，亦未尝没有自己的抱负。他常说："诸君好致力于补足各自的短处，然而最重要的是，诸君应顺从各人的天性，依赖自家的眼光。这就是良心，亦可谓诚实。其他不必顾忌。如此，诸君将获得幸福和成功。"他诗情满怀，取自然之风景，用自家诗肠诗眼，洗练出一位诗人画家。他深知，守其所信而不动，方为豪杰之士。

八

我深爱柯罗的画，更爱画家本人。观他生涯片断，更进一步思之，二十余年前，巴黎青年围绕在他周围，看着他满头白发，听他老而犹壮的嘴里吐出一句句金玉良言，谁能不感到艳羡？

诗有别才，画亦非无别才。梵蒂冈殿内的大壁画使米开朗琪罗的英魂永存千载，圣母基督的那幅，将拉斐尔优美温柔的人物雕刻在画面上直至今日，细思之，不能不想起这样的话来：事业是真正的人物的影子，画家造次之中所作一枚枚画幅，是于白日世间曝露自家肺腑的忏悔录。毕竟诗就是诗人，画实际就是画家。丰田结嘉禾，澄泉吐清水。柯罗之画就是柯罗自己。

柯罗逝世已二十余年，他的白骨已化作土中之灰，但他留在世上的几幅名作，至今依然在歌颂自然之美，歌颂上帝之爱，成为悲苦现世上有限的平和怡悦的一大源泉，使观者身心清净。而他八十年的生涯，清淡寡欲，温柔敦厚，快活而爱人，谦恭而不与物争。然而，他不阿世，不求人，特立独行，一意守其信而不动，虚心将一生献给绘画。他的经历，将作为后来美术家细心临摹的绝好粉本，传至几代之后。

明治三十三年

陈德文　译

子规的画

[日本]夏目漱石

我只有一张子规[1]的画。为了纪念亡友，我长时间地把它放在袋子里。随着时间的流逝，有时简直时常忘记它的所在。近来忽然记起，觉得这样放置，若是有个搬迁挪移之事，稍有不慎，便不知会散失在什么地方。所以想立刻把它送到裱糊店里，裱一裱悬挂起来。抽出包装纸袋，掸去灰尘，打开一看，画还是按原来的样子，潮乎乎地叠作四折，放在那儿。在我的记忆中，袋子里除了画以外，什么都没有。可是，竟还从中发现了子规的几封信。我从中选出最后那封和另一封不知年月的短信，在两封信中间夹上那张画，把三者归拢到一块儿拿去裱褙。

画，是插在小花瓶中的关东菊。构图是极其简单的。旁边

[1]正冈子规(1867—1902)，俳人，歌人，是漱石在第一高等学校念书时的同学，也是他的俳句老师。

还加了注解："把它看作行将枯萎的吧；把这笨拙的画技，看成疾病所致吧；如觉得我是在撒谎，你就支着胳膊肘画画试试吧。"从这个注解来看，他自己并不觉得他的作品很好。子规在画好这幅画的时候，我已经不在东京了。他是给这幅画题了一首歌寄来熊本的："瓶生关东菊，菊花行将萎；君今在火国，不知何日归。"

此画挂在墙壁上，看上去实在令人感到寂寥。花、茎、叶和玻璃瓶，仅仅使用了三种颜色。开花的枝上，只有两个花蕾，数一数叶子，总共才有九片。这孤寂的花草，笼罩在一片白色里，再加上周围是用冷蓝色画绢裱褙的，无论怎样看，也让你觉得心里冷冰冰的吃不消。

看来，子规为画这幅简单的花草，是不惜巨大努力的。仅仅三枝花，至少费了五六个小时的时间。画得极其仔细，一丝不苟。费这么大的劲儿，不仅病中需要极大的耐心，即使以他那作俳句、和歌时挥洒自如的性情来讲，也是个明显的矛盾。盖因他学画画之初，从不折❶等人那里听到画画必先写生的道理时，他便在这一花一草上，打算加以实践。不知他在画画方面，是忘记了使用他的俳句上已经谙练了的方法呢，还是缺乏这方面的本领。

由关东菊所代表的子规的画，既古拙又认真。在文笔上，凭才力他是可以一气呵成的。可是一接触到画具，却忽然变

❶他们共同的友人，画家中村不折。

得呆滞僵硬起来，笔锋畏畏缩缩，踟蹰不前。想到这里，我不禁微笑了。当虚子来看到这幅画时，他曾表扬说，正冈的画，这不是画得很好吗？我却不以为然。这画画得是那么单调而平凡，且又付出了那么多的时间和劳动；凭正冈的头脑和才气，干这心余力绌而又用不着干的工作，从而泛溢着他那掩抑不住的古拙。其画虽古拙，却有其朴实稳重之妙，古拙而苍劲，严肃而认真。正象征着其为人之刚耿和愚直。如果说子规的画虽拙犹美，使人钦羡不厌，也许其奥秘就在于此吧。然而，毕竟由于他腕下缺乏挥洒自如之巧，手中无运笔传神之妙；不能下笔点睛，迅即勾画出幽香雅境来，因此不得不舍弃捷径，而苦心孤诣地搞他的涂抹主义了。在这种情况下，一个"拙"字，对他来说，是怎么也难免的。

子规作为人，又作为文学家，是十分机敏的。在他的身上，很难发现"拙"的痕迹。在我和他交际多年的任何时候，从未记得他曾有过因"拙"而被人讥笑的先例。甚至连一瞬间都没有过。在他死后即将十年的今天，从他特地为我画的一束关东菊中，确实欣赏到了他的"拙"相来。其结果，不论使我失笑，还是悦服，对我来说，都是有极大的兴趣的。只是这画却是异常冷落孤寂，凄寒袭人。如有可能，真想让子规为补偿这一冷落孤寂，把这一"拙"劲儿，发挥得更雄浑些。

林怀秋　译

自然和色彩(外一篇)

〔日本〕东山魁夷

而今,我沿着山头的道路攀登。

向下一望,山谷幽深,山溪流淌,有浅滩,也有深潭。陡峻的山坡被阔叶林明丽的绿色遮盖了。风儿吹过,树叶翻飞,露出灰白的叶背来。浓碧的针叶林,默默地耸立着。

可以听到湍急的水声。一条银白的瀑布,细细地悬挂着。鸟儿无间歇地鸣叫。黄莺就躲在附近繁茂的林木里。对面山上传来布谷鸟悠扬的歌声。有时候,空中又飘荡着杜鹃浏亮的嗓音。

而今,我沿着山头的道路攀登。

雨住了,雾涌了上来。群山统一在碧青的沉静的色调里,远处的山笼罩在灰色的雾里，只露出些朦胧的轮廓。

雾漂流着，遮蔽了溪谷，攫走了峰峦。近处的树林伸展着枝条，变成一副奇怪的样子。看着看着，全然沉没到空漠的“无”里了。单一色的或浓或淡，像水墨画一般和谐而协调，带着梦幻和神秘。

突然，在那未曾料到的空间，清晰地浮现出一座碧青的山峰。

而今，我沿着山头的道路攀登。

枫树的红，白桦的黄，水楢的焦褐，橅树的金茶色，七度灶的深红。群山点缀着耀眼的红叶，间或杂有碧绿的常青树。山谷漂流着紫影。

各种色彩互相映衬，鲜明、丰润。在冬天到来的前夕，每一棵树木都把全部的生命力化为火焰，红艳艳布满山野。

阳光暗了，转眼间，争奇竞妍的色调一下子变得十分协调了，明暗的对立显得很平和，使人感到每种颜色都具有独特的韵味。眼下，这种幽静的景象正是静待着冬季到来的姿态。

而今，我沿着山头的道路攀登。

在一派银白的世界的底部，山溪变成细细的黑带子在流淌。交错的树枝戴着雪鸣奏出纤细的音律。被雪压弯的针叶树，不时颤抖着身子，将白粉像烟雾般抖落下来。

雪还在下。无声而猛烈。透过空中的微明，无数灰色的雪片飞舞着，席卷过来。看来，这是对我的威吓和警告。然而，山山谷谷都在沉静地安眠。

而今，我沿着山头的道路攀登。

金、银、黄、绿、粉绿、红……树木发芽了，早晨一起醒来，唱着明朗的歌。有的向上簇拥着，有的向下开放，小小的嫩芽，多么丰富多彩啊！

小鸟们在鸣啭，祝福这新生的喜悦。从哪里传来小啄木鸟叩击树干的声音。对面山上摇曳着白色花朵的是玉兰吧。

这里，我不是指的哪一座山顶，当我要叙述风景的色彩的时候，我的胸中便浮现出这样的情景。不管哪座山峦都会有这种风景的。日本列岛位于适当的纬度上，南北地形狭长，山脉像脊柱骨纵贯其间。气候湿润，树木种类繁多，葱茏茂密。有了这样的条件，日本的风景具有极为多彩的一面；同时又具有统一的一面。

亚热带的景观，具有亚寒带特征的风土，四季的推移十分鲜明。多高山，山顶积雪，中腹有红叶，山麓是绿色风景，气候、风景十分谐和。

但是，湿润的气候常常伴有云雾、烟霭，不像大陆性干燥空气的景色那般鲜明，而是带有抑制性柔和的独特的色感。

多彩和淡泊，华丽和幽玄，这两种对峙的风格兼而有之，美妙细腻，耐人寻味。从这一点来说，日本具有世界上无与伦比的风景。纵观美术史，既有大和绘的优雅，又有水墨画的枯淡，也不乏像等伯、宗达、光琳等画家那样在色彩画和水墨画两方面都留下优秀作品的事例。这些画家之所以被称作日本的巨匠，在于他们能把日本风景中色彩的特征加以高度运用这一点上。

我在这里谈谈日本的海的色彩。海有太平洋一侧的海，日本海一侧的海，还有珊瑚礁明艳的南海，冬季流冰遮障的北海，静谧的内海，汹涌的外海。地域和地形的相异也表现在这种色彩上。此外，深浅之差，春夏秋冬的推移，天候的影响，时间的变化，常常显现出迥然不同的面貌来。

我在神户送走了少年时代。那时经常到须磨的海边游泳，到淡路岛消夏。我有充裕的时间去亲近大海。黎明时分的天空，水平线附近被染成茜红色，万物生命的象征——太阳出来了，那是朝气蓬勃的庄严的一瞬。正午，海滩上的绿色蒙着黄橙，远处的洋面一派青蓝，海面跳出几段银白的水纹，波涛汹涌而来。天空、海洋沉浸在透明的薄紫里，傍晚的明星为这静寂的沙滨不时增添着光明。夜里，黑魆魆的洋面闪现着点点渔火，波浪撞击着沙渚，散射着灼灼粼光……所有这些，都化成一幅幅生动的画面留在我的心中。少年时代的我，与其说观察海景，毋宁说是同大海共呼吸，我的心和大海一起跳荡。

我对日本的海色具有特别的感触，是我美校毕业不久到欧洲游学两年之后，再度回国时产生的。那时节，说到海外旅行，就只有乘轮船。到欧洲去虽然经西伯利亚铁路距离最短，但人们常常还是选择海路，绕过遥远的中国的东海和南海、印度洋、红海，到达地中海，在马赛或那不勒斯登陆。

不用说，海色受天候和时间影响很大。尽管如此，应当说一个国家、一个地方，总是有它固有的色调。我去的时候，搭乘的是开往汉堡的货船，经地中海进入比斯开湾，穿过英吉利海峡，出北海，沿易北河溯流而上，到达目的地。

离开日本在海上度过两个月时光，我丝毫没有倦意。从东方到西方，异乡的海港风物奇幻绮丽自不待言，不断变化的海洋和天空的雄伟的景象，每天都给我新的喜悦和震惊。

归国时是在那不勒斯登船。已离开日本两年多了，和去的时候相反，这次是西方到东方，回归的路上也别有一番风情。尤其是船驶入濑户内海的时候，我感到“这才是日本的海色”啊！

日本的色彩自古常用群青和绿青两种颜料。有一种称作“岩绘”的，是把孔雀石研成粉末制作的，色彩鲜明，但不觉得华美，而具有沉滞幽深的调子。

我把日本的海看成是群青和绿青的颜色，这是因为群青和绿青杂在一起能够得到一种微妙的色感。以前画的新宫殿的壁画《黎明潮》，就是把群青和绿青两种粗制的“岩绘”混合后浓写艳抹画成的。

那时，我到日本各地海岸旅行，把波涛和岩石作为写生对象。我所构思的壁画主要是在日本海找到了相应的题材，然而在制作时并没有把一个特定的场所如实描绘下来，而是画下了整个“日本的海”。

最近完成的唐招提寺御影堂的障壁画，在“上段之间”画了山，在“宸殿之间”画了海。这阵子，我从青森县到山口县观看了日本海岸，我也到太平洋海岸作了广泛的写生，走访了三陆海岸、房总、高知等地。我还是想描绘“日本海”，但在手法和表现上同新宫殿的壁画有着相当大的差异。虽说也是群青和绿青，但我选择了分子细微的一种，也不是拿来就用，而是把它调成灰冷的色调。

画障壁画，要考虑放置场所的风格和建筑样式，即使描绘同样的波涛和岩石，表现手法也应有所不同。此外，在制作这两幅障壁画的过程中，度过了七年的岁月，我心中遍历的风景确实起到了重大的作用。我一直想制作大幅绘画，充分表现出日本自然所具有的色彩方面的幽玄情趣。这次画障壁画，尤其是“上段之间”的《山云》，几乎是用水墨画的色调绘制出来的。

如今,我在旅途中写这篇稿子,从房间的窗户可以望到浩淼的海。

小雨时下时停,天空、海洋一片灰蒙蒙的。乍看起来,这是单调的色彩。然而,它决不是单纯的,其中包含着色相和明暗等复杂而又微妙的调子,而且时刻在变化着。描画这样的风景应当使用浓淡不同的一种色彩,薄薄地反复涂上几层。有人借助于纸的性质,使用薄墨渗透、化合的表现方法。但我有我自己的技法,我想表现出幽深的内容和浓郁的韵味来。

刚才,云隙里漏泻的阳光,给接近水平线的海面涂上一道光明,眼下又消失了,空漠的沉默遮蔽着广大的天空和海洋。

青青世界

天空青碧澄明,青色的岩石附近有一座清泉,泉水旁开着一朵高高的青色的花。他满怀情爱,久久凝视着这朵青花。当他正想走近这朵花儿的时候,花儿突然摇动起来,改变了模样。花瓣变成了青色的衣领,中间浮出了美丽的脸蛋儿——诺瓦利斯的小说《海因里希·冯·奥夫特丁根》中爱和诗的象征就是这朵“青花”,决不是红色或黄色。青是德国浪漫派的颜色。“青花”的世界贯穿着艾兴多夫的思乡诗,近来,又在海赛漂泊的姿影、里尔克的悲歌、马恩托尼奥·库来格尔的世界里显示出来。青又是魏尔伦、马拉美等法国象征派的颜色。梅特林克象征剧里那位幸福的使者就是“青鸟”。

青是精神和孤独、憧憬和乡愁之色，它表现了悲哀和沉静，传达着痛苦心灵的不安和动荡。青又是抑压之色，它时时秘藏于内心深处，它是无法实现的愿望之色。它带有颓废和死的诱惑的调子。

从“菩提树”的歌声震响的时候起，便是纯粹的青青世界。“今夜又是不绝的黑暗，我兀立其中紧闭双眼”。到了变调的时候，那青色更加深沉了。舒曼的曲集《歌轮》，从整个曲调来看，可以说是青色的旋律。这些都是优美的怀乡和憧憬之歌。这种乡愁是针对什么而发呢？正如马恩在《魔山》中指出的那样，这虽然说是生命之果，但它却是来自死并昭示死的东西；它是灵魂开放的艳丽的鲜花，但又是受到良心最后的判决而归于消泯的对象。这个浪漫的世界，本应早该死灭，然而一看到比起市民社会来一般众多的青年所一度经历的道路，又觉得它似乎有着精神的活力。

要是从绘画中寻求青青世界，首先应着眼于圣母玛丽亚。画面上，她穿着漂亮的青色长袍，只有青色才是圣母必须的颜色。想到乔托、西莫奈·马尔提尼、菲力普·利皮、弗拉昂·安吉利科、波堤切利等人的作品，没有一个例外。圣母毕竟是悲哀的象征吗？抑或只有承担最深沉的悲哀的人，才能理解别人的悲哀,并给予慰藉。圣母的表情含着忧愁,那身青色的衣裳使得这愁影愈加深沉了。马丁·施恩告尔、根拉德·维茨等人的圣母像,一律穿着青色的上衣,而科隆派的修台封·洛荷那的圣母像,大多全身都裹着青衣。克拉那赫、格吕内瓦尔德的作品里飘溢着夜、薄明和神秘的世界。它是精神,不是感觉;是表现,不是描写。对于南方的官能来说,哥特式的精神支配也可以说是长存的"青青世界"。这股潮流虽然改变了些形状,却仍可以看出它是经过德国浪漫派一直发展到表现派的。德国浪漫派的卡斯帕·达维德·弗里德里希的《海边修道僧》,画着微明的天空上有颗星星,海边一个小小的修道僧,除此之外,大半个画面都是深蓝色的海洋。勃克林喜欢用青色,这种冷色适合表现他的世界,描绘怪奇幻想的《戏浪》、《特里顿与奈洛斯》等作品,都有着深蓝明净的海色。《夏日》海水浴风景画面上的天空和流动的海水的青色,均含蕴着北方的忧愁。谈到表现派,第一次世界大战后在慕尼黑兴起的"蓝衣骑士"运动,及其领袖弗朗茨·马尔克的代表作《青马之塔》,这些作品中的青色意味着精神的表现,象征着非感觉描写的世界。

然而,表现青色世界最深沉最优美的画家当数毕加索。1901年末期,渗透在毕加索作品中的青色,忽然都变成青一色的调子。贫穷的母亲、受着命运折磨的妓女、瞎子乞丐,这些悲惨的形象都在青色的格调中表现得非常有力。只有青色才能如此深刻感人地表现出那种悲伤、绝望和忍从的情态。再来看看作为那个时代主要题材的母子画吧，所有作品不都是充满悲哀的玛丽亚吗？还有，那位孱弱的老乞丐不正使人想起哥特式的雕刻来吗？对于一切都务必求其彻底的毕加索，敏锐而深刻地挖掘了这个青色的世界，但他并不长期沉溺在这个世界。他舍弃了黑夜的世界，去迎接"红色时代"的曙光。毕加索的变化使人想到西班牙人的特质，他们的血液中流贯着南方的热情、北方的精神以及异教徒的魅力相混合的东西。他们的表现方法是多种多样的。

描写同样的青色的夜空，凡·高爱在充满激情的空中绘上闪着可怕光芒的星辰，而卢梭和库勒的作品，却常常可以看到洋溢着朴素的诗情的夜空飘浮着一轮月亮。

抽象绘画大多有意识加强色调的明丽、光彩和色相的心理意义，所以不少作品都能很好运用各种青色本身所具有的特征。其中，桑吉的《贝尔格马斯克》，舒耐德的《构图》就是最好的例子。

再来看看陶瓷上的青色。意大利的"麦约利卡"❶从十五世纪末到十六世纪中叶有着一些优秀之作，也有漂亮的青色陶瓷。荷兰模拟日本和中国的染附"德尔福特"❷和德国的"玛塞"❸等制品，有的白地青花，我们看来十分亲切。然而论起青色的瓷器，应当把眼睛从西方转向波斯和中国。伊斯兰文化

❶❷❸均为陶瓷制品的专有名称。

圈各国制作的陶器是某种特征的群绿色，十分鲜明。中国的青瓷是东方独有的，最具有东方特点，但从色彩上说，是属于绿色的世界。还有，明初的法花莲池纹和牡丹纹的瓷壶和梅瓶，底面上涂着一层厚厚的蓝色，或许容易使人们想起是受到波斯陶瓷的影响。青色依然是明代染附的代表。在中国，染附称为青花，又叫釉里青，据说始自元末。最近中国出土文物的报道上说，青花在宋代就有了。不论怎么说法，青花瓷器在宣德年间达到了最高水平。据说那时使用的原料产自苏门答腊和波斯。不论哪地方出产，由于含有优质的铬，颜色鲜明、美观。元和年间，日本的肥前、有田开始烧制这种瓷器，其后又传到了濑户、九谷、京都等地。

关于青青世界的遍历，从西方转向东方，现在又转移到日本来了。这里应该考虑的是，中国和日本在色相上对于青是很暧昧的，使用时往往同绿混同起来。青是东方之色，是草木生长的颜色，它表现了春天。“青叶”、“青田”、“青草”，当然都是绿色，通常一般所说的“青色的湖畔有着青叶的森林”，听话人要将青和绿区别开来，也不会觉得奇怪。因此，在这里毋宁说具有冷色特性的青已经向带有几分暖色的绿转化了。青春一词中的青，只好当绿理解。由此看来，在西方艺术中，青色的世界是可以相当明确地分离出来的，但在日本，必须撇开心理因素加以看待。尤其自古以来作为日本画的青色的代表的群青和绀青，都是具有华丽光彩的颜料，将其涂在金箔地子上更显得豪华。桃山时代的障壁画和琳派的作品，对于这种群青的大胆使用，充分发挥了装饰的效果。这不是悲哀和沉静的青，而是铿锵震响着的青。光琳的燕子花图屏风等作品可算是最好的例子。绀青和群青这种“岩绘”，是由一种名叫孔雀石的美丽的氯化铜矿石加工成细粉制成的，分子越粗大颜色越鲜艳。研制得细一些就是淡群青，再细一些就是白群青。分子越细，颜色越显得沉稳，恬静。分子粗的时候，涂得厚重一些，能够增强表现效果，但年代久了，色调转黑，画面就变得灰暗起来。我们现在有时把群青放在烈火上烤，使其带有微黑色再使用。蓝也是青的一种重要颜色，在广重和北斋的版画上发挥了很好的效果。天空的上方施以浓蓝，会使画面显得严谨。此外，江户末期的浮世绘，使用一种名叫“蓝皴”的技法，即全部使用蓝色进行皴描，或者以蓝色为主调。据说这种色彩华丽的“蓝皴”受到了幕府关于禁止豪奢的命令的取缔。不过，这种方法确实具有鲜明的风格。

明治以后，出现了青木繁的《好色的海神》、广岛晃甫的《青衣女》之类神秘而富于浪漫气氛的作品。镝木清方氏的《黑发》是一幅幻想作品，描写了七夕之夜两个少女在竹林旁小河边濯发的情景。淡群青、白群青、群绿青、青墨是主色，描画在金箔敷地的青色屏风之上，青色所固有的属性得到完美的体现。而平福百穗的《荒矶》和川端龙子的《鸣门》，则充分发挥了群青所具有的豪壮的装饰效果。前田青邨喜欢运用群青，使得宗达的技法在现代再获新生，产生许多高雅的画面。速水御舟的《洛北修学院村》，运用青金和群青精心描绘出生长松树的山峦、村落，酿制出一种特异的气氛。安井曾太郎的《金蓉》是一幅穿着青色旗袍的女人肖像，引人注目的青衣和飒爽健美的表情，共同构成明朗的画面。这是浪漫的青色，清澄的写实的青色。

我如此漫无边际地扯了半天“青青的世界”，总之，这里所说的青，实际上包括着由青绿到青、再到青紫色等种种色相变化。这些由于明暗、色彩之差所形成的变化，以及同其他颜色相对照而产生的不同效果、时代和民族性，不同个性的艺术家所使用的不同表现手法……想到这些，就会感到只有青色才是一个苍茫无垠的世界。

陈德文　译

东山魁夷之我见

〔日本〕川端康成

我面对东山魁夷的画欣赏得入了神，对他怀抱虔敬之情已有相当年头了。现今这种感情更加深切了。这是由于我要为这部《东山魁夷》(代表画集)作序，夜以继日地反复翻阅了画集的彩印样本中百来幅照片的缘故吧。

今年仲夏，我本来计划到意大利各城市去参观古代美术，但启程之前，必须在短时间内把画集的这篇序文赶写出来，我正为此担心，生怕辜负东山的信任，在心烦意乱的时候，我刚好身体欠佳，取消了这次出国的计划，也耽误了完成这篇序文。也许这倒是大幸。我在病榻上可以继续鉴赏东山的画。尔后病体时好时坏，我依然不停地观赏。就这样，进一步加深了对他的虔敬的感情。对这样熟悉东山其人其画的我来说，这是难得的大幸。

“我虔敬东山的风景画，我深深地虔敬东山这位现代日本风景画家。”于是，我就想以“虔敬”这个词来结束我的序文。所谓虔敬之情，是难以用语言来解释清楚的。这是人们看着东山的画某一瞬间闪现或渗入的感情。以我来说，现在对东山的风景画产生的那股虔敬的感情深深地渗透到我的心田里。

东山为人谦逊，严以律己，“虔敬”这类带宗教色彩、无比神圣的赞辞，他是不会喜欢的。我无意把东山的风景画说成是宗教画。也不想用这种语言来束缚东山。这种“带宗教色彩、无比神圣”的字眼，是无意间写出来的。我不由地想道：今日日本，东山的画难道不就是神圣的风景画吗？我还想：今日日本，东山的风景画难道不就是被看作宗教画吗？我之所以这么想，是因为画集里这种范例很多。

所有格调高雅的艺术，都必然会这样地渗入人们的内心深处，打开人们心灵的窗扉。它不应仅诉诸短暂时间的美感就终了。正因为是这种非凡天才的鬼火的刺激和冲击，我感到震惊的时间才变得这样短促。今天，多半的艺术生命也变得短促了。我相信：东山的风景画可能是现代绘画中艺术生命最长的。如今我继续欣赏这画集的近百幅画（虽是彩色图片），仿佛才惊悟到东山的思想方法、绘画方法和构图都是非凡的独创。这是不到真正非凡的境地时，决不显示其非凡的真正的非凡。东山的画给人一种优雅的爱的滋润，一种慈祥而温柔的气氛，而且悄悄地给观赏者一种澄明、亲切的感情。就是说，东山像达到无我境界那样自然地表露和运用；另一方面，个性坚强，艺术上达到娴熟舒畅、炉火纯青、运用自如的境地。这就是他的独创性所在。在静谧、安详、滋润的画面上，也蕴含着无比的独创和大胆的构思，实是令人叹为观止。

近年来爱好东山风景画的人骤然增多。爱好，加深了敬慕之情，越发尊崇他了。人们从东山的风景画里，切身领略到日本的大自然，发现了日本人自己的心情，从而获得一种静谧而舒畅的慰藉，感到一种纯洁而慈爱的温暖。我相信有朝一日，人们会比今天更多地发现：东山的风景画是日本大自然的美的灵魂，东山是日本民族古今所珍贵的风景画家，他将会受到敬仰。这不是预言。我所说的虔敬的想法，难道不是早就和欣赏过东山风景画的人们心心相通，它早就深深地蕴藏在他们的心底里了吗？

我花了一个月观赏这部《东山魁夷》风景画集。观赏的时候，许多日本古今的风景画倏然浮现在我的脑海里，然而东山的绘法和构图与众不同，具有无比的独创性。例如，东山曾就新宫殿的《黎明潮涌》的波涛这样写道："我也曾调查过自古以来许多有关波涛浪纹的表现法，但我还是打算描绘我从未有过的自己的波涛。"(《一条道路》)这句充满严肃的祈愿和强烈的自信的话，东山确实做到了。谷川彻三在《黎明潮涌》画集里也这样写道："确实，这是迄今谁也没有描绘过这样的波涛。西洋画里也没有这样的波涛。我还记得我在欧洲各地的美术馆里看过的好几幅描绘波涛的名画，却都是写实的，显示出其描写逼真的特色。东洋画用线条描绘波涛的形式自古有之。内中有的带装饰性，至今仍使我们为之倾倒。然而像这样严格地写实却又超过写实，既保持充实的生命感又达到其特有的装饰性的形式；这幅壁画的波涛表现法在日本画传统上树立了一座纪念碑。"

东山这样写道："由于壁面横里宽（注：宽约十五米、高五米），画起波涛来，构图可以相当宏大。波浪还有动的感觉。富有象征永恒生命感的韵味。而且也要有岩石，形成动静结合，可以起到压缩构图的作用。倘使只画波涛和岩石，就可以很好地作出最简洁的构图。脑子里一产生这种构思，我首先去观察海……我去追求波涛和岩石。有时我对着波涛和岩石写生，有时只是观赏。我本来就没有打算把这幅壁画画成写实的作品。起初我认为必须采取象征性的、装饰性的表现，因此我要观察海和岩石，直到自己完全理解了。"

我久久地站着倾听海的浪涛声、河的流水声、瀑布的倾泻声，达到无我的境界，虽是海的声音、河的声音、瀑布的声音，却忘却它是海的声音、河的声音、瀑布的声音，还以为是大自然的声音、辽阔世界的声音。也就是说，自己仿佛也完全融汇在声音之中。那就是寂静。我觉得东山的江河、湖泊、海洋的声音，大概就是那样的一种声音吧。连小波浪也没有一个的湖面上也有声音。树木、屋宇也有声音。东山所有的画都很有的那种润泽，并不是日本风土的湿度，而是东山心中的风韵。这风韵中隐约地荡漾着或柔和地充满着东山那爱的心声。东山举办北欧风景画展时，小女曾说：看到《雪原谱》（昭和三十八年）中那一排排挺立在广袤雪原斜坡上的枞树，就恍如看见乐谱，听见了乐声。

我有幸在东山的画室里，看到了创作中的《黎明潮涌》，以及装在新宫殿壁面上之后的这幅画。这幅画完成于昭和四十三年。这一年举办了纪念展览，展出了他所画的海和岩石的素描，以及他正在制作这些图版的照片；还出版了画集《黎明潮涌》。这部书相当详尽地介绍了东山作画的意图和态度。不仅如此，东山在这部画集里还有不少作者的话。再加上《我周游的山河》（昭和三十二年）、《与风景对话》（昭和四十二年）等作品，还有这部《东山魁夷》的跋《一条道路》，这些都是东山的自传、人生观、美术论、自作自解的名篇，澄明、正确和深邃。

北欧之行，他写了《白夜之行》（昭和三十八年），德国、奥地利之行，写了游记《马车啊，慢走》（昭和四十六年），像这样美的外国游记，妙趣横生，充满清新的喜悦和幸福，是绝无仅有的。比如，读了《马车啊，慢走》，我也不由得想沿着东山走过的路线去德国旅游了。

东山为人谦恭、严谨，但在自作自解的文章中，也绝不妄自菲薄。他用乐天的诗一般的语言，叙述了作画的动机、方法、旨趣和兴致，这是真实的、符合事理的，有时揭示了内心的奥秘。人们被作者的话所迷醉和吸引，要超过它是很困难的。例如，他在《森林湖泊之国》(《东山魁夷北欧画集》)中写道："我决定用水、天两个月亮的风景来结束我的画集。"《两轮月亮》(昭和三十八年)的画面是：湖岸笔直横在画面上，成排针叶树高低划一。挺立在湖岸边上的树，或倒影在水中的树；天空中洁白的月亮，或倒影在水面上的月亮也几乎一样。毋宁说，他描绘得再可爱不过了。而且，比起成排的树木及其倒影来，天空和水面更加宽阔。据东山所说的"芬兰到处可见的风景"，反倒蕴含着超凡而大胆的作画的构思。"那是美丽的白夜❶……时近半夜，却如傍晚时分的明亮。展现在我眼前的是无比清澈的风景。黑魆魆地连成一片的针叶林原原本本地倒映在平静如镜的水面上。靠近外海的湖汊附近，飘浮着白茫茫的一片雾。终日啁啾鸣啭的小鸟是否已安眠了呢？这是一个万籁俱寂的夜晚，笼罩着一股净福的气氛。悬挂着两轮月亮，发出明亮而平稳的光。"置身于这"净福"一词中的东山，也成了我的思绪的源泉。今年夏天，我由于心情忧郁、寂寥惆怅、郁郁寡欢，每天欣赏东山的画与文，结果我病愈了，

---

❶白夜，接近北极或南极的地方，夏季日落后与日出前，呈现出微明，谓白夜。

康复了。

东山这本画集有三四幅明月挂中天的画。《两轮月亮》一画的月亮也几乎是圆的。《冬华》、《月唱》、《花明》、《月出》等画的皎洁满月也是圆的。《冬华》(昭和三十九年)这幅画,天空辽阔,“云雾中透射出淡光的太阳”,恍如皎洁的满月,“如梦似幻”。“挂满冰溜的树,无数枝丫展成半圆形,恍如雪白的珊瑚树”,太阳的淡光,“对着树的半圆形,使半圆形的色调溶入银灰色中。”这种虚幻的淡淡的色调,在“日展”[1]这样的展览会上会不会显得单薄呢?东山连黑色的《月夜与冰溜》也感到迷惑,他“想画的,是冬天清澄的静寂感”。他说:“我所理解的作品的强烈,决不是在色调、构图或者描绘方法,而是在画中蕴含着的作者内心强烈的激情”,“归结到洁白和银灰的画面上。”

东山这样写道:“比如就是‘日展’这类大型展览会,我提供作品也是希望战后壁面上保持唯有我的孤独的世界。倘使一开始就竞争,我保持的世界就会崩溃……在竞争的作者群中,采取重视自己的世界的态度,可以说这是在同自己竞争,也是并不容易的。”东山的展品,画面当然没有公开保留“竞争”,更没有保留“同自己竞争”。好像上班时间的交通一样混乱的会场,霎时被东山的“世界”吸引过去,也有人突然驻足,顿觉心情沉静,呼吸安稳,身心得到了休息。但是,这样的人

[1] 日展,即日本美术展览会的简称。

并不多见。

名作《道路》(昭和二十五年)似是东山战后作画的起点。我从这幅画联想起岸田刘生[1]那幅成为新国宝的《凿通》来。不过承蒙画商的好意，我把刘生最高水平的水彩画《丽子像》借来了。欣赏了数日，我不由得感到这不就是虔敬、慈爱的佛画吗?刘生的《凿通》和东山的《道路》两幅中，我喜欢《道路》。《道路》这幅画蕴含着一种意想不到的东西。为慎重起见，这篇序写了一半，我便到东京近代美术馆去观赏东山的画。最令我感到与众不同的，就是这幅《道路》。原作《道路》远比画集彩印的《道路》悠远而漫长。就是说，道路有漫长的距离感。可是，我回到家中，重看一遍彩印图片，不也觉得这道路是很漫长的吗?

近代美术馆举办的《新藏作品展览》上，除了《黎明潮涌》的六分之一和二十分之一的草图、素描，以及东宫御所的《日月四季图》的小草图以外，还展出了十幅代表作。另外还有《秋风行画卷》(昭和二十七年)。这幅风景抒情诗画卷，尽管笔致细腻柔和，色调鲜明古朴，受到作者慈爱感情的流露和生命的火花所感动，不禁使人怀念起故乡来。《残照》也把我带回到青少年时代的心中的故乡。夕照中天空渺无边际，层峦叠嶂，蜿蜒而去。东山就《残照》这幅画说道:"在杳无人影

---

[1]岸田刘生(1891—1929)日本洋画家。他倾倒于北欧古典画和中国宋、元画。代表作有:《丽子像》等。

的山顶草原上坐下来，我望着不时变幻的光和影。站在可以远眺冬日的九十九谷的山上，深深感到天地万物的存在是同生存于无常中的宿命紧密相连的。”

青少年时代，我住在农村，每逢外出，我总爱独自长时间或蹲或躺在田埂上、河岸上、海滩上，或是山冈上，似看非看地观赏景色。有时看着看着就入梦了。记得我还是小学生的时候，常常独自登上我村的山冈上看日出和日落，当时我是抱着什么样的心情呢？很久以后我还是不十分明白。《残照》以外，东山的其他风景画也自然而然地勾起我的怀旧和思乡之情。就说我吧，也是不想失去童心。东山的风景画朴实地唤醒了我的童心。

东山的《与风景对话》一文这样写道：“迄今我的旅行恐怕多得不计其数，今后我仍要继续旅行。”所谓旅行，就是“通过将孤独的自我置于大自然，让它在思想上获得解放、净化，变得活跃起来，找出大自然变化中显现的生之证明。究竟什么叫生呢？偶然来到这世上的我，不久又将要离开到什么地方去。理应没有常住之世、常住之地和常住之家。流转、无常才是生之证明。”不论是生是死，还是“就这样，现在生活着”，“明确自己不是意志所驱使才生活着。”“……我被动地生活着，如同野草，也如同路旁的小石。要在不得不生的宿命中拼命地生活下去。”“有了这样的认识，我仿佛多少得到解救了。”正如东山本人在《我周游的山河》、《与风景对话》、《一条道路》等文章中所写的那样，忍受着从幼年到青年时期的缠身病痛、贫寒家境、精神上和生活上的挫折、苦恼、不安定，“在艺术上的漫长的痛苦摸索，以及战争的悲惨遭遇，”终于熬到头了。“就是说，人生原来就是如此，也许我自有办法掌握生命的闪光。”这“与其说是意志坚强”，或积极努力，莫如说“对一切存在的肯定态度不觉间变成我的精神生活的根基吧？”又说：“然而，我认为这是某种信念在支撑着我。”

东山说出“生命的闪光”、“对一切存在的肯定态度”、“净福”等词句，例如，关于《残照》，他说过“天地万物的存在，是同生存在无常中的宿命紧密相连的。”他在《冬华》的解说文中也写过：“作品的强烈，决不是在于色调、构图或者描绘方法，而是在画中蕴含着的作者内心强烈的激情。”但话又说回来，《冬华》的色调、构图、描绘方法具有微妙而优雅的独创性。《梦幻》、《清澄》、《静寂》等作品，则表现了东山的心境，表现出一种幽玄感。他把一棵挂满白花花冰溜的半圆形大树，置在像皎洁的满月的太阳之下。这种构图也融贯在《京洛四季》的《花明》（昭和四十三年）中。占据这幅《花明》半圆画面的，只有一棵满树开花的圆山的夜樱，上空的满月带上了朦朦胧胧的圆晕。《冬华》画了冬天的严峻，《花明》画了春天的柔媚，但东山贯通画中的一个共同点，就是装饰性、象征性以及构图的对称。

我们经常看到东山的风景画构图是左右对称的。从昭和二十年代的《道路》、《黄昏》起，到昭和三十年代的《秋霞》、《绿野的呼唤》、《降雪》、《森林的细语》，到昭和四十年代的《月下竹林》、《岁暮》等作品，也都贯穿着这种对称的构图。北欧系列作品中的《映像》、《遥望腓特烈堡的城堡》、《微波》等，这种构图就更明显了。京都系列作品（昭和四十三年）中的《残夏》、《晚凉》、《岁暮》等也继续体现了这种风格。而且这些北欧风景画、京都风景画，都是重视通过描绘映在水中的"映像"来考虑构图上下的对称。用对称这种说法，丝毫没有削弱我对这些风景画的感受，它好歹是对称的。东山的对称构图，恐怕就是东山欣求灵魂的安宁、平衡的一个方面吧。

东山为什么喜欢描绘映在水中的映像呢？我只能说因为那里有映在水中的风景，太美了。通过水中的映像，风景充满幻想和象征，伴奏出微妙变化的旋律。《两轮月亮》一画中的清明的"净福"，也是从静谧的水中的映像而来的。特别是对题为《映像》的那幅画，东山本人也说："完全相同形态的风景，一旦上下相称地结合在一起，就已经不是人们见惯了的风景，不是变成了超现实的世界。"又说："这般清明，几乎连微弱的呼吸也要屏息的风景中"，"可以发现北国特有的神秘的世界。"另外，《微波》中的倒影，恍如微波在荡漾，奏出了微妙的旋律。京都的《残夏》中的倒影是鲜明的，《晚凉》中的倒影是柔和的。也有像《初宵》这样的画，小岛映在水中，恍如一朵可爱的花。

例如《早春的迪阿哈文》、《绿色沼泽》、《白暮》等北欧系列作品中的大树树丛，都是水中的倒影，加上了音乐的诗情。东山那幅题为《树魂》的画，也是描绘迪阿哈文森林的大树的。《京洛四季》画了青莲院门前那株“经年古树”。《树根》(昭和三十年)画了“榕树的盘根错节”，连东山也说：这是“隐藏在内心深处的奇怪的东西”。树根的姿态的确奇异、古怪，但东山的画是在刚中见柔，平静中表现出“生命力的旺盛”。三四十年前，我曾借助日本古树图鉴巡游观赏了一番。面对五百年、上千年的冬天巨树，本以为使人想到的只是人的生命是短暂的，其实还使人想得更多。

东山就《映像》的构图说过：“在画面中央画一条直线把画面切开，描绘了实像和虚像的对比”；他又就《黄叶》(昭和三十六年)的构图说，那画是“把明亮地舒展黄叶的树同阴沉地耸立的杉树加以对比”。色彩的明显对比把画面左右分开了。《映像》是对称的，《黄叶》和《山涧红叶》等大概是打破对称的对称吧。那“三角形的红叶山，半阴半晴的苍穹，由这种单纯的画面对比、分割的构图”，大概也是破格的对称吧。从《夕照》(昭和二十九年)、《暮潮》(昭和三十四年)等画中，也可以看出东山的独特美术思想和画法的浓重影子。

面对丹麦森林写生，东山“全然忘却了这是远离日本的异乡”。他受故乡那种“安闲和平静”之赐，喷涌着生命之泉，就这样，北欧四国之行产生了新鲜而表现丰富的作品。甚至令人感到北欧的大自然，仿佛是为东山这位日本风景画家而存在，等待着东山的光临似的。但是此刻通观东山的作画，北欧的画的确还是北欧的。北欧是东山游历途中有幸的邂逅，然而昭和三十八年举办北欧风景画展以来已近十年，北欧还在陶醉着东山这位日本风景画家。

在《北欧归来》一文中，东山认为："这回我要以生平最大的热情，深刻体验一下京都的风采"，于是他便完成了《京洛四季》的系列作品。京都是日本人、也是东山所思慕、憧憬的故乡。对旅行家东山来说，京都只是他周游途中的驿站。不久，东山又要动身到青年时代曾留过学的德国、奥地利去旅行，寻觅昔日青春的归依。如今，东山焕发青春，神采奕奕，变得活跃起来了。东山的旅行，并非漂泊无着。他旅游异乡，仍心怀故国，是一个天真、忘我、的确幸福的旅行者。东山说：人生旅途的"游历、乡愁、归乡这种周而复始的运动"，"不是自己有意识地进行，而是自然而然地运转的。只能顺乎其自然运动"。从少年时期起观察大自然，他"掌握了自然界万物都是沿着成长、衰亡的循环轨道永恒地运转下去的"。我想，大概只有 "抛弃自己的一切"，"才能直接观察到根本的力量所在"。

东山发现了京都的自然风景，把它描绘下来了。可以说，有了京都的自然风景，又有了东山的造访，这两者邂逅，才产生了画。但是，东山作画的准备、集中、持续并不寻常，这是显而易见的。抑制也是周密的。另一方面，时刻不断变化的大自然的瞬间美也活现了。例如，几位住在北山的林业家看了《京洛四季》中的《北山初雪》，都异口同声地赞叹说：像这样情调的雪景，一年之中也顶多只能遇上一两回，而且时间甚短，作者很好地捕捉到了。描写月夜竹丛的《月下竹林》和新宫殿的大壁画和《京洛四季》是"几乎平行地"画的。他还说："波涛图和这幅《月下竹林》采用了相反的表现法，但我感到它们之间有着深刻的内在联系。"

《京洛四季》最后一幅《岁暮》，是描写鸟瞰鳞次栉比的京都式屋顶，雪花纷纷扬扬，再加上让人联想到的年终岁暮的夜空，万籁俱寂，充满了渗入肺腑的慈爱。东山不论北欧之行描绘市街、住家或老家具铺、老招牌，还是德国之行描绘窗户，都表现生活中朴素的喜悦和温存的怜爱之情。在德国游记中，东山就施特德尔美术馆里的慈祥的圣母像这样写道："也许越深刻地探求人的行为之善恶、剧烈和苦恼，就越发不得不采取纯洁而优雅的姿态"，我本应简短地写写有关东山风景画的"虔敬"和"净福"就够了，可是竟连篇累牍地写了一大通。这自然也有其理由。那是为了让"步入东山的风景画意境的人获得一种安闲……"

陈德文　译

池大雅[1]

〔日本〕吉田繁

观中津自性寺和吉良华藏寺收藏的诸作，痛感大雅作为禅者的风貌。《一口汲尽西江水》等作，真乃堂堂禅僧之墨迹。大雅特有的运笔节奏，一气贯通的定力，得到充分发挥，成为富于艺术味和禅味的作品。

自性寺十二世、提州和尚参白隐而见性，其后服持十余年，编成《荆丛毒蕊》，其序文据说为大雅所书，用木版雕成。

大雅参禅于白隐。《白隐和尚详传》中列举白隐之门下，中有池大雅的名字。此外，《白隐年谱》宝历元年条目下写有："归路过平安城，馆世继氏，池大雅来参。"当时白隐六十七岁，大雅二十九岁。据传，大雅呈白隐一偈。

---

[1] 池大雅（1723—1776），江户中期南画家、书家。

大雅绘杯渡尊者像，赞曰："骏之小坊主，后惜其赞而题其名。"指白隐禅师为"骏之小坊主"，可见两人关系之亲密以及大雅的性情。赞后，画上又记"奉苇津和尚"。苇津和尚亦为白隐高足，常持白刃坐于右以接人，被评为"其险峻十倍于鹄林"。大雅似乎同这位豪僧十分相得，和尚居室悬有大雅所书"龙渊"（和尚之窟号）二字的匾额。

大雅依仗白隐下面之尊宿到诸国徒步旅行，深悟禅宗的境涯，以禅心创作大量优秀作品。我数年前访岛根天伦寺，拜见了白隐以及大雅之作。据说大雅亦在此寺逗留过，受圆桂和尚之厚遇，埋头于制作。

《近世禅林僧宝传》中《邃翁元卢传》记载："命池大雅依雪窦之颂新制山水图，大雅信手挥洒。邃林幽谷，云带水绕。淡然霭然，森森乎，莽莽乎，风致极多。且于上隶书云：'图画当年爱洞庭，波心七十二峰青，而今高卧思前事，添得卢公倚石屏。'"可见两者交游之深，抑或有所相互影响吧。

大雅七岁，于黄檗山万福寺作大楷书时，杲堂禅师题咏道："七岁神童书大张，笔长身短妙相当，幼龄爱尔能如此，可比禹偁曾作章。"明和时代，同黄檗之大鹏和尚，邀大雅于方丈障子之上绘西湖风景，书毕则大为惊叹。看来，大雅同黄檗诸僧亦有方外之交。大雅二十五岁时，致权大夫书翰中曰："至慈典和尚处，聆听种种禅之事，经禅之奥仪者一喝，其趣如同贵殿所述之情景也。"云云。

如上所述，大雅一生佛缘深厚，尤其同禅僧交游甚多。

《近世畸人传》有云："三岁初学书，五岁善书"。大雅天分甚高，自幼善书。据年谱记载，问其学书过程，曰七岁于清光院向一井学书，八岁学书于山名主计。十五岁往来于养拙流大家、望月照溪之门，并向桑原为溪学书。山中兰经曰："不容忽视，学为溪之后，大雅之书开辟一新纪元。""一度遇桑原为溪，喜其人物高迈，笔画劲利，态致萧疏，无一点尘土气。无可争议，见大雅书，知其终生之笔意与风格潜在于其内。"大雅还向柳里恭、祇园南海学画，同高芙蓉、韩天寿结为亲交。

石川淳认为："大雅之禅、释、老合糅"，他说："既入禅，又入俗，穿越悲喜，于人生观之上获取乐观之真性情。因而，毫不见愁眉苦脸之相。""寻常之画士借美意识之类涂抹之画幅，其作用终不可与之相颉颃。"(《南画大体》)

田能村竹田对大雅的艺术作了如下评价：

> 大雅池翁书画俱高，不入时眼。至殁后声名隆起，无知不知，推为当时第一手矣！
>
> 所作之字不在画下，而价颇低。盖画犹入俗眼，字竟不入也。

竹田将大雅和芜村相比较，说芜村谲而不正，大雅正而不谲。这是引用《论语·宪问篇》中孔子的评论："晋文公谲而不正，齐桓公正而不谲。""谲"是虚假、奸滑之意。

竹田又言及大雅艺术的根源即胆力，说："压大山，吞河海。"这种胆力是参禅锻炼出来的吧。

此外，给大雅之书以激赏的画家还有高森碎岩。碎岩多次谈及大雅。他评大雅的七言联幅："运笔圆活，晋魏之遗矩，今复观之。幕府三百年间，茂卿与斯翁，余窃定为二妙，他皆在下风。并记问之眼光如炬者。"

比木乔氏题《大雅之艺格》曰："与周文、雪舟之壮画相对应的画，经过德川三百年留下来的只有九霞山樵（大雅）一人。"他又将大雅和玉堂相比较，说："日本之南画，结果只有大雅堂独步古今。作山水善云烟气涨，在这一点上玉堂恐居大雅之上。画面之润湿，大雅远不如玉堂，然玉堂之感性终不及大雅之悟性。大雅有无以替代之珍宝——'腹'。"这真是独到的见识。

芥川龙之介在《古董羹》中说："东洋画人虽多，但尚无人如九霞山樵之大器者。""唯应反复习学，不误圣胎长养之机，当有九霞山樵之工夫。"

芥川在其书翰中屡屡称赞大雅：

令人钦佩的当数九霞山樵。大雅实为一个不辱没"画圣"之名的人。我甚至从雪舟身上嗅出院画之锐气，

但至大雅，则浑然一体，更无所见。若要体得东洋画之妙味，仅限于观大雅之画。(大正七年，致小岛正二郎)

大雅堂之《耕笺》、《汲笺》、《钓笺》、《灌园笺》、《防夜笺》、《眺笺》等，持往全世界皆是无与伦比的杰作。我甚佩服芜村之笔纵横捭阖、向孤峰顶上结庐的手腕。但以愚见，尚缺少大雅那种猝然出现的云烟叆叇之处。这恐怕是他不能实现的无可奈何之一点吧。(大正七年，致下岛勋)

梅原龙三郎说：

“面对大雅作品时，常常感到被一种艺术的空气完全包裹着。画神佛则不来抹香之香，画仙人则无奇怪之处，而是可敬的好好爷们儿。纵使见到西湖、洞庭湖之图，亦不令人作中国景色还是日本景色之不着边际的考虑。眼前唯有悠悠之艺术的天地。作书，写汉诗与在六曲一双之屏风上写日文假名字母皆一样，不宜辨读，惟宜远眺，沉浸于骀荡之氛围里。艺术之纯粹此之谓也。……跳跃飞动之画心，深不见底的表现力，每当置身于这些作品前，不会作是南画还是东洋画之想，唯觉心胸茫然，乐在天涯。这不正是鉴赏大雅艺术的真实感受吗？”

安永五年(1776)四月十三日，天才的大雅五十四岁而殁，谥号为“大雅翁秀贤义哲居士”。

陈德文　译

就几幅“花”的画致伊内斯·普约的短信

〔智利〕米斯特拉尔

你以技巧上堪称专家式的眼光与手，也就是说，欧洲人的科学与当地人的感觉所画的那些“花”，汇集到一部《年鉴》里，寄给了我。那些令人喜爱的智利的花，你没有按惯例把它们放在花盆或花瓶里，也没有把它们结成一束，而就那么随意的、甚至还有点散乱的簇集着；一个远离祖国的女人收到这些花，仿佛是向半瞎的双眼文雅地施舍了一双清澈的眼睛（似乎是有十七年了，我不曾抚摸智利的小花园的灌木丛，也不曾为它们浇水了，更不曾给它们如描绘亲密的椰子树般的赞许了）。

为了让那些非常新鲜的花少一点书页那死气沉沉的氛围，也为了让那些非常真实的花奉送给我一寸智利的土地和天空——它们像我一样，都是生长在那块土地上；我把它们放在了自己那层层叠叠的书架的最上方。

一旦远离了祖国，我们失去的不仅是一块土地；而是四维空间。如，至少，我失去了一片海流上的天空，铜矿矿井的垂直空间，还有那种族的基本影响，它虽然是一种氛围，同样也应看成一种空间。

美洲本土的画，只要不是不堪入目的、庸俗的或刺激的，我看了以后都会感到轻松。我曾从不止一个受法国影响的南美人那里听到过这种蠢话：南美的光线因其丑陋而粗野对画家造成伤害……仿佛美洲大陆那庞大的躯体上只有一种光线似的。在我们哪怕只有十公里的土地上，不管是山脉，抑或是海滨，便会有十几种变幻不定的光线。正因如此，你，伊内斯·普约，才画出这样一些花，既不恐怖，也不鲜血淋淋，却令任何一个欧洲画家不得不称赞。听说法国本地画家，在得知这块土地上的阳光与他们的毫无二致，并且稍稍一走，就会不期而遇时，心绪就会平静下来。在拉塞雷纳与特拉凯恩，在康塞普西翁和奥索尔诺，我都亲眼见过你画的那些花。

花卉画家总是要面对巨大的风险与严峻的挑战。即使叫做大丽花且似乎非常硕大的花，或者称作仙人掌且如矿石一样的花，也都像天使一样。花始终像是属于超自然的东西，我们总会觉得它们是无法形容的。在画花方面，你们面临着陷入著名的精神绘画的危险；那是一种绘画的绝路……

任何精细入微的作品——如您的画，不论是短篇小说、诗或画都会令我感到意想不到的愉悦；因为在我们过去和现在所创作的一切作品中，这种精细入微的作品不是很多，甚至几乎没有。因此，达里奥、埃雷拉·雷西格或豪尔赫·路易斯·博尔赫斯或玛丽亚·路易莎·邦巴尔在弥补我们在这种风格上的不足方面，在磨砺我们本地主义这把半钝的斧子方面，他们已经并且正在做着许多有益的事。

你那属于大海初晨和某些黄昏的绿色，令我非常愉快；你的那种不像海滩上蝉翼纱似的玫瑰红也同样令我愉快；你那毫不枯燥的白色，那与“金袖扣”相去甚远的黄色，也是如此；还有，你的那些花挺立在热雾里，变得朦胧、迷蒙与飘忽不定，更令人饶有兴致。于是，那些花就留存在我的心灵里了；就这样保存在我这个漂泊者那记忆的宝瓶里；那些思念的亡灵就这样不是僵硬而是温柔而安详地且因精神之血脉的流动而生活在我们的心中了。你对花的摆放方式类似于鸟群的栖落的那种纷乱。它们既不僵硬，又不软弱无力，处于自然界事物的那种绝妙的随意状态。

我感激你选择花作为创作的灵感，这种选择颇具智利特色。我国的妇女是伟大的园丁。我心中保存着一系列艾尔吉妇女的形象与佚事，她们对自己的花园和那一大堆花架倾注了一片痴情，犹如妻子对丈夫或儿子对母亲的痴情一样。此刻，我看见她们从一丛马蹄莲里探出脖子，或者把手伸进药用蜀葵花中；她们对一盆罕见的花草比对一个月的薪水更为看重；她们为了得到一株“科多花”或几株百合花，可以把城里和郊外搜个遍。

在神奇的老人唐·弗朗西斯科·冈萨雷斯之后，我们国家诞生了一位专注于他的艺术、继承他的画笔的佼佼者，这是很自然的。

在智利妇女中，存在着一个像地质学上条状脉矿一样的对诗歌的丰厚的底蕴；她们保存着这笔诗的遗产，而男人却在吃喝中，在腓尼基人式的忙碌和其他淫乐上挥霍着这笔遗产。但愿我国的妇女，不要因美洲的撒克逊化而把这笔遗产的根从这块土地上拔掉。也希望她们这些依然有点朦胧的或沉浸于我们妇女中的气质，明天必将成为传统的精神财富，燃不尽的蜡炬，艺术的矿脉，和只有创造才能得到的幸福。

有人对我说起一幅画，说它很有“女性特点”，我听到这些赞扬以后，心中有些怀疑。因为用这个形容词时，意思是指脆弱、试探和小气。但是，一看到你的那些“花”，这个被歪曲了的形容词立刻以其最真正的含义涌上我的嘴边。你的那些花是女性的，有一种既灵巧又必不可少的女性的纤弱。伊内斯·普约，你的那些花，像女人一样，聆听多于诉说，暗喻多于直白，启悟多于暗示。

保护好你那天使般的眼和手；好好照料它们，如同雕刻家照料自己的拇指与中指，教堂的小提琴手为了保持腕力而戒掉酒（你非常清楚我在说戒酒时在暗示什么）。我蓦地想到，你的画的品类迫使你比其他画家对一种玻璃瓶装酒更应警惕。在那些心力总是骚动不安或未老先衰的画家的画面上，花总是一生出来就憔悴，或是一开放就已衰败。

这些花就留在了我的身边，留在了奥尔加诺斯山脉；这里的阳光庄重地展示着它们，朋友们将会称赞这随雨燕飞来的完美的处女作。

孙柏昌　译

查尔斯·汤姆林森的绘图学：黑与白

〔墨西哥〕帕斯

当我在十多年前第一次读到查尔斯·汤姆林森的一首诗的时候，就被存在于诗中的一种强有力的元素吸引住了，后来我发现这种元素几乎存在于他所有创造性的作品中，甚至存在于最富反省和自我冥想的作品中，这就是外在世界，一种既直接又看不见的存在。它无所不在却又难以见到。如果对于汤姆林森来说"外在世界是存在的"，那么还得加一句，这个外在世界对他来说并不是作为一个远离我们的、独立的现实而存在的。在他的诗中，主体和客体之间的区分被减弱了，最后变成一个互相浸透的地带(而不是边界)，把主导地位让给客体而不是主体：世界不是主体的体现——主体是世界的投射。在他的诗中，外在的现实(不仅仅是我们在其中行动、思想、表露情感的那个空间)是一种把我们包括在其中的环境;一种被我们浸透又把我们浸透、既是物质同时又是精神的难以捉摸的实体。世界变成空气、温度、感情、思想,而我们则变成石头、窗子、橙皮、草根、油污、蜗牛。

基于"世界作为奇观"的理念,汤姆林森反对"世界作为事件"的概念(一个非常英国化的概念)。他的诗既不是对于客体的临摹也不是对于客体的描述;同样也不是对于客体的几乎固定不变的特质的临摹或描述。他感兴趣的只是通往客体原貌的那个过程。他张开眼睛,入迷于(一种透明的入迷)宇宙的繁忙,事物往复不断的荣枯。他的诗歌是小型的劫难和复活,它们组成了世界巨大的劫难和复活。客体是分别受制于引力和斥力的不稳定的集合体。是过程而不是变迁,不是出发地点和抵达地点,而是我们出发时的样子和我们抵达时变成的样子……一块被雨水弄湿的凳子上的水滴,聚集于板条的边缘、在经过贮积足够数量的那一顷刻间之后(类似于人在做出重大的决定之前的那一瞬间) 便掉到混凝土上;"此时掉下的种子变成彼时。"由水滴引起的道德上和物质上的联想……

多亏有了一种既是视觉上又是智力上的双重过程(由承受几个小时的被动性和一瞬间的决定所产生的过程), 汤姆林森由此而能够孤立客体,观察它,突然跃入它,并在它溶化之前迅速把它抓拍下来。诗是对于转变的认识,一种包括诗人在内的认识：他随着客体的转变而转变，并在认识那些转变的过程中认识他自身。跃入客体也就是跃入他自身。心是一间照相暗房；影像就在那里显现（“石亭的雪花/石灰石的台阶/墓地的风景逐渐/变成肉体的身份”）（《大洞穴》）。当然，这不是一种声称无所不在无一不是的泛神论。汤姆林森并不希望成为宇宙的心灵。他并不寻找“事物本身的事物”或者“我本身的事物”，而是寻找在荣或枯之际那个犹豫不决的时刻的事物。这是在事物作为客体形成于我们心中或溶化于我们遗忘中之前，出现或消失在我们面前的那个时刻……汤姆林森从卡夫卡那里所引的一段话，正好用来说明他的观点：“趁事物向我们展示它们自己之前，一睹它们可能会变成的样子。”

他的步骤在走到极端时直逼科学，主体最大限度的客体化和净化，尽管不是被取消。另一方面，再也没有比这更远离现代科学的了。这倒不是因为他那种有时被人指摘的唯美主义，而是因为他的诗是经验而不是实验。唯美主义是一种矫饰、扭曲、雕琢，而我们在汤姆林森那里看到的却是严密、简明、经济、纤细。现代科学的实验是以现实的片断进行的，而经验却含蓄地指出一粒沙是一个世界、一个片断意味着整体；实验的典型是数学的数量设计，而在经验之中出现的则是一种至今尚在对抗计量的质量元素。当代数学家勒内·汤姆曾经非常简洁而恰当地描述了这种情况。

汤姆林森在很多诗中向我们展示了尘粒的转变，溅在破布上的污点的形状，花粉的飞行机制的操作方法，旋风的结构。经验满足了人类精神的一种需求：想象我们所见不到的东西，赋予观念一种使五官能够对它做出反应的形式，即看到观念。由此看来，诗人的经验的真实性并不亚于我们在实验室所从事的实验，虽说他们的真理是处在另一个有异于科学真理的水平上。几何学将物体之间的抽象关系转为形式，这种形式是可见的原型：因而几何学就成了质量与数量之间的边界。但是还有另一种边界：即艺术和诗歌的边界，它把事物与人之间在质量上的关系转为可见的形式，这种形式同时也是原型。诗歌（想象和感性所形成的语言）是使现象明确化的作用者。汤姆林森的诗是些结晶，是他的想象的、词语的力量和他的感性的共同产物——这些结晶有时候是透明的，有时候是七彩的，并不都是完美无瑕的，但都是些我们能看清的诗。"看"这种活动本身就变成一种命定，一种信仰的表白：眼见为实。

这样一位具有上述特点的诗人对绘画感兴趣，那就不足为奇了。一般来说，转向造型艺术的诗人都是为了把他无法用文字叙述的事物用形状和色彩表达出来。转向写作的画家也可做如是观。阿尔普的诗歌以机智和奇想反衬他的画作的抽象之美。对米绍来说，绘画和素描本质上是带有节奏的咒符，是超越发音清晰的语言之上的记号，是视觉上的魔术。泰戈尔某些墨水画以其浓烈的表现主义弥补了我们在他的很多诗歌中感到的那种甜得发腻的旋律。如果说瓦莱里《笔记本》中的论证和似是而非的论点使人困惑的话，那么看看他的水彩画就会像是打开一扇窗子，我们发现展现在我们面前的仍然是那大海、太阳和树林。当我在思索汤姆林森的时候，我想起其他这些艺术家，我问自己，这种作画的愿望为什么会发生在像他这样一种沉思型的气质中的——一个以眼睛(思考的眼睛)作为主要感觉工具的诗人。在我有机会当面问他之前，大约是在1970年，我收到他寄来的一封信，他在信中告诉我他已寄了一本《新方向选集》给我，选集里收有他在1968年所作的几幅画。后来在我逗留英国期间，我得以见到他同一时期的其他画作——除了少数几幅乌贼墨画外，都是黑白画。有关牛头的习作，有关鸟类、鼠类以及他和他的女儿们在乡村和科尔尼什海滩找到的其他生物的素描。

在汤姆林森的诗歌中，对运动的洞察力是非常敏锐和准确的。无论是关于岩石、植物、沙、叶、鸟或人，每一首诗中的真正主角、真正英雄都是：变。汤姆林森听到树叶的生长。这种对存在于生命和事物之间有时几乎是难以觉察的各种变异的深刻洞察力，必然意味着一种对于作为一个呼应系统的实现的透视力。处于变化中的生命和事物有了接触：变化意味着关系。在汤姆林森那些画作中，鸟、鼠和牛的头颅都是孤立的结构，置于一个抽象的空间里，远离其他客体，甚而脱离了它们自身，固定而静止。在我看来，这些画作与其说是他的诗作的反衬，不如说对立。他略去了他诗作中深深吸引我的一些特色：精致、机智，微妙的语调、力量、深度。他怎么能够在不把画家汤姆林森变成诗人汤姆林森的卑下门徒的情况下恢复所有这些品质？这个问题的答案可以在近年的作品——素描、拼贴、贴花画[1]——之中找到。

意味深长的是，汤姆林森是在迷上电影的时候开始从事绘画的。当汤姆林森1948年从剑桥大学毕业的时候，他不仅已经看完了"所有的电影"；他还创作脚本，寄给制片厂，并无一例外地被退回。这方面的热情经过一段时间之后冷却了，但是却保留了两样持久的兴趣：运动中的影像以及有关作为支撑影像的文学文本的观念。两种元素重现于他的诗歌和拼贴画。当电影工业的大门向他关上，汤姆林森便兴致勃勃地献身于绘画。他的第一次实验（混合擦印、颜料和墨水）可以追溯至那个时期。在1948年至1950年期间，他在伦敦和曼彻斯特展览他的作品。1951年他有机会在意大利住过一段时期。在旅居意大利期间，绘画的冲动开始让位给写诗的冲动。返回英国之后，他越来越多地致力于写作，越来越少画画。在他作画的第一阶段，成果是差强人意的：处在马克斯·恩斯特阴影下的擦印画[2]，多少是在塞尚的启发下进行的有关水和

---

[1]贴花画，英文是decalcomania，指把绘在特殊纸上的图案移印到瓷器、玻璃等上。

[2]擦印画，英文是frottage，指将纸或画布放在不平的有图形的表面上，通过擦印而拓取到的艺术图案。

石头的习作，更多地见于塞缪尔·帕尔默而不是见于真实世界的树林和树叶。像他那一代的其他艺术家，他往返于现代艺术的各种场所，并且长久地留连于布拉克们、莱热们和格里斯们的几何形教堂前。也是在这些年间（一直到1954年）汤姆林森创作他那本杰出的《眼见为实》里的诗。他停止了绘画。

这次中断时间并不长。他迁到布里斯托尔附近，再次拿起画笔。对于黑色的嗜好（为什么？他还在问自己）得到一个不幸的效果：黑色夸大了线条，使他的构图显得呆板。“我要揭示客体的压力，”他写信告诉我，“但是我所能做到的却是弄粗了线条。”在1968年，汤姆林森认真地正视他的职业以及横阻在这个职业面前的障碍。我指的是他内在的阻碍，尤其是那种对于黑色的不可思议的偏爱。一如通常发生的那样，一个调解者出现了：塞热。汤姆林森选择了埃居尔·塞热，这是很明智的——我们每个人都有他应有的调解者。值得注意的是这位伟大的艺术家（我想起他那些以白、黑和乌贼墨水绘制的令人难忘的石头风景）也启发了尼古拉斯·德斯塔埃尔。西格赫斯的教训是：不要放弃黑色，不要抗拒它，而是拥抱它，绕着它走，就像你绕着一座山走。黑色不是一个敌人，而是一个同谋。如果它不是一座桥，那也是一条隧道：如果他跟着它去到尽头，它就会把他一直引向彼岸，引向光明。汤姆林森已经找到那把似乎已经丧失的钥匙。他拿着这把钥匙打开那道长期以来向他关上的门，进入一个世界：这个世界最初似乎很陌生，但很快他就发现这是他自己的世界。那是一个被黑色统治着的世界。黑色不是一个障碍，而是一个盟友。这种禁欲主义的黑色和白色证明是丰富的，用料的有限激发形式和幻想的爆炸。

在这个时期最初的画中，汤姆林森开始运用不久之后他在他的拼贴画中运用的手法：他把图像放置在一种文学文本之中，从而建立了一个具有视觉上的共鸣和文字上的通感的系统。他挑选马拉美的一首十四行诗，也就不足为奇了；在那首十四行诗里，海螺是一个共鸣和反射的螺旋。与超现实主义遭遇是不可避免的——不是重复恩斯特和唐吉，而是寻找返回他自身的道路。也许最好是引用一段我上面提到的那封信的片断："为什么我不能把他们的世界变成我的世界呢？但是要以我自己的语言。在诗歌中我总是被驱向非个性化——我怎样才能在绘画中超越自己？"或者换句话说，如何在不滑入主观主义的情况下运用超现实主义者们的超自然的自动写作。在诗歌中，我们接受偶然性，并且在哪怕是最清醒和预先想好的作品中使用它。譬如脚韵就是一种偶然性；它不请自来，但是，一旦我们接受它，它就变成一种选择和一种规则。汤姆林森问他自己：在绘画中，那种与诗歌中的脚韵相应的是什么？被赋予在视觉艺术中的是什么？奥斯卡·多明格斯在他的贴花画中回答了这个问题。事实上多明格斯是一座桥，为这样一位艺术家而设：他更接近于汤姆林森自己的感性。在那些日子里他着迷于戈迪，沉醉于对有关卡萨巴特略的饭厅的窗口的回忆。他多次画它们：如果我们可以从这些窗口眺望月亮的景色，那会是个怎样的情况呢？

这两种冲动，多明格斯的贴花画和戈迪的阿拉伯式建筑图饰，交融在一起："那时，我产生这样的念头，即剪下一个移画印花图案，并使各部分形成对照，然后贴在不规则的窗玻璃上……剪刀！选择的工具有了。我发现我可以用剪刀作画，接受贴花法的影响又反抗它……最后我拿来一张纸，剪成戈迪的窗子的形状，再拿着这个道具到我的贴花画上移来移去，直到我找到我的月亮景色……1970年6月18日对我来说是一个发现的日子：我制作了一个最好的阿拉伯式图饰的面具，将它印在一片颜料迹斑的周围，然后以几何线条扩大隐含于迹斑之中的折射观念……"汤姆林森以那些有异于他在诗歌中使用(但得到类似的效果)的方法，为他的文字世界找到了一种视觉上的反衬：一种反衬和补充。

上述所引的汤姆林森来信片断非常明确地(虽然是不自觉的)揭示了意象的双重功能，无论这种意象是文字上还是视觉上的。戈迪的窗子被汤姆林森改成为面具，也即改造成为那隐藏着的客体，而这些窗子是值得他去揭示的。那么，他通过那些窗子面具发现了什么？他发现的并不是真实世界中的，而是想象中的景色。他在1970年6月18日开始的是一种奇异的形态学，是一种形态学而不是一种神话学：汤姆林森的拼贴画为我们唤来的那些地方和生命所展示的并不是天堂或者地狱。那些天空和那些大洞穴并没有住着上帝或魔鬼；它们是心智的地方。确切一点说，它们是暴露于心智的暗房中的地方、生命和事物。它们是偶然性和想象的闲谈（词源意义上的闲谈）的产物。

是否这一切都是偶然的产物？但文字上的意义是什么？偶然永远也不会是机缘的产物。偶然拥有一种逻辑——就是逻辑。鉴于仍有某些事物的规律有待我们去发现，我们也就没有理由怀疑存在着规律。如果我们能够勾勒一张草图（不管多么粗略），勾勒出草图中的镜中那些不断地自己连接又分开的走廊，我们就会知道多一些真实的情形了。例如，我们就会约略知道“偶然”介入科学发现和艺术创造以及历史和我们的日常生活的情形。当然，就像所有的艺术家一样，汤姆林森是约略知道一些什么的：我们必须接受机缘，就像我们接受不请自来的脚韵。

总的来说，我们应当强调操作过程中道德和哲学的一面：在接受偶然的时候，艺术家把一种命运的事物转变成为自由选择。或者可以从另一个角度来看：脚韵引导文本但是文本产生脚韵。有一种现代迷信，这就是艺术作为越界的迷信。在我看来，反过来说似乎更贴切：艺术把混乱转换成为一种新秩序。地志学多少可以为我们说明这点：偶然性的出现不是破坏一个系统，反而是协调那种注定要吞并它的结构。

结构使混乱得以被确认，艺术使例外得以被尊崇。脚韵把文本转换成为听觉上相应的系列，就像隐喻把一首诗变成语义上相应的文本。汤姆林森的奇异的形态学是一个受到文字上的视觉上的类比所统治的世界。

我们称之为偶然的东西其实是事物之间关系的突然揭示。偶然是类比的另一面。它的意想不到的降临引发类比做出迅速反应；类比倾向于在一个共鸣系统里把例外加以整合。由于有了偶然，我们才发现寂静是乳液，石头是由水和风构成的，墨水有翅膀和喙。在沙粒和狮子之间我们并不感到有什么关系，直到我们进一步想到，原来它们都侍候同一个主人：太阳。事物之间的关系和契合的范围是广泛的，从一个客体与另一个客体的互相浸透（诗云："大海的边缘既不是沙也不是水。"）到"像"这个字所联系的文学比较。与超现实主义的实践相反，汤姆林森并不以并列互相抵触的现实来达到制造精神爆炸。他的手法更为优雅。他的意图显然有别于他们的：他并不希望更改现实，而是与现实达成谅解。他不敢肯定想象的功能是转换现实；另一方面，他很肯定想象的功能可以使现实更加真实。想象授予我们的生活一些现实。

受到幻想的驱策又受到反映的制约，汤姆林森的作品服从想象和认识的双重要求：一个要求自由，另一个要求准确。他的尝试似乎为它自己设计了两种相抵触的客体：表面迹象的挽救及其摧毁。这种设计并不是互相抵触的，因为真正重要的是重新发现(更确切地说,是重新体验)最初的形成动作。艺术的经验是"开始"的经验之一:那个原型的时刻,在这个时刻我们把一系列事物和另一系列事物结合起来制造一种新的事物,从而重塑了那些世界形成的那个瞬间。文字与形象之间、贴花法与剪刀之间、窗子与面具之间、看上去僵硬的事物与看上去柔和的事物之间、手与指南针之间、我们用眼睛看见的现实与我们闭上眼睛以便看见的现实之间,这一切之间的互相联系都是对失落的身份的寻找。或者像汤姆林森很好地描述的那样:"调和那个是我的我和那个我就是我的我。"在那个无名无姓、非人格化的是我的我之中,交融着那个衡量的我和那个做梦的我,那个思想的我和那个呼吸的我,那个创造的我和那个破坏的我。

1975年马萨诸塞州坎布里奇

黄灿然　译

从此，隔壁老王成了隔壁小王。

养伤期内小王每天都守着她，看她电话遥控公司，陪她看 HBO，给她做饭，为她洗澡，与她做爱，跟她合伙编造“家务劳动发生事故导致受伤”的鬼话骗过老妈……

快痊愈的某一天，小王忽然很郑重地对王可以说：“我要跟你在一起。”

小王是看着王可以的眼睛，很认真说这话的。

所以，王可以忽然就认真了。

于是，很负责任地纠结进了年轻肉体和年龄实体的矛盾里去：虽然小王强调爱情应该是无视年龄、无视性别、无视物种的，但她仍旧在嗑药般的甜蜜感受之下，坚守住了那份过来人的多疑。

结果，相持不下，各退一步，虽然达成了以爱情模式相处下去的共识，但为避免可能出现的各种负面状况，双方起草并签订了一份爱情合约。

合约约定如下：

1.合约期，两年。

2.合约期间双方互不干涉对方的人身及社交自由。

3.如任何一方移情别恋，可提前终止合约，对方不得纠缠。

4.合约期内以隐秘方式交往,合约期满,双方若都有续约意向,直接领证结婚,大昭天下。

王可以承认“爱情合约”的创意,完全出自于一种应被批判的世故:当时对她来说,隔壁小王是头年轻的野兽,给她注入冲动的血液;而她对小王来说,是头成熟的母兽,经验丰富却色相不衰,因此相互都是对方的鸦片。但越原始的吸引,寿命就越短。从心理学角度来讲,两个人因为同处时间的延长,而对彼此的摄食和排泄失去神秘感后,性吸引就会自然消亡,那么届时,拿什么去维系爱情?

至少当时,她找不到。

之后,王可以也没找到。

所以,交往的整个轨迹,与她之前预感的一模一样,时间越长,激情越淡。一年多下来,两人的关系与其说是情人,不如说是姐弟,而且还不是那种每天都很有天聊的姐弟。

说得再直白点就是:隔壁小王,再度回归到了隔壁的小王。

就是这样。

第七章

初一上午分开之后，王可以就再没见过魏强，之间亦无微信交流，认真感受了下，没觉察出有一丝遗憾。

于是，身心平静地度过了假期，跟老妈儿子汇报，只说休息得不错，这是实话。

生活中有一些人，可有可无，存在时激不起风浪，离开时带不走一片云彩。虽然他可能很想带，但做不到让人流连，也占据不下别人的记忆，好也罢，坏也罢，一旦从视线里消失，明月依旧照大江……这是王可以对魏强的评讲，字字句句云淡风轻。

所以，这天去上班时，在车库远远看见魏强和一个连背影都夫妻相的女人上了车，她云淡风轻地干了件天下娘儿们都爱干的事——跟踪！

这女人是他老婆吧？他们平时都怎么相处呢？性生活

是定期还是随机呢?吃饭是男方付钱还女方付钱呢……那一刻王可以绝对是无聊界的最无聊。

一路到了CBD,跟丢了。

谁想这壶水不开,那锅爆豆子,看到董建和一个女人在溜达!

这女人显然不是高敏,她叫林心洁,市二医院的一名护士长,王可以也认识。去年董建得肾结石住院,高敏爱心泛滥地亲手烹饪了莴笋、芹菜、羊肉汤等等专杀肾结石患者的高草酸食物。结果,被护士长林心洁当作毒害亲夫的潘金莲骂了一顿,于是,高敏满怀感激地把董建托付给了她,满怀负疚地放弃看护重任,终于让董建活着出了院。

谁想到时至今日,董建……林心洁……他们……天哪……

大庭广众之下,这个女人与董建矜持地保持着一些些的距离。这一些些距离,可被视为约了饭的朋友、要谈些事儿的客户,没毛病。但穿行车道或躲避迎面来的人群时,暧昧就不经意地暴露了,她会下意识地拽住董建的衣袖——这是某种已跨越了界线的亲近。于是王可以想:似有奸情、似有奸情、似有奸情……

怀揣着为闺蜜两肋插刀的忠勇以及为社会铲除公害

的大义，王可以尾随董建和林心洁进了一家咖啡馆后，立刻闪入洗手间。在导致一名大哥尿中受惊，洒湿了裤裆的同时，又淡定遁入正确的洗手间，散下头发、戴上墨镜、罩上口罩……

确定自己都不认识了自己之后，王可以出去厅里，在董建和林心洁斜对面，一个她可以窥视对方，但对方很难发现到她的卡座潜伏下来，架起手机，打开录像开关……

进了这家咖啡馆后，或许卡座前后因有隔断遮挡，林心洁不再像外面时那样矜持，没有在董建对面，而是在身旁坐下。这种体位再一次明确暴露了某种已跨越了界线的亲近，并意味着随时可有偎依、抚摸、接吻等等亲昵举动；点的两杯咖啡、一套果仁拼盘可以做到同时上桌，之后就再无打扰，相当心机。

但很长时间过去，期待的各种情节都没发生——董建一直眉头紧锁，前后只开口过三次，每次都很简短，相隔却长，还抽了两根烟，显然心情非常糟糕。而整个过程，林心洁都没有拿话接话，只是轻轻地挨着他的身子，之后又用手轻轻抚摩他的膝头，时不时安慰地轻轻拍……

偷窥到这时，王可以就有些恍惚了，这种肢体语言不算过分，但绝对是情人专属。然而那种温暖的既视感，不断在消解着偷窥者的敌意，因为王可以发现，董建的心情正慢慢在好转。

王可以知道董建最近相当的郁闷。

不久前空降了个新领导，上任三把火，直接把他调去了一个业绩很差的支行。然后没多久，这个支行连同他的职位待遇都被降了一级。更恶心的是后来他才知道，自己被调到该支行，就是为了去背降级的锅，因为，空降的新领导的小姨子曾经跟他有过工作上的矛盾……

所以，董建心里很烦，表现到家庭里，就是努力掩饰却时常会走神，显得事事心不在焉。

于是，为了避免高敏疑神疑鬼交代出原委。

结果，就被要求去总行闹事，不闹不是真爷们儿。

闹事解决不了问题，董建当然没那么傻。但架不住老婆傻，委曲求全窝囊废的帽子就扣下了。据高敏某日对王可以声泪俱下的描述足可显示：这娘儿们对于政治斗争的智商，完全停留在古惑仔打架斗殴争地盘的层面上，不开打不成活儿……

想到这里，王可以忽然就很同情董建，忽然就全方位地体会到了林心洁的好处所在：不管她现在的表现是否出于心机，但至少说明一点，她懂男人，懂得男人跟女人不同，烦闷时最不愿意的就是说话，更害怕在大风大浪中显得弱小。此时他们需要安静，所以最好选择闭嘴，别做任何